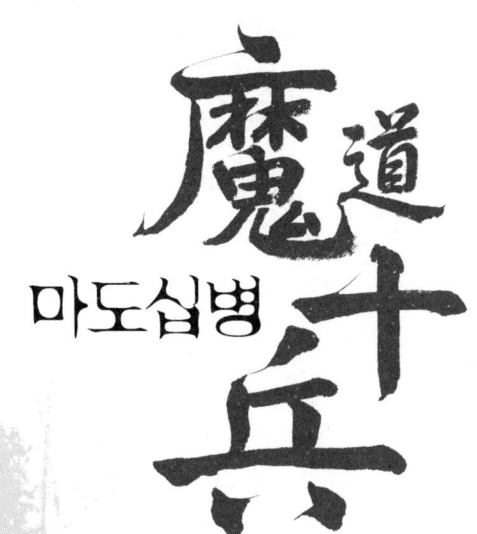

魔道十兵
마도십병

마도십병 3
조돈형 新무협 판타지 소설

초판 1쇄 찍은 날 § 2006년 10월 25일
초판 1쇄 펴낸 날 § 2006년 11월 5일

지은이 § 조돈형
펴낸이 § 서경석

편집장 § 문혜영
편집책임 § 장상수
편집 § 이재권 · 유경화

펴낸곳 § 도서출판 청어람
등록번호 § 제1081-1-89호
등록일자 § 1999. 5. 31
어람번호 § 제2-1040호

주소 § 경기도 부천시 원미구 심곡1동 350-1 남성B/D 3F (우) 420-011
전화 § 032-656-4452 팩스 § 032-656-4453
http://www.chungeoram.com
E-mail § eoram99@chollian.net

ⓒ 조돈형, 2006

ISBN 89-251-0275-7 04810
ISBN 89-251-0272-2 (세트)

※ 파본은 구입하신 서점에서 교환하여 드립니다.
※ 저자와 협의하여 인지를 붙이지 않습니다.

魔道十兵

마도십병

Fantastic Oriental Heroes

조돈형 新무협 판타지소설

목차

제21장 찾았느냐?	7
제22장 죽기 위해 싸운다	33
제23장 귀곡성(鬼哭聲)	61
제24장 아직… 끝나지 않았구나	85
제25장 검각은 어디에 있습니까?	127
제26장 그것이 바로 추혼귀창이다	163
제27장 사부는 어디에 있느냐?	205
제28장 무신이라는 건가?	247
제29장 취몽산(醉夢散)	277
제30장 더 이상은 참지 않는다	309

제21장

찾았느냐?

 수없이 많은 고루거각(高樓巨閣)이 줄지어 늘어서 있고 각파에서 지원된 젊고 유능한 무인들이 사문의 명예를 걸고 혼신의 힘을 다해 지키는 무림성지 의천맹.

 원로원은 그곳에서도 가장 존경받고 권위를 인정받는 기관이다.

 소림 방장의 사숙 혜초 대사(慧草大師), 개방의 대장로 화운로(華澐露), 구십의 나이를 바라보는 난감천(蘭感天), 공야일기(公冶溢氣), 그리고 현 사대세가의 우두머리인 혁씨세가의 전대 가주 혁소천(赫昭天)이 바로 원로원에 속한 원로들이었다.

비록 구성원은 몇 명 되지 않았으나 하나같이 뛰어난 무공, 인품으로 뭇 고수들로부터 추앙을 받는 명숙들이었기에 원로원의 의견은 맹주라도 함부로 할 수 없는 힘이 있었다.

게다가 십여 년 전부터는 맹주인 공야치가 영문 모를 은거에 들어가면서부터 원로원은 맹주를 대신하여 사실상 의천맹의 모든 의사 결정을 주도하고 있는 상태였다.

해가 중천에 오른 오후, 마교의 발호로 묘한 기운이 흐르는 가운데 향후 무림의 향방을 가늠할 중요한 원로원의 회의가 공야일기의 장남인 부맹주 공야증(公冶嶒)의 주관으로 열리고 있었다.

"아직까지 큰 충돌은 없다고 하였나?"

주먹 하나로 강북무림을 종횡하다 말년에 의천맹에 안주한 난감천이 걸걸한 음성으로 물었다.

"예. 소규모의 충돌은 연이어 벌어지고 있습니다만 대규모의 싸움이라 불릴 만한 충돌은 없었습니다."

시시각각, 엄청나게 올라오는 보고서를 뒤적거리느라 밤잠을 설친 공야증이 다소 피곤한 안색으로 대답을 했다.

"하나, 놈들의 선전포고가 있었으니 싸움은 이미 시작된 것이나 다름없습니다."

"흥, 마교 놈들. 같잖은 이유로 선전포고를 하다니!"

개방의 대장로 화운로가 코를 벌름거리며 소리쳤다.

"조사가 끝난 것입니까, 화 선배?"

난감천이 물었다.

"그렇다네."

"조사 결과가 어떻습니까?"

"어찌 나오긴 뻔한 것이지. 애당초 조사할 것도 없었어. 이미 부맹주는 보고가 올라가서 알고 있겠지만 놈들이 이유라고 들이댄 것은 말도 안 되는 거짓이었네."

"하면 광명촌을 습격한 자들의 시신 중 일부가 의천맹의 무인이라는 것도……."

"아니, 그건 진짜였네. 확인해 본 바로는 청성파 제자들이 맞아. 단, 그들이 며칠 전 이유없이 실종되었다는 것도 파악이 됐지. 무엇보다 우리가 모르는 출동이 있으리라 보는가? 그것도 한두 명이 아니라 수백 명을 몰살시키는 것이라면 꽤나 많은 인원이 동원되었을 터인데."

"게다가 흔적을 남기지도 않았을 테지요."

혁소천이 맞장구를 쳤다. 그러자 연신 염주를 굴리고 있던 혜초 대사가 어두운 표정으로 입을 열었다.

"아미타불! 그러나 광명촌의 사람들이 몰살을 당했고, 그곳에 의천맹에 속한 무인의 시신이 남아 있다는 것은 큰 문제가 될 것입니다."

"그러게 말입니다. 가뜩이나 무림제패에 혈안이 되어 있는 그들이라면 야욕을 드러내기 위한 최고의 구실이 되지 않을까 싶습니다."

"놈들이……."

순간, 좌중의 이목이 한 사람에게 집중되었다.

공야치를 대신하여 공야세가를 이끌고 있는 공야일기가 입을 연 것이다.

같은 원로라 해도 의천맹의 전신이라 할 수 있는 공야세가를 대표하고, 현 맹주의 사촌 동생이자 부맹주의 부친인 그의 힘은 다른 이들을 압도하고도 남음이 있었다.

"야욕을 드러내면 깨버리면 그만입니다."

짤막한 한마디에는 마교 따위는 언제든지 박살을 낼 수 있다는 자신감이 담겨 있었다. 어쩌면 오히려 마교의 도발을 기다리고 있었다는 생각이 들 정도로 그의 얼굴은 태연자약했다.

"부맹주."

"예."

공야중이 공손히 대답했다.

"맹주님께 보고는 올렸는가?"

"회의가 끝난 후 찾아뵐 생각입니다. 사안이 사안이니만큼 무슨 말씀이 있으시겠지요."

"음."

공야일기가 고개를 끄덕였다.

하나 그를 비롯하여 모든 원로의 표정은 몹시 회의적이었다. 아무리 마교가 준동을 했다고 하더라도 지금껏 대외의 모든 활동을 중지하고 있는 맹주가 은거를 깰 것이란 생각이 도저히 들지 않는 것이다.

"그래도 일단은 대책을 마련하는 것이 좋겠습니다."

혁소천이 말했다.

"저도 같은 생각입니다. 미리미리 준비를 하는 것이 옳을 듯싶습니다."

"선공도 생각해야 할 것이외다."

이곳저곳에서 의견이 터져 나왔다.

보다 못한 공야일기가 슬쩍 손을 올렸다.

"일단, 맹주님께 보고를 하도록 합시다. 대책은 그 이후에 마련해도 늦지는 않는다고 봅니다. 부맹주."

"예."

"즉시 맹주님께 다녀오시게. 가서 현 상황을 말씀드리고 명을 받아오게나. 그때까지 기다리고 있겠네."

"알겠습니다."

공야증은 그 즉시 몸을 일으켰다. 그리곤 맹주가 은거하고 있는 청죽거(靑竹居)를 향해 걷기 시작했다.

사방 오 장여 정도의 조그만 밭.

뜨겁다 못해 따가울 정도로 이글거리는 늦여름 태양 아래, 웅크린 자세로 김을 매고 있는 노인이 있었다.

낡은 삼베옷은 흙이 묻어 지저분하고 굵은 땀방울이 연신 흘러내리는 얼굴은 보름쯤은 굶은 듯 핼쑥했으며 깡마른 체구는 당장이라도 쓰러질 듯 위태로워 보였다.

　시골 어디에서나 볼 수 있는 평범한 촌로, 그가 바로 무림인들의 추앙을 한 몸에 받고 있는 무신 공야치였다.

　'후~ 도대체 언제까지 이러고 있어야 한단 말인가?'

　마교의 발호를 알리기 위해 청죽거에 온 공야중이 흐르는 땀을 씻으며 한숨을 내쉬었다.

　반 시진 동안 아무런 말도 못하고 멍하니 서 있자니 답답해 죽을 지경이었다. 아니, 답답한 것을 넘어 이제는 은근히 화가 치밀었다.

　'내가 명색이 의천맹의 부맹주거늘!'

　아무리 인정을 못 받아도 이런 식으로 무시당할 위치는 아니었다.

　그러나 심정적으로야 분노가 일고 화가 머리끝까지 치밀었으나 결국 그는 아무런 불만도 토해내지 못했다. 그저 공야치의 밭일이 끝나기만을 기다릴 뿐.

　공야치는 이후에도 반 시진가량 일을 더 한 후에야 비로소 숙였던 허리를 폈다.

　"허허, 여름도 다 끝나고 가을이 다가오는데 무슨 놈의 벌레들이 이리 많은 것인지."

　옷에 묻은 흙을 탁탁 털며 밭을 나서는 그의 얼굴엔 일을 끝마친 농부의 만족감 같은 것이 어려 있었다.

"끝나셨습니까?"

공야중이 공손히 허리를 숙이며 물었다.

"그런대로. 한데 여태 서 있었느냐?"

"급히 아뢸 말씀이 있어서……."

"쯧쯧, 그럼 들어가서 기다릴 것이지. 아무튼 따라오너라."

"예."

공야치의 뒤를 따르는 공야중의 낯빛은 가히 좋지 않았다.

부맹주가 된 지 벌써 십 년에 어느덧 환갑을 바라보는 나이였다. 그럼에도 이렇듯 철저하게 하대를 하는 사람이 있었던가? 심지어 부친까지도 어느 정도는 존대를 해주지 않던가. 아니, 존대까지는 바라지도 않았다. 그저 무시라도 당하지 않았으면 하는 바람이 있었다. 화가 부글부글 끓었으나 역시 속으로만 삭일 뿐이었다.

"앉거라."

청죽거 앞, 나무 그늘에 놓인 의자에 대충 걸터앉은 공야치가 대나무 살로 얼기설기 엮어 만든 모자를 벗어 부채질을 하며 말했다.

딱히 마땅한 자리가 없었기에 공야중은 통나무 몇 개가 쌓여 있는 곳에 엉거주춤 앉을 수밖에 없었다.

"급한 일이 있다고?"

"예."

"가급적 나를 찾지 말라고 일렀건만 무슨 급한 일이기에?"

"어, 어쩔 수 없었습니다. 마교가 선전포고를 해와서."

"선전포고라… 흠, 결국 그리되었군. 하긴, 생각해 보면 꽤나 오래 참기도 참았지."

마땅히 놀라야 함에도 공야치의 표정엔 전혀 변화가 없었다.

마치 옆집 얘기하듯 태연스런 태도에 공야중의 입이 떡 벌어졌다. 하지만 정작 놀랄 말은 다음이었다.

"한데 그래서?"

"그, 그래서라니요? 정마대전이 벌어질 것입니다."

"마교가 들고일어났으니 그리되겠지. 그런데?"

되묻는 공야치의 표정은 너무나 담담하였다.

"그, 그러니까……."

이쯤 되면 할 말도 잊게 되는 법이다.

머릿속에 무수히 많은 말들이 스쳐 지나갔지만 입 안에서만 맴돌 뿐 공야중은 한마디도 하지 못했다.

"그런 일까지 일일이 보고할 필요 없다. 난 이미 맹에서 손을 떼지 않았더냐?"

'흥, 그러면서 아직까지 맹주와 가주 직은 왜 꿰차고 있으시오? 차라리 정식으로 모든 지위에서도 물러나시구려!' 라는 말이 목구멍까지 차올랐으나 억지로 참아 넘긴 공야중이 다시금 공손히 입을 열었다.

"그래도 맹주님께서 전면에 나서주시는 것이……."

순간, 비루먹은 망아지처럼 한심한 몰골을 하고 있던 공야치의 눈이 번뜩였다.

"나와 상관없는 일이라 하지 않았더냐!"

살짝 드러난 노기에 공야중의 안색이 확 변했다. 기겁을 한 그는 황급히 사죄를 했다.

"죄, 죄송합니다."

실로 찰나에 불과했으나 전신을 압박하는 끔찍한 기운에 숨이 막힐 듯한 공포를 맛본 것이다.

'망할! 썩어도 준치라더니 누가 뭐래도 역시 천하제일인.'

"물러가라!"

"아, 알겠습니다."

공야중은 찍소리도 못하고 물러날 수밖에 없었다.

허겁지겁 사라지는 공야중을 한심하다는 듯 쳐다보던 공야치가 허공을 향해 질문을 던졌다.

"찾았느냐?"

주변 어디를 살펴봐도 사람의 모습은 보이지 않았으나 대답은 곧바로 들려왔다.

"아직 찾지 못했습니다."

허공에서 웅웅거리는 것이 목소리의 주인이 도대체 어디에 있는지 알 길이 없었다.

"그래도 단서는 확보를 했습니다."

"단서?"

"예."

하나, 공야치는 단서 따위에 집착하지 않았다. 그의 관심사는 오로지 결과였다.

"며칠이나 더 걸리겠느냐?"

"길어야 한 달입니다."

"한 달이라… 그래도 지금껏 기다린 시간에 비하면 짧구나. 애썼다."

"감사합니다."

무미건조한 표정에 참으로 인색한 칭찬임에도 감격을 했는지 사내의 음성이 가볍게 떨렸다.

"그리고… 바깥 상황은 어떠냐?"

"마교가 의천맹에 선전포고를 하고 무림제패의 야욕을 드러내면서 극도로 혼란해지고 있습니다."

"들었다. 좀 더 자세하게."

"마교에서 선전포고를 하며 주장한 이유가 광명촌의 마교도들이 집단으로 몰살을 당했는데 그곳에서 의천맹의 무인으로 보이는 몇몇 사내들의 시신이 나왔다는 것입니다. 그들이 해명을 요구했으나 애당초 그런 일이 없었기에 맹에선 극구 부인했습니다."

"그래서 들고일어났다?"

"그렇습니다. 하지만 저희들이 조사한 바에 의하면 자작극임이 거의 확실합니다."

"이유는?"

"우선 마교의 움직임이 무척이나 신속합니다. 선전포고에 앞서 이미 상당한 전력이 이동을 끝마쳤습니다. 또한 전임 교주의 부재로 인해 오랫동안 계속됐던 내부 혼란이 완전히 수습되었고 성녀의 재림으로 사기 또한 충천합니다."

"성녀?"

"그렇습니다. 비록 교주가 내세우는 허수아비에 불과할 것이나 마교의 특성상 그녀가 미치는 영향은 상당할 것으로 보입니다."

"흠, 결국 힘이 팽창할 만큼 팽창했으니 터져 나온 것이로군. 적당한 핑계를 하나 만들어서."

"예. 개방에서도 같은 결과를 도출한 것으로 알고 있습니다."

"마교를 장악한 자가… 철포혼이라고 했더냐?"

"예."

"사부를 몰아낸 것으로 부족하여 무림이라… 제법 봐줄 만한 인물인 것 같구나. 사내라면 그 정도 배포는 있어야겠지. 다들 꽤나 고생하겠어."

그런데 공야치의 음성이나 얼굴에선 조금도 걱정하는 빛이 없었다. 오히려 지금의 상황을 즐기는 듯한 기운마저 느껴졌다.

"나서지 않으실 생각입니까?"

사내가 조심스레 물었다.
"……."
공야치는 대답하지 않았다.
자신이 주제넘은 질문을 했다는 것을 깨달은 사내가 급히 잘못을 빌었다.
"요, 용서를……."
"일비(一秘)."
"예, 주군!"
"한 달 후에 보자꾸나."
"존명!"
미세한 기척음과 함께 사내의 음성은 더 이상 들려오지 않았다.
밭으로 고개를 돌린 공야치는 철이 지났음에도 무럭무럭 자라고 있는 채소들을 물끄러미 바라보았다.
'한 달이란 말이지…….'
그에게 마교의 선전포고 따위는 중요한 것이 아니었다.

*　　　*　　　*

제갈세가를 초토화시키고 검지의 비밀을 쥐고 있는 묵조영을 쫓아 마침내 소주까지 이른 호교단은 소주 외곽의 한 장원에 머무르고 있었다.

"어디로 갔다고?"

오랜만의 휴식을 느긋하게 즐기던 범우가 물었다.

"의천맹 소주지부입니다."

화소호가 조심스레 대답했다.

지난번 묵조영에게 당한 망신 때문인지 그는 확실히 기가 죽어 있었다.

"확실한가?"

"예. 몇 번이고 확인했습니다."

"하긴, 딴 놈들이라면 모를까 제갈세가에서 검지의 비밀을 전하고자 한다면 당연히 의천맹이겠지. 감시는 철저하게 하고 있겠지?"

"예. 그렇지만 보다 확실하게 감시를 하려면 지금의 인원으로는 부족합니다."

마교의 선전포고가 있은 후, 제갈세가에 집결했던 밀은단원의 대부분이 자기의 본래 위치로 돌아갔다. 아무리 검지의 비밀이 중요하다고 해도 전면전을 앞둔 상황에서 그 어느 때보다 밀은단의 첩보 능력이 필요했기 때문이다.

그런 이유로 지금 화소호가 움직일 수 있는 수하는 예도보 휘하의 안휘지부 인원 이십에 불과했다.

"백선(伯先)."

그의 부름에 호랑이 같은 얼굴에 텁수룩한 수염을 기른 사내가 걸걸한 음성으로 대답했다.

"예, 단주."
"수하 중에 발 빠르고 날랜 놈 몇 명 지원해 줘."
"알겠습니다."
대답과 함께 백선이 물러나자 범우가 다시 물었다.
"되었지?"
"예."
"아, 그건 그렇고 말이야. 그놈하고 함께 움직였다는 놈들의 정체는 파악이 되었나?"
"무당오수(武當五秀)로 확인되었습니다."
범우의 눈빛이 살짝 변했다.
"무당오수? 하면 무당파?"
"그렇습니다."
"무당산에나 처박혀 있어야 할 놈들이 뭐 처먹을 것이 있다고 여기까지 기어왔지?"
"검지 때문에 오지 않았을까요?"
범상의 말에 범우는 고개를 끄덕였다.
"그럴 수도 있고 아닐 수도 있겠지. 아무튼 지금은 그게 중요한 것이 아니라 어떻게 놈들의 손에서 검지의 비밀을 빼앗느냐는 것인데……."
"차라리 놈들의 뒤를 덮치는 것이 어떻겠습니까?"
사마천이 차분한 음성으로 입을 열었다.
"뒤를 덮쳐?"

"검지의 비밀이 놈들에게 알려진 이상 놈들도 검지를 찾기 위해 움직일 것입니다. 그렇다면 구태여 지금 싸우지 않고 놈들이 검지를 찾을 때까지 지켜보다가……."

"때가 되면 우리가 취하자?"

"예."

"흠, 그럴듯하기는 한데……."

범우가 팔짱을 끼며 생각에 잠기자 범상이 벌게진 얼굴로 목청을 높였다.

"그 또한 귀찮은 일이 아니겠습니까? 그냥 이대로 밀고 가서 쓸어버리는 것이 좋을 것 같습니다. 특히 그 신객 놈, 그놈만큼은 당장에 요절내야 합니다."

흥분을 삼키지 못하고 부르르 떠는 범상을 보며 범우는 한심하다는 듯 혀를 찼다.

"쯧쯧, 한심한 녀석! 자신의 감정 하나를 다스리지 못해서야! 그렇게 흥분해 날뛰어서 뭘 어쩌자는 것이냐!"

"죄, 죄송합니다."

범상이 민망한 표정으로 고개를 숙였다.

그 보양이 안쓰러웠는지 사마천이 그를 두둔하고 나섰다.

"너무 질책하지 마시지요. 형님도 조카의 심정을 충분히 이해할 만하지 않습니까?"

"이해는 무슨 얼어죽을……."

말은 그리하면서도 부인은 하지 못했다.

처음 묵조영을 놓쳤다는 보고를 듣고 얼마나 노발대발했던가? 다행히 만리조로 하여금 뒤를 쫓게 하여 놓칠 위험은 없었다지만 그까짓 신객 한 명을 잡지 못하고 낭패를 봤다는 것은 마교의 최정예라 자부하는 호교단에 있어 씻을 수 없는 망신이었다. 하지만 이후, 자신이 직접 지휘를 하며 묵조영을 쫓았지만 잡힐 듯 잡히지 않고 모습도 제대로 확인하지 못한 채 애꿎은 수하들의 피해만 늘어가는 상황에 직면하자 그 역시 묵조영에 대한 인식을 달리할 수밖에 없었다.

"몇 명이나 죽었지?"

"세 명입니다."

"아니, 무인으로서 명줄이 끊긴 놈들 말이야."

"단전을 파괴당한 인원이 열둘에 팔다리가 끊긴 인원이 일곱이니까 대충 스물 남짓 됩니다."

무공을 전폐당하고 절망 어린 비명을 질러대는 수하들을 떠올리는 범우의 입가에 쓰디쓴 미소가 지어졌다.

"스물이라… 허, 나원. 창피해서 고개를 들지 못하겠구만. 그래, 그놈이 소주지부에 있단 말이지……."

범우의 얼굴이 점점 살기로 물들기 시작하자 안 되겠다 싶었는지 사마천이 재빨리 그 기운을 끊고 나섰다.

"그래도 일단은 참아야 합니다. 우선 급한 것은 그쪽이 아니라 뒤를 쫓아오는 놈들입니다."

"아, 그랬지. 뒈질 줄 모르고 죽어라 들이대는 불쌍한 녀석들."

"현재 의천맹 소주지부에 있는 인원이 대략 백여 명, 놈들의 인원까지 합쳐지면 삼백이 넘습니다. 꽤나 버거운 싸움이 될 수도 있습니다."

"버거울 것까지는 없겠지. 뭐, 약간의 피해는 더 생기겠지만 말이야."

신경 쓸 가치조차 없다는 표정이었다.

"형님!"

"알았네, 알았어. 자네 말대로 일단 놈들을 쓸어버리고 어찌할 것인지 생각을 하도록 하지. 이보게, 화 부단주."

"예."

"놈들은 어디에 처박혀 있나?"

"매화촌(梅花村)이라고, 이곳에서 반나절 거리에 있는 마을을 지나고 있는 것으로 압니다."

"반나절이라… 그러면 내일 오후쯤이면 만나겠는걸. 좋아, 기대가 되는군. 후후후."

범우의 얼굴에 조금 전과 같이 살기가 피어올랐다. 다만 이번엔 그 방향이 조금 달랐다.

* * *

'꽤나 청렴한 인물이로구나.'

의천맹 소주지부장 정도라면 일신에 지닌 무공도 꽤나 강할 것이고 거느리고 있는 수하들 또한 상당할 것이다. 어쩌면 웬만한 문파의 문주보다 더 강한 힘을 지녔다고 볼 수도 있었다. 그럼에도 집무실엔 변변한 가구는커녕 흔한 장신구 하나가 없었다. 그저 일을 볼 수 있는 책상과 손님 접대를 위한 탁상 하나가 전부였다.

방을 보면 그 주인의 됨됨이를 알 수 있다고, 묵조영은 묵묵히 자신의 찻잔을 채우는 눈앞의 중년인, 의천맹 소주지부장 범률(凡率)을 보며 감탄하고 있었다.

"드시게."

"감사합니다."

묵조영은 차를 식혀가며 천천히 잔을 비웠다.

"한 잔 더 하시게."

묵조영은 잠자코 잔을 내밀었다.

"제갈선, 그 친구가 보낸 것이겠지?"

"예."

"내 둘도 없는 친구였네."

"그렇군요."

묵조영은 제갈선이 어째서 다른 누구도 아닌 범률을 선택했는지 비로소 이해가 갔다.

"그렇게 갈 친구가 아닌데… 정말 이건 아닌데 말이야."

연신 탄식성을 내뱉는 범률의 안색이 고통으로 물들었다.

묵조영은 위로의 말 따위는 건네지 않았다. 그저 묵묵히 차를 마실 뿐이었다.

"내게 전할 말이 있겠지?"

범률이 애써 슬픈 모습을 지우며 물었다.

"예."

조용히 찻잔을 내려놓는 묵조영의 얼굴이 다소 굳어졌다.

그가 전해야 하는 것은 사실상 제갈선의 유언이나 마찬가지였고 게다가 무림의 향방을 바꿀 수도 있는 실로 엄청난 비밀. 절로 긴장이 됐다.

"제가 지부장님께 전할 말은……."

잠시 말을 끊은 묵조영이 슬그머니 주변을 살폈다. 기척은 전혀 없었다.

"염려하지 말게. 그 누구도 집무실 근처엔 접근하지 못하도록 조치를 취해놨네."

범률이 그를 안심시켰다.

"예, 그럼 말씀드리겠습니다. 의뢰받은 내용은 두 마디 말과 하나의 물건입니다."

"무엇인가?"

묵조영은 잠자코 탁자에 손가락을 가져갔다. 그리곤 제갈선으로부터 전해 받은 비밀을 쓰기 시작했다.

시황제(始皇帝), 평호추월(平湖秋月).

탁자에 글자가 적힌 것은 아니나 못 알아볼 정도는 아니었다.

'시황제? 평호추월?'

범률이 단어의 의미를 생각하는 동안 묵조영이 한 가지 물건을 내놓았다.

"그리고 이것입니다."

범률은 묵조영이 전하는 조그만 열쇠를 조심스레 받아 들었다. 황금으로 만들어졌다는 것 이외엔 별다른 특징이 없는 열쇠였다.

"이것은 무엇인가?"

"그건 저도 모릅니다. 그저 지부장님께 전하라는 의뢰를 받았을 뿐이지요."

"비밀의 문을 여는 열쇠란 말인가?"

혼잣말로 중얼거린 범률이 자신의 할 일은 이제 다 했다는 듯 평온한 얼굴로 찻잔을 드는 묵조영을 바라보았다.

"자네, 자네가 전한 비밀이 어떤 것인지 알고 있는가?"

일순, 어떤 의미로 그런 질문을 하는지 잠시 생각하던 묵조영이 담담한 표정으로 입을 열었다.

"처음엔 몰랐습니다. 알 필요도 없었고요. 하나, 지금은 알고 있습니다."

"하긴, 이제는 비밀이라 할 것도 없지."

마교에서 제갈세가를 무너뜨린 직후, 검지의 비밀이 풀렸다는 소문은 이미 전 무림을 휩쓸고 있었고, 또한 마교에서 쫓고 있는 신객이 바로 그 비밀을 쥐고 있다는 것도 더 이상 비밀이 될 수 없었다. 소식을 전해 들은 몇몇 문파에서는 신객을 쫓고 있는 마교의 움직임을 미리 파악해 제자들을 급파하는 기민성을 보여주기까지 했다.
 "후~ 검지의 비밀이 풀렸다는 소문을 접하기는 했어도 설마 하니 나에게 올 줄이야."
 제갈선이 죽음으로 전한 비밀을 지켜야 한다는 책임감 때문인지 아니면 그 비밀로 인해 닥쳐올 위험을 미리 감지한 것인지 한숨을 내쉬는 범률은 꽤나 중압감을 받는 모습이었다.
 "아무튼 고생했네. 마교 놈들에게 꽤나 시달림을 받았다고 들었는데 결코 쉽지 않은 일을 해냈어. 친우를 대신해서, 아니, 의천맹을 대신해서 자네에게 진정으로 고맙다는 말을 하고 싶군."
 "그러실 필요까지는 없습니다. 신객으로서 의뢰받은 일. 의당 해야 할 일이었으니까요."
 "자네에겐 의당 해야 할 일일 수 있으나 우리에겐 더없이 중요한 것이었다네. 내 무엇으로든지 사의를 표하고 싶은데······."
 "의뢰대금은 이미 충분히 받았습니다."
 의뢰대금이 등왕표국을 한바탕 뒤집어놓았을 만큼 거금이

었다는 것을 떠올린 묵조영이 빙긋이 웃으며 대답했다.
"그래도 그렇게 고생을 했는데……."
"제 일이니까요."
"아무리 일이라도 그렇지."
범률은 뭔가가 자꾸 아쉬운 모양이었다.
"마음만 감사히 받겠습니다."
묵조영이 다시 정중하게 거절을 했다.
그의 정중한 태도에 내심 감탄을 한 범률이 고개를 끄덕이며 물었다.
"알겠네. 자네가 정 그리 말을 한다면 어쩔 수 없겠지. 그래, 이곳에선 며칠이나 머무르려는가?"
"수삼 일 이내로 표국으로 돌아갈 생각입니다."
보통 신행이 끝나면 하루 이틀 정도 여독을 풀고 다시 복귀를 하는 것이 일반적이었으나 오랜만에 만난 곡운과 회포도 풀어야 하고 하선고에 대해 이것저것 알아도 봐야 했기에 그는 평소보다 복귀 시간을 길게 잡고 있었다.
그런데 범률이 생각할 땐 그마저도 너무도 짧은 시간이었던 모양이다.
"허, 그렇게 빨리? 그 고생을 했으면 꽤나 피곤할 터, 며칠 푹 쉬다 가게나."
"아닙니다. 해야 할 일도 많고……."
"어허, 자꾸 그럴 텐가?"

범률이 서운하다는 표정으로 말을 하자 묵조영이 살짝 웃음을 보이며 대꾸했다.

"제가 표국에 매인 몸이라 빨리 돌아가지 않으면 쫓겨날 수도 있어서요."

"쫓겨나면 내가 채용하겠네."

"말씀은 고맙지만 전 지금 하는 일이 좋습니다."

"쯧쯧, 고집하고는! 알았네. 그렇게까지 말하는데 어쩔 수 없지. 대신 이곳에 있는 동안은 내 최고의 귀빈으로 대접을 하겠네. 그것만큼은 막지 말게나."

"말씀만으로도 감사합니다."

"빈말인지 아닌지는 두고 보면 알 것일세."

범률은 더 이상 토를 달지 말라는 듯 손을 휘휘 내저으며 소리쳤다. 묵조영은 그저 그의 마음 씀씀이에 고마워할 뿐이었다.

제22장

죽기 위해 싸운다

소주 초입.

온갖 잡풀뿐이라 언덕이라고 부르기도 민망한 곳에 이십이 채 안 되는 광룡대원들이 초조한 기색으로 앉아 있었다.

"두렵나?"

야령이 거의 절반으로 줄어든 수하들을 보며 물었다.

"아닙니다!"

이구동성으로 터져 나오는 대답에 야령은 고개를 끄덕였다.

"며칠 동안 우리 광룡대는 큰 고초를 겪었다. 덕분에 난 한쪽 팔을 잃었고."

야령이 묵조영에 의해 팔꿈치부터 잘려 나간 팔을 치켜들었다. 아직 제대로 아물지 않아 상처를 싸맨 헝겊에서 피가 배어 나오는데도 그는 아랑곳하지 않았다.

"또한 절반 이상 줄어든 인원이 그것을 증명한다."

이리저리 고개를 돌리는 광룡대원들의 얼굴에 아픔이 깃들었다. 그동안 생사고락을 함께했던 동료들의 빈자리가 그렇게 크게 느껴질 수가 없었다.

"하지만 무엇보다 나를, 우리를 슬프게 하는 것은 불패무적 광룡대의 자존심에 씻을 수 없는 오점이 남겨졌다는 것. 팔이 아니라 설사 내 목숨이 끊어졌다 해도 자존심을 지켰다면 나는 만족했을 것이다. 인원이 절반이 아니라 그 절반으로, 아니, 모두가 목숨을 잃었다 하더라도 광룡대의 자존심을 지켰다면 만족했을 것이다. 하나, 우리는 그러지 못했다."

야령은 굳이 이유를 설명하지 않았다.

지난 며칠, 묵조영을 추격하며 누구보다 앞서 싸운 사람이 그였고 광룡대원들이었다. 하지만 돌아온 결과는 처참했다.

첫 싸움에서 그가 팔을 잃었고 광룡대원 중 정확히 열여섯 명이 전투 불능의 상태가 되었다. 이후 벌어진 추격전에서 또다시 열두 명이 치명적인 부상을 당했다. 그럼에도 성과는 전무(全無)였다. 상대에게 큰 부상은커녕 몸에 생채기 하나 만들지 못했다. 결국 더 이상의 피해를 걱정한 단주 범우의 명령으로 그들은 전면에 나서지 못하고 뒤로 빠질 수밖에 없었다. 물론 그들을 대신해 묵조영을 쫓던 창룡대 역시 아무런 성과를 얻지 못하고 피해만 당했기에 그들이 무능해서 일방적으로 당한 것이 아니라는 약간의 위안을 얻었지만 이미 실추된 명예가 회복된 것은 아니었다.

"알다시피 이번 작전은 아군이 파놓은 함정까지 적을 유인하는 것이다."

다들 말이 없었다.

"무척이나 위험한 일이다. 그렇다고 적당히 할 수는 없다. 놈들에게 유인이라는 것이 눈치 채지 않도록 하기 위해선 필사적으로 싸울 수밖에 없다."

"몇 명입니까?"

한 사내가 물었다.

간단했으나 깊은 의미를 지닌 질문이었다.

야령이 손가락을 쫙 펼쳤다.

"다섯이면 충분할 것이다."

"그 속에서 저는 빠지겠습니다."

질문을 던졌던 사내가 씨익 웃으며 말했다. 그러자 이곳저곳에서 같은 대답이 터져 나왔다.

손을 들어 수하들을 진정시킨 야령이 흡족한 미소를 지으며 말했다.

"나 역시 빠질 것이다. 그러나 모두 죽을 수는 없다. 누군가는 살아서 놈들을 유인해야 한다. 마성(馬星)."

그의 부름에 빼빼 마른 사내가 벌떡 일어났다.
"예, 단주!"
"너는 살아남는다."
"싫습니다. 동료들과 함께 죽겠습니다."
그는 당치도 않다는 듯 고개를 흔들었다.
"네 마음은 안다. 그래도 어쩔 수 없어. 계획을 제대로 성공시키려면 놈들을 함정에 빠뜨릴 때까지 잡히지 않아야 한다. 네가 적임자다."
"하하, 번개보다 빠르다는 발을 제대로 써먹어보라고!"
"너만 믿는다, 마성!"
"중간에서 잡히면 원귀가 되어 쫓아다닐 줄 알아!"
이곳저곳에서 격려의 말이 터져 나왔다.
마성은 고개를 푹 숙이고 자리에 주저앉았다.
"같은 맥락으로 방원(肪元)."
"예."
마성의 옆에 있던 사내가 울상을 지으며 일어났다.
"조현현(趙炫玄)."
"예."
기어가는 듯한 음성의 소유자는 일행 중 가장 뒤에서 턱을 괴고 있던 청년이었다.
"그리고 소회(蘇回), 상천문(尙淺雯) 너희들도 살아남는다."
생존자가 될 인원을 단숨에 지명한 야령은 크게 심호흡을 하며 잠시 말을 끊었다.

"싸움이 시작되면 가급적 뒤쪽으로 물러나 있다가 때가 되면 놈들을 유인해라."

"한데 놈들이 그렇게 쉽게 유인을 당하겠습니까? 고작 다섯 명의 인원을 쫓아서. 차라리 죽어라 싸우다 다 같이 도망을 치며 끌어들이는 것이 어떻습니까?"

자신이 뽑힌 것이 못내 못마땅한지 상천문이 볼멘 음성으로 물었다.

"그래선 속지 않는다. 그러니까 남은 사람의 역할이 중요한 것이야. 놈들이 절대로 함정이란 생각을 갖지 않도록 치열하면서도 처절한 싸움을 해야 한다. 싸움이 최고조에 이르렀을 때 놈들을 유인한다. 틀림없이 걸려들 것이다. 피를 보게 되면 자신도 모르게 흥분을 하게 되는 법. 앞뒤 가리지 않고 달려들 것이다. 문제는 그런 수하들을 단숨에 휘어잡고 제어할 수 있는 자가 있다면 솔직히 답이 없다는 것인데… 뭐, 그것은 운에 맡기는 수밖에."

"그러니까 우린 그냥 죽어라 싸우기만 하면 된다는 것입니까?"

맨 처음 질문을 했던 사내가 다시 물었다.

"그렇다. 뒷일은 여기 다섯 명에게 남기고 우린 그저 죽으면 되는 것이야. 물론 덤으로 몇 놈씩은 데려가야겠지. 가급적 잔인하게 죽여라. 그래야 놈들도 물불을 가리지 않을 테니까."
"그거야 우리 전공 아니겠습니까?"
사내의 말에 모두들 웃음을 터뜨렸다.
"자, 각오는 됐겠지?"
야령의 물음에 한목소리로 대답을 했다.
"물론입니다!"
입술을 질끈 깨물고 수하들 한 명 한 명에게 시선을 던진 야령이 칼을 높이 치켜세우며 소리쳤다.
"광룡대의 명예를 위하여!"
"위하여!"

"지금 뭐라고 했지? 마교 놈들이 은신해 있다고?"
막 점심 식사를 마친 사도추가 땀이 범벅이 되어 돌아온 수하를 보며 두 눈을 동그랗게 뜨며 물었다.
"그렇습니다. 제 두 눈으로 똑똑히 확인을 했습니다."
"몇 놈이나?"
"대략 이십 정도입니다."
"이십? 너무 적은 것 아냐?"
"그렇긴 합니다만 아무리 살펴도 주변엔 놈들뿐이었습니다."
"그래?"
"예, 확실합니다."

"알았다. 고생했다. 가서 좀 쉬거라."

사도추는 수하의 대답을 듣는 둥 마는 둥하며 마국충에게 달려갔다.

속이 좋지 않다고 하여 식사를 거른 마국충은 때마침 풍기혜와 간단히 차를 마시고 있었다.

"어서 오게, 사 당주. 식사는 했는가?"

"예."

"그럼 차라도 한 잔 들지."

"지금 한가로이 차를 마실 때가 아닌 것 같습니다."

다급함이 전해졌는지 풍기혜가 황급히 되물었다.

"그게 무슨 소린가?"

"척후로 내보낸 수하들에 의하면 이곳에서 멀지 않은 곳에 마교 놈들이 은신하고 있다고 하네."

"마교? 몇 놈이나?"

"이십 정도."

"확실한가?"

사도추는 고개를 끄덕이는 것으로 대답을 대신했다.

"이십이라니 너무 적지 않은가? 그리 적을 리가 없을 텐데?"

마국충이 조금 전 사도추가 수하에게 했던 질문을 그대로 되풀이했다.

"예. 그것이 이상해서 수하에게 물었으나 아무리 살펴봐도

죽기 위해 싸운다

인근 주변에 다른 놈들은 보이지 않는다고 합니다."

"그래? 흠, 그것 참 괴이하군."

왠지 마음에 걸리는지 마국충은 연신 고개를 갸웃거렸다.

"어찌해야 합니까?"

풍기혜가 물었다.

"자네의 생각은 어떠한가?"

마국충이 그 즉시 되물었다.

"일단 함정인지 아닌지를 살펴야 할 것입니다."

"그렇지. 주변에 다른 놈들이 없다고는 해도 이십이라는 인원은 충분히 의심을 할 만한 숫자이긴 해."

마국충이 고개를 끄덕이며 동의를 하자 사도추가 반박을 했다.

"그렇다고 놈들을 그냥 놔둘 수는 없습니다. 후발주자로 우리를 견제하려는 목적을 가진 놈들일 수도 있습니다."

"흠, 사 당주의 말도 일리가 있군. 놈들에게 우리를 교란케 하고 주력은 다른 목표를 향해서 움직일 수도 있을 테니까."

"다른 목표가 아닙니다. 검지의 비밀을 쫓던 놈들이 이곳까지 왔다는 것은 비밀을 쥔 자의 목적지가 사실상 의천맹 소주지부라는 것입니다. 어쩌면 지금 이 시각······."

"놈들을 미끼로 던져 놓고 소주지부를 공격하고 있을 수도 있다는 말인가?"

"그렇습니다."

"그 반대의 경우도 생각해 봐야 합니다."

이번엔 풍기혜가 반박을 했다.

"고작 이십 명에 불과한 놈들로 우리를 묶는다는 것은 애당초 불가능한 일입니다. 게다가 무턱대고 소주지부를 공격하다간 자칫 양쪽에서 협공을 당할 수도 있습니다. 놈들이 그런 위험을 감수할 정도로 무모한지는 생각해 보아야 합니다."

"그 말 또한 일리가 있군. 후~ 어쩐다."

마국충은 쉽게 결정을 내리지 못하고 있었다.

한참 동안이나 홀로 고민을 하던 그가 이번엔 능검당을 이끌고 있는 아들 마창에게 물었다.

"너는 어찌 생각하느냐?"

순간, 곁에서 지켜보던 사도추의 얼굴이 일그러졌다. 단 한 번도 스스로 결정하여 명을 내리지 못하는 마국충의 단점이 또다시 드러났기 때문이다.

수하들의 의견을 존중한다는 것, 어찌 보면 대단히 신중하고 합리적인 행동이라 할 수 있겠으나 먼저 자신의 의견을 개진하고 수하들의 의견을 듣는 것이 아니라 무조건적으로 의지한다는 것은 분명 큰 문제였다.

잠시 잠깐 생각을 마친 마창이 입을 열었다.

"제 생각엔 두 분 당주의 말이 모두 일리가 있다고 봅니다. 그래도 어느 한쪽을 결정하라고 하신다면 사 당주의 의견에 조금 더 비중을 두겠습니다."

"알았다. 그럼 그렇게 결정하는 것이 좋겠구나."

'망할!'

자신의 의견이 채택되었음에도 사도추는 도무지 마음에 들지 않았다.

마침내 결정을 내린 마국충이 명을 내렸다.

"지금 즉시 공격을 하도록 하지. 선봉은 풍검당이 서는 것이 좋겠군. 부탁하네, 사 당주."

"알겠습니다."

"능검당은 놈들의 배후를 차단하도록 하고."

"예."

마창이 허리를 꺾으며 명을 받았다.

"철검당은 혹시 모를 적의 역습에 대비하게."

"예."

풍기혜의 대답을 끝으로 세 당주는 싸움을 준비하기 위해 각자 수하들이 있는 곳으로 움직였다.

마국충만이 홀로 남아 마지막 열기를 발산하고 있는 찻잔을 들었다. 그의 인생에 있어서 어쩌면 마지막이 될 수도 있는 순간이었다.

[온다. 다들 태연하게 행동하라. 그리고… 저승에서 보자.]

야령의 전음성이 광룡대 대원들에게 전해지기가 무섭게

일단의 무리들이 허리까지 오는 풀섶을 가르며 그들을 향해 달려들기 시작했다.

"와아!"

거대한 함성이 해일이 되어 주변을 덮쳤다.

"공격, 공격해랏!"

선봉에 선 사도추가 시퍼렇게 날이 선 대감도를 휘두르며 돌진했다. 그의 기세가 보통 남다른 것이 아니기에 수하들에게 맡겨선 안 된다고 여긴 야령이 그의 앞을 가로막았다.

쨍!

날카로운 병장기음과 함께 사도추와 야령은 서로의 무기를 맞댄 상황에서 한 발씩 물러났다.

"네놈은 누구냐?"

사도추가 물었다.

"저승사자."

"흥, 저승사자가 외팔이 병신이라는 말은 처음 듣는군. 어쨌든 내 칼을 막다니 제법이다."

사도추의 조롱에 야령의 입술이 뒤틀렸다.

"어디 병신에게 죽어봐랏!"

야령의 칼이 대감도를 비껴내며 사도추의 허리께로 짓쳐들었다.

사도추는 당황하지 않고 몸을 빙글 돌려 공격을 피하고 그 반동을 이용하여 반격을 했다.

웅웅웅!

맹렬한 바람 소리를 동반한 대감도가 아랫배를 쑤시며 다가들자 야령은 빗나간 칼을 재빨리 회수하여 이에 맞섰다.

바로 그 순간, 사도추의 입가에 미소가 피어오르고 갑자기 방향을 바꾼 대감도가 야령의 왼쪽 허벅지를 찍었다. 그러나 이미 그런 식의 역공이 올 줄 알았다는 듯 슬쩍 다리를 뺀 야령이 아래로 처져 있던 칼을 위로 쳐올렸다. 사실상 함정을 팠던 것이다.

다급했던 사도추가 대감도의 손잡이를 역으로 세워 칼을 막았다. 그리곤 튕기듯이 서너 걸음 뒷걸음질을 쳤다.

'후~'

안도의 한숨이 절로 나왔다.

반응이 조금만 늦었으면, 그리고 솔직히 운이 따르지 않았다면 그대로 손목이 잘릴 뻔한 위기였다.

짜증이 솟구쳤다.

짜증이 분노가 되고 살기로 변했을 때, 사도추의 몸이 힘찬 도약을 했다.

쐐애액!

맹렬히 내리꽂히는 대감도.

맞서봤자 좋을 것 없다고 생각한 야령이 주저없이 뒤로 물러나며 공격을 피했다. 순간, 급격하게 방향을 바꾼 대감도가 수평으로 날아들며 배를 노렸다.

정면으로 달려드는 상대에 비해 뒷걸음질을 치며 피한다는 것이 아무래도 느리다고 판단한 야령은 그 즉시 땅바닥에 두 다리를 단단히 고정시키고 최대한 허리를 눕혔다. 뒤통수가 바닥에 닿을 듯 말 듯한 자세였다.

목표를 잃은 대감도가 허무히 허공을 가르고 공격을 피한 야령은 땅을 짚고 있던 칼에 힘을 주며 배를 튕겼다. 그리고 그 힘을 이용해 마치 재주를 넘는 식으로 다리를 힘껏 차올렸다. 노린 것인지 아니면 우연인지 발의 방향이 사도추를 향하고 있었다. 하지만 그의 발이 사도추의 몸에 도착하기 바로 직전, 커다란 대감도가 역으로 다리를 노리며 접근했다.

아무래도 불리하다고 판단한 야령은 차올리던 발의 방향을 즉시 바꾸고 팽이처럼 핑그르르 회전을 하며 솟구쳐 올라 몸을 바로 세우려 했다.

한데 바로 그때, 멀찌감치 떨어져 착지를 하던 야령의 몸이 갑작스레 흔들렸다.

"헛!"

그의 입에서 다급한 신음성이 터져 나왔다.

설마 하니 발밑에 시신이 있을 줄이야!

실수도 이만한 실수가 없었다.

대가는 곧바로 뒤따랐다.

절호의 기회를 놓치지 않은 사도추의 대감도가 득달같이 들이닥쳤다.

다급해진 야령이 필사적으로 몸을 틀었으나 이미 중심을 잃은 상황에서 완벽히 피하기엔 다소 늦은 감이 있었다.

퍽!

피가 튀었다.

대감도에 스친 허벅지가 끔찍할 정도로 벌어졌다. 참기 힘든 고통이 엄습했다.

'젠장.'

사도추의 공격 때문에 주변을 제대로 살피지 못했다고는 하나 목숨을 건 싸움에선 일신에 지닌 실력뿐만 아니라 주변의 사소한 것 하나에도 생사가 갈리는 법. 눈앞의 상대뿐만 아니라 그 외의 모든 변수까지 헤아리고 있어야 했건만 그러지 못했다. 변명의 여지가 없는 명백한 실수였다.

하지만 그 또한 신경 쓸 겨를이 없었다. 기선을 제압했다고 생각한 사도추의 연속된 공격이 다가오고 있었기 때문이다.

몸을 이리저리 흔들고 커다란 대감도를 공깃돌 놀리듯 자유자재로 움직이며 야령의 시선을 혼란시킨 사도추가 이번엔 오른쪽 허벅지를 노리며 공격을 가했다. 아무래도 확실하게 기동력을 빼앗기 위함인 듯했다.

야령은 거의 본능적으로 돌진해 오는 사도추를 향해 땅을 찼다.

흙과 작은 돌들이 튀어 올라 사도추를 덮쳤다.

평소엔 감히 상상도 할 수 없는 치졸한 방법이기는 했어도 효과는 만점이었다.

"헛!"

아무리 급하기로서니 그런 식으로 방어를 할 줄은 꿈에도 몰랐던 사도추가 헛바람을 토해내며 황급히 팔소매를 휘둘렀다.

흙먼지들의 대부분은 그의 팔소매에 막혀 사방으로 흩어졌다. 다만 워낙 창졸간에 벌어진 일이라 몇몇 자그마한 흙 알갱이들이 방어막을 뚫고 눈을 침범했다.

"크으!"

사도추의 입에서 당황스런 신음성이 터져 나왔다.

흙이 들어간 눈을 연신 비벼보았으나 그러면 그럴수록 고통만 커졌다.

그것을 두고 볼 야령이 아니었다.

괴이한 웃음과 함께 야령이 지면을 박찼다.

조금 전, 허벅지에 큰 상처를 입은 사람의 움직임이라곤 생각할 수 없을 정도로 빠른 몸놀림에 사도추는 당황할 수밖에 없었다.

쨍! 쨍!

무차별적으로 휘두르는 야령의 칼이 대감도 따위는 단숨에 부숴 버리겠다는 듯 기세를 올렸다.

칼이 쑤시고 들어와도 꿈쩍 안 할 것 같았던 사도추가 자그마한 흙 알갱이 때문에 연신 뒷걸음질쳤다. 눈에 보이지도 않을 정도로 작은 흙먼지였으나 그것들로 인해 받은 고통, 아니, 고통보다는 낭패스러움이 상상 이상이었다.
 반격은 감히 꿈도 꾸지 못했다. 그저 어찌어찌 막아내는 것이 전부였다.
 "어떠냐? 병신의 칼 맛이?"
 마지막 일격을 가하기 위해 잠시 여유를 둔 야령이 한껏 비웃음을 흘리며 소리쳤다.
 "더러운 놈! 명색이 한 무리를 이끄는 놈이 이따위 비겁한 수를 쓰다니! 네놈에겐 무인으로서의 명예도 없는 것이냐?"
 야령의 낯빛이 살짝 굳었다. 하나, 잠시 잠깐이었다. 지금은 무인의 명예 운운할 때가 아니었다.
 "당한 놈이 바보지."
 "수치도 모르는……."
 소리를 지르던 사도추가 이를 악물며 말문을 닫았다. 그런 하찮은 잔수에 너무도 허망하게 당했다는 것 자체가 그에게도 수치스러운 일이었기 때문이다.
 "수치든 나발이든 간에 뒈지고도 그런 소리를 할 수 있는가 보자!"
 차갑게 외친 야령이 칼을 움직였다.
 파스스슷.
 칼에서 뿜어져 나온 예리한 기운이 공기를 가르며 달려들었다.

눈이 감긴 상태론 도저히 막아낼 수 있는 공격이 아니었다.

사도추의 얼굴에 절망감이 어렸다.

바로 그 순간, 또 다른 기운이 그와 야령이 일으킨 검기 사이에 끼어들었다.

쾅!

두 기운이 충돌하며 꽤나 큰 충격음을 만들어냈다.

"괜찮은가?"

사도추는 목소리를 듣기도 전에 자신을 구한 사람이 누구인지 알 수 있었다. 아무리 그가 위험에 빠진 상황이라도 명령이 없으면 풍검당의 수하들은 그를 돕거나 합공에 나서지 않는다. 상관의 명예는 어떠한 상황에서라도 철저하게 지켜준다는 풍검당 나름의 자존심 때문이었다.

"이자는 내가 상대하겠네."

후미에서 지켜보다 사도추의 위험을 보고 달려온 풍기혜가 앞으로 나서며 말했다.

"부탁하네."

분했지만 어쩔 수 없었다. 희미한 영상으로 보이는 야령을 노려본 사도추는 이를 악문 채 뒤로 물러났다.

"호오~ 외팔이 병신을 상대로 연속해서 거물들이 납시는군."

차륜전(車輪戰:한 상대를 많은 인원이 돌려가며 상대함)에 대한 비난이었으나 풍기혜는 몇 마디 말로 일축해 버렸다.

"삼류하수도 하지 않는 비겁한 행동을 한 인간의 말치고는 우습군. 미리 경고하지만 나에게 그따위 잔수는 통하지 않으니 포기하는 것이 좋을 것이다."

"그럴까? 그거야 두고 보면 알 것이고."

비릿한 웃음을 흘리는 야령, 하나 상대의 말이 결코 허언이 아니라는 것을 알기에 가슴 한 켠이 무거워질 수밖에 없었다.

'팔만 멀쩡했더라면.'

눈앞의 상대는 물론이고 먼지를 씻어내기 위해 한 걸음 물러나 두 눈에 물을 들이붓는 사도추도 결코 만만한 상대가 아니었다. 최상의 몸 상태로 싸움을 해도 쉽게 우열을 가리기 힘들 정도로 뛰어난 무위를 지닌 고수들이었다.

그런 면에서 한쪽 팔을 잃었다는 것, 게다가 허벅지에 부상까지 당했다는 것은 너무나 큰 약점으로 다가왔다. 무엇보다 팔을 잃은 지가 얼마 되지 않아 몸이 제대로 적응을 하지 못한 것이 문제였다. 정상적인 대결로선 도저히 상대가 되지 못했다.

'아쉽군.'

야령이 씁쓸한 웃음을 지었다.

죽음 따위가 두려워서는 아니었다.

이미 이곳에 있다는 것 자체가 목숨을 버린 것이나 진배없었다. 그저 호각을 이룰 수 있는 멋진 상대와 제대로 싸움을 할 수 없다는 것이 한 사람의 무인으로서 너무나 아쉬운 것이다.

 스윽, 풍기혜가 한 걸음 나서고 그와는 반대로 야령이 천천히 한 걸음 물러나면서 둘의 싸움은 시작되었다.

 한편, 세 배가 훨씬 넘는 인원에게 포위를 당한 광룡대원들은 실로 눈물나는 싸움을 펼치고 있었다.

 압도적인 수적 우세와 힘으로 공격을 해오는 풍검당에 맞서면서도 그들은 단 한 걸음도 물러서지 않았다. 오히려 거세게 밀어붙이는 모습까지 보여줬다.

 그들의 숫자를 보고 만만하게 생각했던 풍검당의 무인들은 죽음을 도외시하며 덤벼드는 그들의 기세에 무척이나 당황했다. 그래도 압도적인 수의 열세를 만회할 수는 없었다. 시간이 흐르자 광룡대원들의 숫자가 하나둘 줄어들기 시작했다. 하지만 그들의 전의는 조금도 꺾이지 않았다.

 지금 그들은 목숨을 걸고 싸우는 것이 아니었다.

 목숨을 걸고 싸운다는 말속엔 생존에 대한 일말의 가능성이 담겨 있었다. 그러나 애당초 그들은 죽기 위해 싸우는 것이었다. 보다 많은 적과 함께, 또 적의 눈이 뒤집혀 이성을 잃을 정도로 잔인하고 끔찍한 싸움을 하려는 것이다. 바로 자신들의 생명과 맞바꾸면서.

 "죽엇!"

 공포에 사로잡힌 듯한 괴성과 함께 한 사내가 미친 듯이 칼을 휘둘렀다.

피가 튀어 얼굴을 더럽히고 옷을 붉게 물들였음에도 그는 옆의 동료가 달려와 말릴 때까지 마치 뭐에 홀리기라도 한 듯 내려치는 칼을 멈추지 않았다.

"그만, 그만 해!"

몇 명의 동료들이 와서 거듭 그를 말렸다.

비로소 정신을 차린 사내가 칼을 멈추었다. 그의 발아래엔 광룡대원 한 명이 쓰러져 있었다.

몸은 갈기갈기 찢겨 형체를 알아볼 수 없을 정도로 어육이 되어버렸으나 반쯤 뭉개진 얼굴은 분명히 웃고 있었다.

뒤에서 날아든 칼을 피하지 못하고 무방비로 당할 때까지 그가 빼앗은 목숨은 무려 여섯, 그는 자신이 쓰러뜨린 상대를 철저하게 유린했다.

사지를 분리하고 배를 갈랐다.

그것도 부족해 마구 짓밟기까지 했다.

살아선 끔찍할 정도로 미운 적이라도 죽은 다음엔 나름대로 존중을 해주는 것이 강호의 예의. 그는 암중으로 인정되는 강호의 도리를 깡그리 무시한 것이다.

결국 그 또한 똑같은 신세로 죽음을 맞았지만 애당초 원하던 죽음이 아니던가!

스스로 최선을 다했다고 여겼기에 그런 미소를 지으며 죽을 수 있는 것이다.

그런 꼴이 보기 싫었는지 그를 쓰러뜨린 사내가 또다시 발작적으로 발을 치켜들었다. 그리곤 그대로 머리를 밟아버렸다.

퍽!

수박 깨지는 듯한 소리와 함께 허연 뇌수가 발등을 적셨으나 아랑곳하지 않았다. 머리가 완전히 형체를 잃을 때까지 그는 몇 번이고 발길질을 계속했다. 옆의 동료가 말릴 엄두를 내지 못할 정도로 살기등등했다.

그런데 그런 광경이 한두 곳에서 벌어지는 것이 아니라 이곳저곳에서 무차별적으로 일어나고 있었다.

처음부터 작심한 광룡대원들에 의해 차마 볼 수 없을 정도로 끔찍이 유린당하는 동료들의 시신을 보며 풍검당의 무인들 역시 똑같은 형식으로 보복을 하고 있는 것이었다.

결국 야령의 바람대로 시간이 가면 갈수록 그들 모두 미쳐가고 있었다.

그러는 사이 풍기혜를 맞아 싸움을 하고 있는 야령의 꼴은 말이 아니었다.

나름대로 길 버티며 선전을 하고 있으나 시간이 가면 갈수록 압도적인 수세에서 벗어날 수가 없었다.

비 오듯 쏟아지는 땀방울, 찢어진 의복, 숨은 턱밑까지 차고 온몸에 입은 상처에선 피가 멈추지 않고 흘러내렸다.

경고했던 대로 풍기혜는 추호의 허점도 보이지 않고 야령을 몰아붙였다.

야령이 흥분하여 날뛰면 냉정하게 움직였고, 차분히 응수하면 그보다 더욱 차분하고 신중하게 대응을 했다. 일말의 허점도 보이지 않겠다는 듯 세세한 부분까지 신경을 쓰며 공격하는 통에 야령은 단 한 번의 기회도 잡지 못했다. 이미 사도추가 어떤 꼴을 당했는지 알고 있던 풍기혜가 철저하게 조심을 하는 터라 암수를 쓸 수도 없었다. 간신히 버티는 것이 현재 그가 할 수 있는 최선이었다.

"하아! 하아!"

풍기혜의 공격으로부터 겨우 몸을 뺀 야령이 거칠게 숨을 몰아쉬면서 주변을 살폈다.

싸움은 어느덧 막바지로 치닫고 있었다.

몸을 움직이고 있는 수하는 고작 열 명 정도. 대부분이 당장 쓰러져도 이상하지 않을 정도로 위태로운 상황에 처해 있었다. 그나마 유인 작전을 펼치기 위해 힘을 아끼고 있던 다섯 명의 대원은 동료들의 필사적인 도움으로 비교적 안전한 상황이었다. 물론 그 안전이라는 것도 다른 이들과 비교해서 그렇지 결코 편한 상황은 아니었다.

더 이상 시간을 끌어선 계획 자체가 무산될 수 있다고 여긴 야령은 조금의 머뭇거림도 없이 몸을 돌렸다. 그리곤 황당하다는 듯 쳐다보는 풍기혜를 뒤로하고 냅다 달리기 시작했다.

"훗, 도망갈 수 있다고 생각하는 모양이군."

풍기혜가 피식 웃음을 터뜨렸다.

그는 야령의 뒤를 쫓거나 소리를 지르지 않았다. 애당초 퇴로까지 차단한 상태, 빠져나갈 수 있는 확률이 전혀 없었기 때문이다.

[지금부터 놈들을 유인한다.]

다급한 전음성이 광룡대원들에게 전해졌다.

[지금입니까?]

누군가가 물었다.

[그래. 이만하면 충분하다. 이제는 놈들을 유인할 차례다. 포위망은 내가 뚫겠다.]

야령은 자신을 막아서는 풍검당의 무인들을 마구잡이로 몰아붙이기 시작했다. 어느새 다가온 수하들이 그의 좌우에 나란히 서서 힘을 보탰다.

다행히 포위망이 쉽게 뚫리는 듯했다.

하지만 그것은 그들의 능력이라기보다는 풍검당의 무인들이 일부러 길을 내준 것.

포위망을 뚫어낸 야령과 광룡대를 기다리는 것은 싸움이 시작됨과 동시에 퇴로를 차단하고 대기하고 있던 능검당의 무인들이었다.

"후후후, 환영한다."

마창이 한껏 비웃음을 흘리며 손짓을 했다. 그 손짓에 아군의 피를 보며 분노를 참고 있던 능검당의 육십 무인들이 일제히 공격을 시작했다.

조금이라도 지체를 하면 영영 빠져나갈 구멍이 없다고 판단한 야령은 그 즉시 명을 내렸다.

[내가 정면을 공격하겠다. 나머지는 좌측과 우측을 맡아라. 그리고 다섯 명, 너희들은 만반의 준비를 하다가 내가 길을 뚫는 즉시 이곳을 빠져나가라.]

빠르게 전음을 보낸 야령은 대답을 기다리지도 않고 몸을 띄웠다. 광룡대원들도 좌우로 갈라지며 시선을 분산시켰다.

기력은 이미 쇠할 대로 쇠한 광룡대원들은 안타깝게도 변변한 싸움조차 할 수가 없었다. 몇몇은 제대로 부딪쳐 보지도 못하고 복날 개처럼 패대기쳐진 상태로 목숨을 잃었고 다른 대원도 최후의 발악을 하다가 마찬가지로 처참하게 죽임을 당했다.

"타핫!"

야령이 탁한 외침을 토해내며 몸을 날렸다.

"조심해랏!"

느긋한 표정으로 전황을 살피다가 야령의 기세가 심상치 않다고 판단한 마창이 다급한 어조로 경고를 했다.

야령을 향해 세 명의 사내가 달려들었다. 만약을 위해 또 다른 세 명이 바로 뒤에서 지원을 했다.

야령의 입가에 미소가 지어졌다.

[너희들만 믿는다.]

죽음을 앞둔 사람에게선 절대로 볼 수 없는, 마치 모든 일을 끝냈다는 만족감에 충만하여 지을 수 있는 그런 웃음이었다.

그 웃음 끝에 엄청난 폭발음이 있었다.

그것이 끝이었다.

능검당의 무인들과 부딪치는 순간, 스스로 몸을 폭사시킨 야령은 자신을 가로막는 모든 장애물을 일시에 제거했다. 정면에서 막으려던 세 명의 무인이 그 자리에 쓰러져 즉사를 했고 뒤를 받치던 이들 중 대다수가 큰 부상을 당했다.

견고해 보이기만 했던 포위망이 일순간 흐트러진 순간, 다섯 명의 광룡대원이 벼락같이 움직였다.

"막아랏!"

마창이 소리를 지르고 사방에서 그들을 포위하려고 달려들었다. 하나, 광룡대에서도 가장 빠른 발을 지니고 있는 그들의 움직임은 가히 바람과 같았다. 게다가 단 하나의 바람만을 지니고 웃으며 죽어간 동료들 때문에라도 그들은 잡힐 수가 없었다.

"으으으! 빌어먹을 놈들!"

야령의 자살 공격으로 처참하게 목숨을 잃은 수하들의 모습을 확인한 마창의 눈에 독기가 어렸다.

"쫓아랏! 절대로 놓쳐서는 안 돼!"

마창이 피가 나도록 입술을 깨물며 소리쳤다. 그리곤 가장 앞장서서 그들을 쫓기 시작했다.

능검당의 무인들이 함성을 지르며 그의 뒤를 따르고 광룡대와 가장 처절한 싸움을 벌인 덕에 큰 피해를 입은 풍검당의 무인들도 이에 편승하여 도주한 적을 쫓기 시작했다. 누가 뭐라 말릴 사이도 없이 순식간에 벌어진 일이었다.
  끝까지 성공할 수 있을지 없을지는 전적으로 선택받은 다섯 명에게 달린 것이었지만 일단 야령과 광룡대원들의 희생으로 시작된 유인책은 제대로 먹힌 것 같았다.

제23장

귀곡성(鬼哭聲)

광룡대의 대원들이 장렬히 산화한 곳에서 십 리 정도 떨어진 들녘.

드넓게 펼쳐진 평야엔 여름이 가기도 전 일찌감치 수확을 끝낸 옥수수가 바싹 말라비틀어진 채 빽빽하게 들어차 있고 그 주변으로 호교단의 무인들이 분주하게 움직이고 있었다.

"아직 멀었나?"

나무 그늘 아래에서 휴식을 취하던 범우가 옥수수 밭 이곳저곳을 옮겨 다니며 적을 맞을 준비에 여념이 없는 수하들을 독려하던 사마천에게 물었다.

"거의 끝났습니다. 그런데 제대로 됐는지 모르겠습니다.

함정이야 그렇다 쳐도 옥수수 밭을 에워쌀 기름이 조금 부족한 것 같기도 해서."

"괜찮아. 잘되겠지. 바싹 마른 것이 굳이 기름이 없어도 잘 탈 것 같은데 뭘. 중요한 것은 야령이 놈들을 이곳까지 유인해 올 수 있느냐는 것이지."

"솔직히 걱정이 됩니다. 놈들이 그렇게 허술할 리도 없고 아무래도 무모한 작전인 것 같습니다."

"흠, 절대로 자신이 있다고 하여 허락을 하기는 했는데 어찌 될는지… 응?"

말을 하던 범우가 살짝 고개를 돌리며 뒤를 쳐다봤다. 아무것도 보이지 않는 평원.

"오는군."

"예?"

"온다고."

범우가 단정 짓듯 말했다.

늘 여유롭게만 보이던 얼굴이 살짝 굳어지는 것을 보면 그도 이번 작전의 중요성을 조금은 의식하고 있는 것 같았다.

범우의 말이 끝나기가 무섭게 점 하나가 나타나더니 맹렬한 속도로 평원을 질주해 왔다. 조그만 점은 점점 커지더니 곧 형체를 갖추었다. 탐색을 하러 보낸 연락병이었다.

유심히 그를 바라보던 사마천이 희색을 띠었다. 기수의 등 뒤에 치솟은 깃발이 붉은색임을 확인한 것이다.

"붉은색! 성공입니다."

"다행이군."

"그런데 생각보다 너무 빠릅니다."

"아예 안 오는 것보다는 낫지. 준비시키게."

"알겠습니다. 놈들이 오고 있다! 다들 적을 맞을 준비를 해라!"

사마천의 명이 떨어지자 바삐 움직이던 호교단의 무인들이 삽시간에 사방으로 흩어져 은신을 했다. 모습을 숨긴 그들에게선 숨소리조차 흘러나오지 않았다.

옥수수 밭은 무거운 정적에 휩싸였다.

두두두!

말을 타고 달려온 연락병은 속도를 멈추지 않고 그대로 옥수수 밭을 우회하여 모습을 감추었다. 거칠어진 말의 호흡 때문에 행여나 일을 망칠까 걱정한 사마천이 그냥 지나가라고 손짓을 한 것이다.

연락병이 사라지기가 무섭게 그가 달려온 방향에서 일단의 무리들이 모습을 보였다.

인원은 셀 수가 없었으나 한 가지는 확실했다.

앞에 달리는 이들은 틀림없이 야령이 직접 고른, 이번 유인 작전의 핵심이라 할 수 있는 다섯 명의 광룡대원들일 것이고 뒤쫓는 이들은 그들의 계책에 속아 흥분을 한 의천맹의 무인들이라는 것.

다만 처음과 다른 것이 있다면 포위망을 뚫었을 때 다섯 명이던 인원이 지금은 셋으로 줄어들었다는 것이다. 사실, 그것마저도 그들의 연출이었다. 중간중간 한 명씩 목숨을 던져 쫓아오는 이들에게 사냥의 묘미를 안겨준 것이다. 그러한 끔찍한 희생 덕분에 의천맹의 무인들은 그들 스스로도 인식하지 못하는 사이 깊은 수렁 속으로 조금씩 빠지고 있었다.

'야령……'

생존자가 고작 세 명에 불과하다는 것을 확인한 범우와 사마천의 얼굴이 심각하게 굳어졌다.

작전을 세우고, 스스로 지원을 할 때부터 어느 정도 예상은 했으나 결국 야령과 광룡대원 대다수가 돌아오지 못하게 되자 가슴 한쪽에 묵직한 아픔이 밀려들었다.

범우와 사마천이 서로의 얼굴을 보며 야령의 죽음을 애도하는 눈빛을 보낼 즈음, 적을 유인하는 데 성공한 이들이 옥수수 밭으로 뛰어들었다.

간발의 차이로 능검당이 뒤를 쫓고 풍검당의 무인들마저 옥수수 밭으로 모습을 감추었다.

'허, 미친개들이 따로 없군.'

사마천은 수하들을 쫓아 정신없이 달려드는 적을 이해할 수가 없었다. 비록 자신들의 계획대로 착착 진행되고는 있었으나 고작 도망자 몇몇을 쫓기 위해 그 많은 인원이 동원된 것도 그렇고 조금도 거리낌없이 옥수수 밭으로 뛰어드는 모습이 그렇게 한심해 보일 수 없었다.

애당초 그는 고작 이십여 명 남짓한 광룡대의 인원으로 유인 작전이 성공할 것이라고는 생각하지 않았다. 야령이 그토록 자신을 했고 범우가 용인을 했기에 그냥 입을 다물었지만 적어도 전력의 절반 이상은 동원되고 몇 번의 밀고 당기는 실랑이를 통해서야 비로소 성공할 수 있지 않을까라는 생각을 했었다.

그러나 야령은 그의 장담대로 멋지게 유인에 성공했다. 스스로의 목숨을 버림으로써 계획을 성사시키고자 한 그의 의지를 믿지 못하고 의심한 것이 너무나 미안할 정도로.

바로 그때였다.

삐이익!

날카로운 경적 소리가 주변을 휘감았다.

처음, 은은하면서도 조그맣게 시작한 경적 소리는 점점 커지더니 어느 순간 천군만마를 지휘하는 듯 온 평원을 휘감았다.

"퇴각 신호 같습니다."

귀를 기울이던 사마천이 말했다.

"음. 제정신이 박힌 놈들이라면 당연한 것이겠지. 하나, 이미 늦었다는 것을 알라나 모르겠군. 문을 걸어 잠가."

"함정에 빠진 놈들은 절반밖에 되지 않습니다."

"절반밖에라니? 그 정도면 충분하잖아. 나머지 놈들은 따로 상대하면 되는 것이지."

"알겠습니다."

간단히 대답을 한 사마천이 아까부터 자신을 뚫어져라 쳐다보던 수하에게 고개를 끄덕였다.

명이 떨어지자 사내는 들고 있던 활을 하늘로 치켜 올리고 화살을 당겼다. 어느샌가 붙였는지 화살촉은 활활 타오르고 있었다.

핑!

날카로운 소성과 함께 시위를 떠난 화살이 하늘로 솟구쳤다.

화살은 크게 궤적을 그리며 옥수수 밭 초입, 광룡대원이 지나치고 능검당과 풍검당의 무인들이 짓밟고 지나간 곳에 정확히 떨어졌다.

슈슈슉.

몇 개의 화살이 더 떨어져 내렸다. 떨어진 곳에서 조그만 불길이 일렁이기 시작했다.

"매복?"

수하들을 진정시키고 추격을 멈추도록 하기 위해 경적을 불던 풍기혜가 깜짝 놀라 소리쳤다.

"불이라면……."

당황한 사도추의 눈에 눈앞에 광활하게 펼쳐진 옥수수 밭이 들어왔다. 순간적으로 느껴지는 바가 있었다.

"화공(火攻)! 장로님! 화공입니다! 우선 옥수수 밭을 빠져나가야 합니다!"

단번에 상황을 파악한 사도추가 발작적으로 소리를 질렀다.

"화, 화공이라니! 빠, 빨리 퇴각하라 이르게."

당황한 마국충이 풍기혜를 바라보며 소리쳤다.

풍기혜는 대답할 시간도 없이 경적을 불기 시작했다.

경적 소리는 조금 전과는 달리 굉장히 날카로우면서도 고음으로 빠르게 퍼져 나갔다.

그러나 이미 늦은 감이 있었다.

화살이 떨어진 곳에서 엄청난 불길이 치솟기 시작하더니 그것이 신호인 양 옥수수 밭을 뺑 돌아가며 불길이 일기 시작했다.

"부, 불이다!"

"함, 함정이다. 도망쳐!"

도망자를 잡기 위해 옥수수 밭으로 뛰어든 능검당과 풍검당 대원들의 입에서 당황한 외침이 터져 나왔다.

눈 깜짝할 사이에 주변을 휘감은 불길이 사방을 막아버리고 무수한 화살이 무차별적으로 날아들었다. 게다가 옥수수 밭 이곳저곳에 설치된 간단하면서도 효율적인 덫에 의해서 그들의 혼란은 극에 이르렀다. 삽시간에 이십여 명이 넘는 인원이 헛되이 목숨을 잃었다.

"정신들 차려랏! 막무가내로 움직이지 말고 주변을 살펴라! 날아오는 화살에 대비해!"

수하들을 이끌고 함정의 한가운데에 빠지게 된 마창이 머리 위로 날아오는 화살을 연거푸 쳐내며 호통을 쳤다.

"바람이 부는 쪽으로 맞불을 놓고 적의 공격에 대비해라! 놈들의 공격은 아직 시작되지도 않았다! 조심! 조심을 하라니까!"

호교단이 밭 이곳저곳에 설치해 놓은 덫에 발목을 잘린 수하를 보며 마창은 안타까움과 분노가 교차하는 표정으로 소리를 질렀다.

그의 지휘로 처음 혼란에 빠진 풍검, 능검당의 대원들은 어느 정도는 안정을 찾은 것 같았다. 사방에서 일어난 불길의 열기가 여전히 목을 조여오고, 매캐한 연기에 숨이 막히고, 계속해서 날아오는 화살이 목숨을 위협했지만 처음처럼 당황하는 모습은 조금씩 사라졌다. 또한 마창의 지시대로 맞불을 놓아 좁은 공간이나마 조금씩 안정적인 자리도 확보해 나가기 시작했다.

함정에 빠진 이들이 그렇게 위기를 타개해 나가고 있을 때, 옥수수 밭 바깥쪽의 인원들도 그들 나름대로 치열한 싸움을 벌이고 있었다. 아니, 치열하다는 것은 의천맹 무인들의 입장에서 그렇다는 것이고 그들을 포위 공격하는 마교의 입장에선 비교적 느긋한 싸움이었다.

전력의 절반이 넘는 인원을 옥수수 밭에 밀어 넣고 화공으로 그들의 움직임을 제어한 다음 나머지 인원을 포위 공격하는 호교단원들의 움직임엔 자신감이 넘쳤다. 무엇보다 지금의 승기가 광룡대원들의 희생 때문이라는 것을 알기에 그들은 먼저 간 동료의 복수를 위해서라도 한 치의 소홀함도 없이 싸움에 임했다.

반 각이 채 되지 않아 밖의 의천맹 전력은 또다시 반으로 줄어들었다.

"아무래도 안 되겠습니다! 퇴각해야 합니다!"

전신에 피칠갑을 한 풍기혜가 마국충의 곁으로 다가오며 소리쳤다.

"퇴, 퇴각이라니! 말도 안 되는!"

마국충이 두 눈을 부릅떴다.

마교 따위에게 패해 도주한다는 것은 자존심이 허락하지 않았다. 무엇보다 함정에 빠진 아들 마창 때문에라도 이대로 물러날 순 없는 노릇이었다.

"더 이상 버티다간 전멸입니다! 퇴각해야 합니다!"

풍기혜가 더욱 다급해진 음성으로 소리쳤다.

"그, 그럴 수는……."

마국충은 여전히 고개를 흔들었다.

"장로님!"

풍기혜가 다시 한 번 채근했으나 마국충은 침묵으로 일관

했다. 그러는 사이에도 의천맹의 무인들은 급격히 쓰러지고 있었다.

"퇴각! 퇴각해라!"

더 이상 참을 수 없었는지 전장 한 켠에서 치열한 싸움을 하던 사도추가 거침없이 달려드는 적을 베어 넘기며 고래고래 소리를 질렀다.

그는 세 명의 적을 더 쓰러뜨리고 마국충에게 달려왔다.

"이게 무슨 짓인가, 사 당주!"

마국충이 노기를 드러내며 사도추를 추궁했다. 그러나 사도추는 조금도 아랑곳하지 않았다.

"죄송합니다, 장로님. 벌은 나중에 받겠습니다. 지금은 눈앞의 위기를 벗어나는 것이 중요합니다."

"놈들에게 등을 보이자는 말인가? 마교 놈들 따위에게!"

"중과부적(衆寡不敵)! 물러날 때 물러날 수 있어야 그나마 피해를 덜 수 있습니다."

"저들은 어쩌란 말인가? 설마 저들을 버리겠단 말인가?"

마국충이 불길로 인해 안의 상황이 어떤지 조금도 알 수 없는 옥수수 밭을 가리키며 소리쳤다.

"안타깝지만 어쩔 수 없습니다. 지금 당장 저들을 도울 방법도 없고 행여 저 불길 속에 그들이 살아 있다고 해도 그전에 우리들이 살아남기가 힘듭니다."

"아무리 그래도……."

"대의를 생각하십시오. 이곳에서 우리 모두가 개죽음을 당할 수는 없습니다. 우리가 당하면 놈들은 곧바로 의천맹 소주 지부를 공격할 것입니다. 놈들에게 검지의 비밀이 넘어가는 꼴을 보시겠다는 겁니까?"

"……."

딱히 반박할 말을 찾지 못한 마국충이 멍한 눈으로 옥수수 밭을 바라보았다.

정연한 논리로 마국충의 입을 틀어막고 허락을 받아낸 사도추가 또다시 퇴각 명령을 내렸다. 그리곤 풍기혜와 함께 마지못해 몸을 움직이는 마국충을 보호하며 사지(死地)에서 벗어나기 위해 안간힘을 썼다.

그들의 뒤를 따르는 수하들이라 봐야 고작 삼십여 명, 그 짧은 시간에 옥수수 밭에 갇혀 있는 구십여 명의 인원을 제외하고도 근 삼분지 이 정도가 목숨을 잃은 것이었다.

"놈들이 도주를 합니다."

사마천이 간신히 퇴로를 확보하고 도주하기 시작한 마국충 등을 가리키며 말했다.

그가 가리키는 방향으로 힐끗 시선을 던졌던 범우는 곧 시선을 거두며 화염에 휩싸인 옥수수 밭에 시선을 고정시켰다. 이제는 조금씩 불길이 꺾이는 중이었으나 위세는 여전히 맹렬했다.

한참 동안이나 멍하니 불길을 바라보던 범우의 눈빛이 묘하게 변하기 시작했다.

생기인지 살기인지 분간하기가 쉽지 않은 눈빛과 함께 그가 조용히 입을 열었다.

"북풍(北風)."

입을 떼기가 무섭게 온몸이 숯불처럼 붉고, 잡털이라곤 하나도 보이지 않는 말 한 마리가 다가왔다.

천하에 그 수가 얼마 되지 않는다는 적토마였다.

여타 말과는 비교도 되지 않을 정도로 크면서도 균형이 제대로 잡힌 것이 둔해 보이기는커녕 오히려 날렵하게만 보이는 북풍은 안장도, 등자도 없이 그저 고삐 하나가 전부였다.

범우는 대견한 눈빛으로 북풍의 머리를 툭툭 치며 훌쩍 등에 올라탔다.

"혀, 형님."

당황한 사마천이 그를 불렀으나 그는 대답 대신 발꿈치로 북풍의 옆구리를 툭 건드릴 뿐이었다.

주인의 마음을 알기라도 하듯 천천히 움직이는 북풍의 미끈한 몸, 왼쪽 손은 고삐를 틀어쥐고 오른손에 들린 추혼귀창을 땅에 닿을 정도로 늘어뜨린 범우의 모습은 과거 적토마를 타고 천하를 호령했던 관우와 비길 만했다.

"가자!"

나직한 명령과 함께 북풍의 움직임이 조금 빨라졌다. 눈앞에서 일렁이는 불길을 보면서도 북풍은 추호의 망설임도 보이지 않았다. 주인에 대한 절대적인 복종은 불과 극성인 짐승의 본능마저 억누르는 듯했다.

온 세상을 집어삼킬 듯 거세게 일어난 불길이 북풍과 범우의 몸을 휘감기 시작하자 범우의 손에 들린 추혼귀창이 살짝 움직였다. 순간, 마치 거대한 벽에라도 부딪친 것처럼 시뻘건 혀를 날름거리던 불길이 바다가 갈라지듯 그들을 중심으로 좌우로 쫙 갈라졌다.

그토록 맹렬히 타오르던 불길이 한 인간의 미약한 움직임에 무릎을 꿇는 장면에 주변에 있던 모든 이들의 동작은 한순간 굳을 수밖에 없었다. 그들은 단지 기세만으로 불길을 뚫고 그 중심에 길을 만든 범우의 능력에 탄성을 내지르며 두려움과 존경의 눈으로 그의 뒤를 쫓았다. 심지어 사마천마저도 멍한 눈으로 바라볼 정도로 잠시 잠깐 드러난 범우의 힘은 전율스러웠다.

"타핫!"

범우가 기합성과 함께 고삐를 낚아채자 느릿느릿 걷던 북풍이 힘찬 투레질과 함께 허공으로 도약하며 뛰쳐나갔다.

좌우로 갈라진 불길은 북풍이 지나간 뒤에야 조금씩 힘을 회복하더니 원래의 모습으로 돌아왔다. 거센 불길과 천지를 뒤덮은 연기에 아무것도 보이는 것은 없었다. 들려오는 건 오직 대지를 박차고 나가는 북풍의 발굽 소리뿐이었다.

두두두두!

귀곡성(鬼哭聲)

힘찬 말발굽 소리가 지축을 울리고 그와 때를 맞춰 비명성이 터져 나오기 시작했다.
"적이다!"
"조, 조심해랏!"
불길 속에서 범우를 발견하고 당황해하는 이들의 외침이 터져 나왔다.
"당황하지 마랏! 정신을 똑바로 차리고 적을 상대하랏!"
발악하듯 소리치는 마창의 음성과 그것을 비웃기라도 하듯 터져 나오는 북풍의 투레질 소리. 그런 소음들 사이에서 창연히 빛나는 한줄기 바람 소리가 귓전에 전해졌다.
쉬이익!
바람 소리의 뒤엔 귀청을 찢을 듯한 비명 소리가 뒤따랐다.
"으악!"
"크아아아!"
듣기만 해도 모골이 송연해질 정도의 처절한 비명성에 주변을 에워싸고 있던 호교단의 무인들까지도 몸을 움찔거렸다. 더러는 자신도 모르게 뒷걸음질을 치기도 했다.
뭔가에 흠칫흠칫 놀라는 것 같은 모습들. 하나, 성녀의 대가 끊어진 후, 철저한 힘의 논리에 지배되어 온 마교에서도 수없이 많은 경쟁과 싸움, 생사의 갈림길을 넘나든 그들에게 적의 비명 따위는 한낱 유희거리 정도에 불과했다.
그들이 놀라는 진정한 이유는 따로 있었다.

시뻘건 혀를 날름거리며 타 들어가는 불길 소리, 주인의 수족이 되어 날뛰는 북풍의 투레질 소리와 말발굽 소리, 대기를 가르는 바람 소리에 맞춰 어김없이 터져 나오는 비명 소리, 극한의 상황에 직면하여 어쩔 줄 몰라 하는 이들의 함성과 괴성이 들리고 몇몇은 죽음의 공포를 참지 못하고 미친 듯이 도주를 하기도 했는데 그들은 얼마 못 가 추혼귀창의 제물이 되거나 치솟는 불길에 휩싸여 힘없이 쓰러져 갔다.

 그런 아수라장 속에서 언제부턴가 은은히 전해오는 묘한 괴음(怪音)이 있었다.

 짐승의 울부짖음 같기도 하고, 참담한 고통을 참지 못해 내지르는 인간의 비명성 같기도 하며, 폭풍우가 치는 날 천지를 뒤흔드는 우레와도 같은 소리. 한데 어찌 들으면 거센 바람에 서로의 몸을 비벼대는 대나무의 소리 같기도 하고, 반쯤 떨어져 나가 덜컹거리는 폐가의 문소리 같기도 했으며 남편을 잃은 아낙의 처절한 흐느낌과도 비슷했다.

 어떤 소리를 대입해도 고개가 끄덕여질 만한 소리였으나 반면에 그 어떤 소리와도 전혀 어울리지 않는, 한마디로 딱히 이거라고 정의를 내릴 순 없는 실로 괴이한 소리였다. 그러나 한 가지 확실한 것은 그 괴음에 모두가 영향을 받고 있으며, 의식하지 못하는 사이에 공포심을 가지고 있다는 것.

 세인들은 범우가 만들어내는 그 괴음이 은연중 사람의 마음을 황폐하게 만들고 정신을 혼미하게 한다고 하여 귀곡성(鬼哭

聲)이라 부르며 두려워했다. 그리고 그 귀곡성이야말로 추혼귀창이 마도십병에서 당당히 서열 사위를 차지하게 만드는 가장 중요한 요인이었다.

"후~ 언제 들어도 소름이 끼치는군."

새벽녘 조용히 세상을 적시는 이슬처럼 파고들어 가슴을 뒤흔드는 귀곡성에 사마천도 이맛살을 찌푸리며 고개를 흔들었다.

나름대로 기운을 일으켜 차분히 마음을 가라앉히는 데도 이럴진대 정면으로 맞서 싸우고 있는 이들의 상황은 어떠할까? 비록 적이지만 동정을 금할 길이 없었다.

"쯧쯧, 차라리 불에 타 죽는 것이 나으련만."

귀곡성은 적뿐만 아니라 아군에게도 피해를 준다는 단점이 있던 터, 혀를 차던 사마천이 주위를 둘러봤다. 아니나 다를까, 몇몇 수하들의 움직임이 이상했다.

멍하니 불길을 바라보는 이들을 비롯하여 중심을 잡지 못하고 비틀거리는 사람, 몇몇은 그 자리에 주저앉아 머리며 가슴을 부여잡고 괴로워하고 있었다. 비록 그 숫자가 열 명이 채 안 됐지만 그대로 보고만 있을 수는 없었다.

"뒤로 물러나라."

그렇잖아도 괴로운 표정을 짓고 있던 호교단의 무인들은 사마천의 명이 떨어지기가 무섭게 뒷걸음질쳤다. 처음의 자리를 지키고 있는 사람은 사마천을 비롯하여 몇몇 수뇌들뿐이었다.

바로 그때, 비교적 한적한 곳에 서 있다가 사마천을 향해 천천히 다가오는 세 명의 노인이 있었다.

느리기는 하였으나 너무도 자연스러운 걸음걸이하며 실로 여유가 넘치는 표정을 보면 사마천까지도 인상을 쓰게 만든 귀곡성에도 전혀 영향을 받지 않는 모양이었다.

"허허, 귀곡성이 이리 거세게 들려오는 것을 보니 단주가 아주 작심을 한 모양일세, 부단주."

장대한 체구와는 상반된 조그만 얼굴과 여인처럼 고운 손을 지닌 노인이 입을 열자 사마천은 공손하게 허리를 숙이며 말을 받았다.

"그러게 말입니다. 호법님들께서 말씀 좀 해주십시오."

"허허, 우리가 말을 한다고 들을 단주가 아니라네. 우리 호법들은 단주를 도와 호교단의 일을 거들어주는 역할일 뿐. 모든 판단은 전적으로 단주가 하는 것일세. 그것이 잘못된 것인지 잘된 것인지 우린 판단하지 않아. 그저 최선을 다해 도울 뿐이지."

세 호법의 우두머리 격인 장혼(張昏)이 너털웃음을 지으며 말했다.

"그럴 리가 있겠습니까? 세 분 호법께서 말을 아끼시니 그런 것이지요."

사마천이 당치도 않다는 표정으로 고개를 흔들었다.

사실, 호법들의 발언권은 그들 스스로의 말처럼 한심한 지경은 아니었다. 범우가 제아무리 마교의 실세이고 이번 출정의 전권을 지녔다 해도 교내의 어른이라 할 수 있는 호법들의 말을 함부로 무시할 수는 없었다. 다만 호법들이 그만큼 범우를 믿고, 그의 판단을 믿는다는 말을 돌려서 한 것뿐이었다.

"그나저나 대단하군. 단주의 기세가 여기까지 미치는 것을 보면 하루가 다르게 무공이 늘어가는 것 같아."

"그러게. 지난번에 비해 한층 더 숙련된 것 같지 않은가? 귀곡성이 아주 폐부를 찔러오는군."

호법들은 저마다 기준으로 범우의 무공을 재단하고 감탄을 하며 약간은 두려운 표정으로 불길을 응시하기도 했다.

"끄아악!"

"으아아악!"

비명성은 끊임없이 들려왔다. 하지만 어느 정도 시간이 흐르자 전신을 찌르르하게 만드는 귀곡성과 비명성도 급격히 줄어들기 시작했다. 범우가 불길로 뛰어든 지 정확히 반 각이 되는 시점에서였다. 그래도 때때로 기합성과 병장기 부딪치는 소리가 들리는 것을 보면 나름대로 필사적으로 대항하는 사람들이 존재하는 듯했다. 물론 그러한 대항의 움직임 또한 오래 지속되지는 못했다.

"크윽!"

짧은 신음성과 함께 부러진 검이 허공으로 치솟았다.

부러진 검이 불길 밖까지 날아와 처박히는 것을 마지막으로 더 이상의 비명 소리는 들리지 않았다.

함성도 없었고 병장기 부딪치는 소리도 없었다. 오직 승리를 자축하는 듯한 북풍의 힘찬 투레질 소리만이 힘을 잃고 서서히 사그라지는 불길과 어울려 주변에 퍼져 나갔다.

"이제야 끝난 건가?"

"그런 것 같군."

호법들의 말에 대답이라도 하듯이 불길을 가르며 모습을 드러내는 범우.

처음 불길에 뛰어들 때와 조금도 다름없는 당당한 모습이었다. 다만 다른 것이 있다면 윤기가 좔좔 흐르던 북풍의 갈기가 조금 그슬렸다는 것과 범우 못지않게 제법 치열한 싸움을 펼쳤는지 몸 이곳저곳에 무수히 많은 상처를 입었다는 것. 물론 몸에 묻은 피의 대부분은 추혼귀창의 제물이 된 이들의 것이었다.

"고생하셨습니다."

사마천이 냉큼 달려가 고삐를 잡으며 말했다.

"고생은 무슨."

범우는 말에 탄 그 자세 그대로 어깨를 살짝 들썩였다. 순간, 사마천의 눈에 추혼귀창에 대롱대롱 매달린 머리 하나가 들어왔다.

귀곡성(鬼哭聲) 81

"누굽니까?"

"몰라."

간단히 대꾸한 범우는 창을 흔들어 머리를 집어 던졌다.

이미 그의 뇌리엔 자신이 집어 던진 머리의 주인이 그토록 험한 불길 속에도 수하들을 독려하며 자신에게 끝까지 대항한 사내라는 것은 조금도 남아 있지 않았다. 그가 능검당의 당주 마창이라는 것 또한 그에겐 중요한 것이 아니었다.

"나머지 놈들은 어찌 되었나?"

"모두 도주했습니다. 그러기에 아까……."

사마천은 불길 속에 뛰어드는 것이 아니라 애당초 도주하던 자들을 쫓아야 한다고 말을 하고 싶었다. 그러나 천천히 고삐를 틀어쥐며 북풍의 방향을 바꾸는 범우를 보며 말을 잇지 못했다.

"가세."

"예?"

범우의 전신에서 칼날 같은 예기가 흐르고 있음을 느낀 사마천이 불안불안한 표정으로 물었다.

"의천맹 소주지부."

불안은 정확하게 적중했다.

"지, 지금 말입니까?"

범우는 별다른 대꾸 없이 세 호법에게 고개를 돌렸다.

"먼저 가겠습니다."

"알겠네. 곧 뒤따라가지."

 범우가 불길에 뛰어들고 귀곡성이 하늘을 찢어발길 듯 울려 퍼지는 것을 들을 때부터 일이 이렇게 될 것이라 어느 정도는 짐작을 했는지 장혼은 만면에 웃음을 머금으며 고개를 끄덕이는 것으로 대답을 대신했다.

 '후~ 이럴 줄 알고 호법들께 단주를 말려달라고 말한 것인데.'

 좀 더 신중히 공격을 하는 것이 좋을 것이란 생각을 하고 있던 사마천은 자신도 모르게 한숨을 내쉬었다. 쫑긋이 귀를 기울이다가 공격의 명이 떨어지자 살기 어린 미소를 흘리며 주먹을 움켜쥐는 범상과는 확연히 대비되는 모습이었다.

제24장

아직… 끝나지 않았구나

힘겹게 떠오른 태양이 막 용트림을 시작하는 이른 아침, 묵조영은 의천맹 소주지부와 얼마 떨어지지 않은 곳에서 홀로 낚시를 하고 있었다.

머리에 대충 쓴 삿갓이며 몸에 걸친 전포가 축축이 젖은 것을 보면 틀림없이 밤새 낚시를 한 모양이었건만 아침 해가 떠오르는 지금 이 순간에도 양손으로 턱을 괸 채 수면을 바라보는 그는 조금의 미동도 없었다.

"쯧쯧, 어디 갔나 했더니만……."

곡운이 갓 잠에서 깬 듯한 부스스한 머리를 벅벅 긁으며 다가왔다.

"왔냐?"
"왔다. 밤새 이러고 있었던 거냐?"
묵조영은 대답 대신 고개를 끄덕였다.
"으이구! 그놈의 낚시질은… 그래, 많이 잡기는 했고?"
대답을 기다리는 대신 먼저 살림망을 집어 올린 곡운은 시원스레 물줄기를 쏟아내며 모습을 드러낸 살림망을 보며 안색을 굳혔다.
물고기는 한 마리도 없었다. 있다면 모래알보다 조금 큰, 이름도 알지 못하는 몇몇 수중 생물들뿐.
'낚시를 한 게 아니구나.'
살림망과 묵조영을 번갈아 쳐다보던 곡운은 살림망을 제자리로 돌려놓고는 조용히 물었다.
"그렇게 힘드냐?"
"힘들긴… 그냥 그런 거지 뭐."
묵조영이 대수롭지 않다는 듯 싱긋 웃으며 대답했다.
"처웃기는. 힘들면 나하고 술이나 퍼마시지 이게 뭐냐? 혼자 청승이란 청승은 다 떨고."
"그냥. 조용히 있고 싶어서."
"……."
곡운은 일순 입을 열 수가 없었다.
늘 밝기만 했던 묵조영의 얼굴에 전에는 결코 볼 수 없었던 그늘이 드리워진 것을 본 것이다. 여전히 웃는 얼굴이었으나 도리어 가슴이 저려왔다.

"너, 조금 변한 것 같다."

"변해? 내가?"

"그래."

"어디가?"

"글쎄, 뭐랄까? 조금 어른스러워진 것 같기도 하고……."

"그럼 어린앤 줄 알았냐? 옛날부터 어른이었어."

"아니, 그런 게 아니라… 조금 성숙해졌다고 할까? 그 밖에도 조금씩 변한 것 같아. 전체적인 분위기가."

묵조영은 별다른 대답 없이 빙긋이 웃음을 보였다.

"그만 웃어. 웃는 게 아니라 우는 것 같으니까. 도대체 언제까지 이러고 다닐래?"

"뭘?"

"시치미 떼지 말고. 하 소저 말이야. 계속 찾아다닐 거냐?"

"물론."

"이제 그만 포기하는 것이… 음."

곡운은 착 가라앉은 눈으로 자신을 응시하는 묵조영을 보며 밖으로 나오던 말을 다시 삼킬 수밖에 없었다. 그러나 작심을 한 듯 다시 입을 열었다.

"벌써 이 년도 훌쩍 넘었다. 언제까지 이러고 있을 수는 없잖아? 그만큼 찾아보았으면 이제 포기할 때도 된 것 아냐?"

"그럴 순 없다."

"좋아, 네 바람대로 찾았다고 치자. 그런 다음엔 어떡할 건데?"

"어떡… 하다니?"

"애당초 그녀가 사라진 것은 잃어버린 기억을 되찾았다는 거잖아. 그리고 지금까지 너를 찾지 않는다는 것은 우리와의 기억은 완전히 잊었다는 거고. 내 듣기로도 기억을 잃었던 사람이 그 기억을 되찾게 되면 기억을 잃었던 동안의 또 다른 기억은 뇌리에 남지 않는다더라. 결국 그렇게 되면 지금까지 그녀를 찾기 위한 노력도 아무런 소용이 없는 것 아냐?"

"그래도 상관없어. 일단 그녀를 찾는 게 중요하니까."

"답답하긴! 그녀는 너를 기억하지 못한다니까!"

곡운이 소리를 빽 질렀다.

하선고에 대한 묵조영의 마음을 모르는 바는 아니지만 언젠가는 만날 수 있다는 기약없는 믿음만을 가지고 허송세월을 하는 것 같아 너무도 안타까웠다.

"상관없다고 했잖아."

"왜? 왜 상관이 없는데?"

발악하듯 묻는 곡운의 물음에 묵조영은 간단하게 대답을 했다.

"사랑하니까."

"……."

"사랑하니까 이 정도 기다림쯤은 문제될 것이 없어."

"염병! 사랑은 무슨 놈의 사랑! 불같이 눈이 맞아 돌아간 연놈들도 서너 달 지나면 언제 그랬냐는 듯 식는 게 사랑이라더라. 평생 동안 살을 맞대고 살던 부부도 돌아서면 남이고. 니들이 도대체 십 년을 살았냐, 이십 년을 살았냐? 고작 백 일이다. 그중에 사랑 어쩌고 할 만한 날을 따져 봐도 며칠 안 되고."

"사랑이라는 게 꼭 기간이 길어야만 사랑이 아니잖아. 일순간이라도 사랑이 시작되면 영원이 될 수 있는 거야. 그리고 기다리는 것도 사랑이야. 그리워하는 것도 사랑이고, 그녀와의 기억을 추억하는 것도 사랑이다."

몽롱한 표정으로 변하는 묵조영의 얼굴을 보며 곡운은 어이가 없다는 듯 고개를 절레절레 흔들었다.

"잘났다! 사랑! 사랑! 그놈의 잘난 사랑! 아주 지긋지긋하게 해라. 난 모르겠다."

더 이상 말을 섞다간 복장이 터질 것 같았던 곡운은 눈에 보이는 대로 돌멩이를 걷어찼다. 무수한 돌멩이들이 수로에 떨어지며 낚시를 방해했다.

소음은 그야말로 낚시의 적, 그럼에도 묵조영은 자신을 염려하는 곡운의 마음이 어떤지를 너무도 잘 알기에 그런 심술에도 화를 내지 않았다.

"너무 그러지 마라. 말은 그렇게 하지만 솔직히 나 역시도 약간의 두려움은 있으니까."

아직… 끝나지 않았구나

"두려움? 홍! 사랑한다며 두려움은 무슨."

같잖다는 표정으로 톡 쏘아붙이는 곡운을 보며 묵조영은 쓴웃음을 짓고 말았다.

"네 말대로 그녀는 나를 기억하지 못하겠지. 그럴 때 어찌해야 할지 겁이 나. 무슨 말을 해야 할지, 또 어떻게 행동을 해야 할지."

곡운이 옳다구나 말을 받았다.

"그러니까! 차라리……."

"그래도, 그런 두려움이 있기는 해도 그녀를 찾아야겠다는 생각에는 변함이 없어. 이후의 일은 그때 생각할란다."

"에휴, 말이나 못하면! 후~ 관두자, 관둬. 내가 널 붙잡고 무슨 말을 하겠냐. 남는 낚싯대나 하나 줘봐. 나도 오랜만에 낚시나 해보게."

"여분은 없는데… 그냥 이걸로 할래?"

묵조영이 천마조를 건네려 하자 곡운은 손을 내저었다.

"관둬라. 분신같이 애지중지 아끼는 낚싯대를 가지고 불안해서 뭘 하라고. 난 그냥 대충 하나 만들런……."

갑자기 말끝을 흐린 곡운의 시선이 한곳에 고정되었다.

이상하게 여긴 묵조영의 고개도 자연적으로 돌아가고 둘은 의천맹 소주지부를 향해 황급히 달려가는 일단의 군마를 한참 동안이나 바라보았다.

"이른 아침부터 뭔 난리래."

곡운이 인상을 찌푸리며 말했다.

"무슨 일 생긴 거 아냐?"

"일은 무슨. 뻔한 거지."

"뻔하다니?"

"마교 아니면 검지."

곡운은 틀림없다는 어투로 말을 이었다.

"마교 놈들이 꽤나 설치는 모양이다. 어제만 해도 대책회의다 뭐다 하며 밤을 새는 걸 보면 알 만하지. 힘을 끌어 모으기 위해 이미 인근 문파란 문파에 모조리 통문을 보낸 모양이더라. 의원들도 부르고."

"의원?"

묵조영이 영문을 모르겠다는 표정을 짓자 곡운이 답답하다는 듯 말했다.

"당연하잖아. 다른 것도 아니고 정마대전이라고. 얼마나 많은 인간이 죽고 다치겠냐? 벌써부터 쓸 만한 의원들을 확보하려고 난리도 아니라더라. 이곳도 예외는 아닐걸? 어쨌든 저들도 통문을 보고 달려온 사람들인 것 같다. 그게 아니면 검지에 대해 냄새를 맡고 온 승냥이일 수도 있고."

"검지 때문에?"

"그렇다니까. 네가 도착하기도 전부터 마교의 움직임을 보면서 대다수의 사람들은 검지의 비밀이 이쪽으로 온다는 것을 알고 있던 모양이야. 내참, 검지가 꽤나 대단하긴 대단한 모양이더라. 개나 소나 다 꼬이는 것을 보면. 듣자니 천하사대세간가 뭔가 하는 가문에서도 오고 있다고 하고… 아, 황…산에서도 온다고 하는 것 같던데…….”

묵조영의 신세를 대충이나마 알기에 황산 운운하는 대목에서 곡운은 묵조영의 안색을 힐끔 살폈다.

"그렇… 구나."

내색을 하지 않는 것인지 아니면 애당초 별 의미가 없다고 여겨서 그런지 생각보다는 무덤덤한 반응이었다.

"어라, 또 오는데. 아주 난리구만. 저들은 또 무슨 일로 오는 걸까?"

멀리 또 다른 무리들이 다가오는 것을 보며 곡운이 손가락질을 했다. 그다지 흥미를 느끼지 못했던 묵조영은 천천히 시선을 거두었다.

한데 바로 그때였다.

몸을 돌리던 묵조영의 신형이 멈칫했다.

'뭐… 지?'

뭔가가 이상했다.

갑자기 심장이 두방망이질치기 시작하더니 난데없이 호흡이 가빠져 오는 것이 아닌가!

가슴이 터질 것만 같았다.

전신의 모공이 활짝 열리고, 오감을 넘어 육감이 극대화되는 느낌.

어째서 자신의 몸에 그러한 변화가 일어나는지 생각할 겨를도 없이 그의 시선은 마치 거대한 힘에 이끌리는 듯 한곳으로 향했다.

"아!"

외마디 외침과 함께 묵조영의 몸이 휘청거렸다.

찢어질 듯 부릅뜬 눈, 동공은 더없이 크게 확대되고 살짝 벌어진 입술은 그의 심정을 대변이라도 하듯 덜덜 떨렸다.

"왜?"

깜짝 놀란 곡운이 어깨를 잡으며 물었다.

대답은 없었다.

간신히 신형을 바로 세운 묵조영은 조금 전 자신이 본 것이 꿈은 아니었는지 확인을 하려 했다.

선두에 서서 차분한 걸음으로 다가오는 여인.

비단결보다 더욱 고운 머리카락, 초저녁 하늘을 밝히는 샛별보다 더욱 밝고 영롱한 두 눈, 백옥같이 고운 피부, 앵두 빛 입술에 학처럼 고아한 목선에 버드나무처럼 유연하고 가느다란 허리를 지녔다.

비록 거리가 멀어 그 모든 것들이 세세하게 보이지는 않았어도 그는 느낌으로 알 수 있었다.

그가 아는 한 세상에 그런 여인은 오직 한 명뿐이었다.

하선고, 그녀였다.

"하… 소… 저……."

아직… 끝나지 않았구나

묵조영의 입에서 꿈결처럼 한 여인의 이름이 흘러나오고 그의 이상한 태도에 당황하고 있던 곡운의 몸도 딱딱하게 굳어졌다.

"누구… 라고? 하… 소저? 하 선녀?!"

순간, 곡운의 몸이 팽이처럼 돌아갔다.

"하. 선.녀!!"

곡운이 놀라 부르짖었다. 그의 놀람도 묵조영 못지않은 것이다.

"하… 소… 저."

멍한 눈으로 시선을 고정시키고 있던 묵조영이 하선고의 이름을 부르며 그녀를 향해 움직이려 하였다. 하나, 전신의 기운이 모조리 빠져나간 그는 미처 한 걸음을 내딛지도 못하고 그 자리에서 주저앉고 말았다.

"으.으.으."

쓰러진 묵조영의 입에서 신음성이 흘러나왔다.

그녀에게 가기 위해 일어나려고 발버둥을 쳤지만 어찌 된 일인지 중심조차 잡지 못하고 바동댈 뿐이었다. 그러자 곡운이 상기된 얼굴로 어깨를 짚으며 말했다.

"서두를 필요 없다. 그녀가 눈앞에 나타난 이상 이제는 절대로 놓치지 않을 거잖아. 안 그래? 천천히… 천천히 그녀에 대해 알아보도록 하자."

조금 전, 답답할 정도로 태연하기만 했던 묵조영이 당황하여 어쩔 줄을 몰라 하고 있는 것과는 달리 점점 사라져 가는 그녀의 뒷모습을 보는 곡운에게선 묵조영에게 하선고를 잊으라고 막 다그치던 모습은 어느새 사라지고 없었다. 도리어 묵조영보다 더욱 침착하게 대응하는 모습이었다.

환희에 찬 눈으로 점점 멀어지는 하선고의 뒷모습을 보는 묵조영의 입술이 파르르 떨렸다.

'하… 소저.'

분명, 꿈은 아니었다.

한줄기 눈물이 볼을 타고 흘러내렸다.

"한가하군요."

"응? 뭐가?"

매화월의 물음에 여인은 턱짓으로 얼마 떨어지지 않은 수로를 가리켰다.

"이런 난리에 낚시질이라니 여유가 넘치는 것인지, 아니면 한심한 것인지 모르겠어요."

"하하하. 그럴 수도 있는 거지 뭐. 난리가 났다고 그럼 방 안에만 처박혀 덜덜 떨고 있을까? 그리고 아직 이곳까지 여파가 미치지 않은 모양이지. 어쩌면 이곳에선 마교 따위가 함부로 날뛰지 못한다는 자신감일 수도 있고."

"자신감이 아니라 자만이에요. 마교 놈들과 싸워보지 못한 자들이 가질 수 있는, 그들이 얼마나 잔인하고 무서운 실력을 지니고 있는지 알지 못하기에 지닐 수 있는 자만심. 쯧!"

무엇을 봤는지 여인이 또다시 혀를 챘다.

"한심하기는!"

"하하하, 이거야 원. 사매 말대로일 수도 있겠다. 어째 조금 우스운 사람들인걸."

갑자기 넘어져 바둥거리는 사내를 응시하는 매화월의 얼굴에도 어처구니없다는 표정이 떠올랐다.

"가요."

더 이상 논할 가치가 없다는 듯 매몰차게 시선을 거둬들이며 걸음을 옮기는 여인. 하나, 그녀는 자신이 어째서 서너 걸음을 가기도 전에 다시 고개를 돌려 그제야 간신히 일어선 사내를 바라봤는지, 그리고 그들의 모습이 나무에 가려 보이지 않을 때까지 계속 고개를 돌리고 있었는지 알지 못했다. 또한 무엇 때문에 심장 박동이 빨라지는지, 자신도 모르게 목에 걸린 목걸이를 만지작거렸는지 역시 느끼지 못했다.

"이게 어찌 된 일입니까, 장로님?"

마국충의 패전 소식을 전해 듣고 황급히 달려나온 범률은 사지에서 구사일생으로 도망쳐 나온 의천맹의 무인들을 보며 경악을 금치 못하고 있었다. 늘 고아하던 자태의 마국충과 당당하게 무림을 활보하던 의천맹 무인들의 모습이 뒷골목 거지 패와 다름없었기 때문이다.

"그리… 되었네."

땅이 꺼져라 한숨을 내쉬는 마국충은 차마 입을 열지 못했다.

범률의 시선이 지금껏 마국충의 좌우에서 그를 보호하며 움직인 풍기혜와 사도추에게 향했다. 그러자 사도추가 힘없는 음성으로 입을 열었다.

"마교 놈들에게… 암습을 당했습니다."

"암… 습? 암습이라니!"

범률이 경악성을 내질렀다.

그 역시 검지의 비밀을 쫓는 마교의 무리들이 소주지부로 접근하고 있다는 것은 알고 있었지만 설마 하니 마국충이 이끄는 무인들을 암습할 줄은 미처 생각지 못한 것이다.

"아마도 양쪽에서 협공을 당하는 것을 우려해서 그런 모양입니다만."

범률의 곁에 조용히 시립하고 있던 부지부장 천갈(泉乫)이 말했다.

일리가 있는 말이었다. 배후에 적을 두고 싸움을 하지 않는다는 것은 기본 중의 기본이었으니.

"도대체 얼마나 당한 것인가?"

범률의 물음에 마국충은 물론이고 풍기혜와 사도추마저 고개를 떨구고 말았다.

범률은 차마 더 이상 묻지 못했다. 그들의 표정을 보니 대충 어느 정도의 피해를 당했는지 뻔해 보였다.

사도추가 한참 만에 입을 열었다.

"마창 당주 이하… 근 백오십여 명이 당… 했습니다."

"세상에!"

참담했다.

그가 알기로 마국충이 이끌고 움직인 병력은 어림잡아도 백팔십에 육박하는 숫자. 그중에서 백오십이라면 거의 궤멸 수준이 아닐 수 없었다.

무엇보다 자신들을 지원해 줄 든든한 아군이 사라졌다는 데 안타까움이 컸다. 두려움은 없었으나 강맹한 마교를 상대하기엔 현재 지부 내의 병력이 상당한 열세였기 때문이다. 그나마 다행히도 주변 문파에서 계속해서 무인들이 몰려들고는 있었으나 의천맹의 정예 무인들에 비하면 인원수만 늘리는 것뿐, 그다지 도움이 될 전력은 아니었다.

그래도 이미 벌어진 일, 수하들은 물론이고 자식까지 잃은 그에게 무슨 말을 하겠는가.

"고생… 하셨습니다."

범률이 마국충에게 짧게나마 위로의 말을 건넸다.

"……."

마국충은 말이 없었다. 아니, 입이 있어도 할 말이 없었다. 비록 사도추가 적에게 암습을 받은 것이라 말을 하긴 했지만 엄밀히 말하면 암습이 아니라 함정에 빠진 것이었다. 그것도 수뇌들이 조금만 침착하게 생각을 했다면 결코 당하지 않았을 어처구니없는 함정. 부끄러움과 수치심에 그는 고개를 들지 못했다.

"놈들이 몰려올 것입니다."

풍기혜가 무거운 음성으로 입을 열었다.

"그렇겠지. 놈들이 노리는 목표가 이곳에 있으니. 하지만 암습이라 해도 그만한 싸움이 있었다면 놈들도 제법 피해를 입었을 터, 쉽게 준동하지는 못하지 않겠는가?"

순간, 고개를 숙이고 있는 마국충과 풍기혜, 사도추의 얼굴이 또다시 붉게 물들었다. 주체할 수 없는 부끄러움이 밀려들었다.

풍기혜는 피가 나도록 입술을 깨물었다. 그렇다고 언제까지 부끄러워할 수만은 없는 노릇, 상황을 정확히 알리고 대책을 세워야 했다.

"부끄럽지만 놈들이 입은 피해는 경미합니다."

"그, 그게 무슨 소린가?"

"움직임에 제약을 받지는 않을 것입니다."

풍기혜의 말에 범률의 안색이 딱딱하게 굳어졌다. 일이 생각보다 더욱 심각함을 느낀 것이다.

바로 그때였다.

정문을 책임지고 있는 수문장 나함(羅含)이 달려왔다.

"지부장님."

아직… 끝나지 않았구나

"무슨 일이냐?"

"검각에서 사람들이 왔습니다."

깜짝 놀란 범률이 벌떡 일어났다.

"검각에서?"

"예."

순간, 범률의 안색이 활짝 펴졌다. 마교의 공격이 임박한 지금, 검각의 지원군은 천군만마 다름없었다.

"청운각(靑雲閣)으로 모셔라. 곧 가겠다."

"알겠습니다."

"예의를 잃지 말고 정중하게 최선을 다해 모셔라. 절대로 접대에 소홀해서는 안 된다."

"명심하겠습니다."

명령을 받은 나함이 총총걸음으로 물러나자 범률이 마국충에 물었다.

"함께 가보시겠습니까?"

마국충은 고개를 흔들었다.

"아니네. 잠깐 쉬고 싶군."

힘없는 말투 자신없는 몸짓은 의천맹의 장로라 부르기에 민망할 정도였다. 그러나 그가 어떤 고초를 겪었는지 알기에 범률은 크게 개의치 않았다.

"알겠습니다. 그럼 우선 피로를 풀고 계십시오. 이보게, 천갈."

"예."
"자네가 장로님을 모시게. 난 검각에서 온 손님들을 만나 봐야겠네."
"알겠습니다."
천갈이 공손히 명령을 받았다.
"그럼 잠시 후에 뵙겠습니다."
살짝 허리를 꺾어 예를 표한 범률이 청운각을 향해 걸음을 옮겼다.
마국충의 힘없는 장탄식이 그의 뒤를 따랐다.

* * *

'후~ 장차 어찌 될는지.'
초조함과 기쁨, 환희, 두려움이 교차되는 얼굴의 묵조영을 보며 곡운은 나지막이 한숨을 내쉬었다. 그러나 간절한 표정으로 자신을 바라보는 눈빛 때문에 계속해서 침묵을 지킬 수는 없었다.
"알아본 바에 의하면 하 소저의 본명은 추월령(秋月玲)이다."
가을 달 소리.
그녀와 너무 잘 어울리는 이름이었다.
"추.월.령."

묵조영은 절대로 잊어먹지 않겠다는 듯 한자한자 따라 되뇌었다.

"검각 각주의 외동딸로 방년 나이는 이십사 세. 별호는 설… 뭐라고 했는데 잘 모르겠고, 지난 이 년 동안 폐관 수련을 하다가 이번에 출도했다고 한다."

"폐관 수련?"

"그래. 아무래도 마교 놈들에게 당한 부상 때문에 그런 것 같은데 어찌 된 일인지 검각에선 그녀가 기억을 잃었던 사실도 잘 모르는 것 같더라."

"그게 무슨 소리야?"

"대충 지나가는 말로 알아봤는데 그녀가 사라졌던 백 일간에 대해선 다들 몰라. 일부러 감추려고 하는 것 같지는 않았어. 그냥 부상 때문에 빨리 돌아오지 못한 것으로 알고 있더라. 그런데 재밌는 것이 있었다."

"뭐가?"

"지난날, 그녀가 마교에 쫓기게 된 일이 무엇 때문인지 아냐?"

"검지."

"알고 있었구나?"

묵조영이 고개를 끄덕였다.

"그런데 중요한 것은 어찌 된 일인지 무당파의… 아니, 사형이나 사제들은 검지 때문에 검각이 끼어든 사실 자체를 제대로 모르고 있었어. 그들을 지원했던 의천맹의 무인들이 모조리 몰살을 해서 그런 것인지 아니면 그 자체가 비밀이었는지 몰라도 전혀 모르고 있더라니까."

"그랬… 구나. 후~"

묵조영의 입에서 안타까운 한숨이 흘러나왔다.

그 당시 마교와 의천맹이 부딪친 이유가 검지의 비밀 때문이라는 것은 추월령을 찾는 과정에서 이미 알고 있던 터, 만약 비밀 쟁탈전에 검각이 끼어들었다는 것을 미리 알았다면 그녀를 찾는 일이 훨씬 쉬웠을 것이라 생각했기 때문이다.

하지만 지난날, 검지의 비밀을 풀 수 있는 단서 쟁탈전에 검각이 나선 것은 의천맹 내에서도 최고위층만 알고 있는 비밀이었고, 마교에서 그들이 얻은 가짜 단서를 진짜로 착각하여 철수한 후, 진짜 단서를 회수한 검각 각주가 그것을 제갈세가에 은밀히 전한 뒤부터는 더욱더 중요한 비밀로 다루어졌다. 그 누구도 검각에 대해 함부로 언급하지 않았다. 심지어 검각의 제자들조차 일의 전말을 제대로 알고 있는 사람이 서의 없을 정도였다.

"그런데……."

뭔가를 질문하려고 했으나 묵조영은 차마 말을 잇지 못했다.

무슨 말을 하고픈지 미루어 짐작을 한 곡운이 대신 입을 열었다.

"앞에서도 언급했지만 그녀는 우리와의 일을 전혀 기억하지 못한다."

"음."

묵조영의 신음 소리는 오만 가지 감정을 담은 묘한 것이었다.

"그녀가 기억을 하는 것은 무이산에서 마교 놈들과 싸웠다는 것. 그리고 제대로 정신을 차리고 보니… 숭안(崇安) 인근이었다던가? 대충 그렇다더라."

"숭안?!!"

묵조영이 벌떡 일어나며 되물었다.

"그래. 망할 놈의 숭안! 무이산에서 엎어지면 코 닿을 곳이다."

곡운이 허탈한 마음을 실어 탁자를 후려쳤다.

탁자에 놓여 있던 술잔들이 한 자나 뛰어올랐다가 힘겹게 제자리를 찾았다.

"숭… 안, 숭안이라니……."

힘이 쭉 빠졌다.

무이산에서 숭안이라면 그야말로 반나절도 안 되는 거리였다. 그때 만약 그녀를 제대로 찾았다면 잠깐의 혼란은 있을지언정 지금과 같은 괴로움은 없었을 것이다.

묵조영은 한동안 말문을 열지 못했다.

"그녀는… 만나봤냐?"

한참 만에 입을 연 묵조영이 애써 담담한 표정으로 물었다.
"아직. 그냥 멀리서만 지켜봤다. 하지만 그녀가 나를 못 알아본 것은 틀림없어."
잠시 잠깐 서로의 눈이 마주치던 순간, 혹시나 하는 기대감이 철저하게 무너질 때의 더러운 기분을 떠올려서인지 곡운의 표정도 가히 좋지 않았다.
"어… 때 보여?"
"어때 보이긴! 좋아 보이지. 누구처럼 가슴 저릴 일도 없었던 사람이 나쁠 게 뭐 있어. 여전히 아름답고, 고운 목소리에 웃음은 왜 그렇게 예쁜지… 젠장."
곡운이 또다시 탁자를 후려쳤다.
조금 전, 간신히 버텨냈던 탁자가 더 이상 버티지 못하고 힘없이 부서졌다.
"그래, 이제 어쩔 거냐?"
"뭐를?"
"그동안 그토록 열망했던 하 소저를 찾았는데 가만히 있을 거냐고? 무슨 계획이라도 있어?"
과거엔 오직 그녀를 찾는 것이 목적이었다면 지금부터는 뭔가 달라야 했다. 하지만 아무런 기억도 하지 못한다는데 무조건 과거의 일을 밝힐 수는 없는 노릇이었다.
"아직은. 그래도 일단… 부딪쳐는 봐야지."
묵조영은 스스로에게 다짐하듯 입술을 앙다물었다.

그런 모습을 보면서 곡운은 안쓰러운 마음을 금할 길이 없었다.

"하 소저는 어딨지?"

"왜? 만나보게?"

묵조영이 고개를 끄덕였다.

"기억을 하든 못하든 우선은 만나… 보고 싶다."

나름대로 침착해 보이는 것이 어느 정도는 마음을 다스린 것 같았다.

"괜찮겠냐?"

묵조영은 가벼운 고갯짓으로 대답을 대신했다.

"알았다. 따라와라."

언제고 부딪칠 문제가 아니던가. 기왕 부딪칠 것 빨라서 나쁠 것 없다고 생각한 곡운이 몸을 빙글 돌려 걷기 시작했다.

묵조영이 묵묵히 그의 뒤를 따랐다. 하나, 담담했던 말투와는 달리 살며시 쥔 그의 주먹은 가볍게 떨리고 있었다.

한데 앞장서 걷고 있는 곡운의 표정이 괴이했다. 사실, 그에겐 아직 말하지 않은 한 가지 중요한 비밀이 있었으니.

'젠장! 어쩌냐, 조영? 그녀가 대사형이라는 자와 혼담이 오간다는데.'

그 말을 듣고 너무나 암담하여 대답을 해주는 검각의 제자를 다짜고짜 후려칠 뻔했다. 자신이 이러할진대 묵조영의 심정이 어떨지는 상상만 해도 끔찍했다.

'제기랄!'
아무리 머리를 굴려봐도 답이 나오지 않았다.

* * *

"포위망에서 도주한 놈들 삼십여 명에 아침나절 도착한 검 각의 인원까지 합하면 대략 삼백이 넘을 것 같습니다."
"삼백! 인원이 꽤나 늘은 것 같소만?"
화소호의 설명에 사마천이 다소 놀란 표정으로 물었다.
"그렇소. 인근 군소문파에서 끊임없이 인원이 몰려드는 터라 하루가 다르게 그 숫자가 늘고 있소이다."
"음, 두 배 가까운 병력입니다. 특히 검각에서 지원병이 왔다는 것이 마음에 걸립니다. 조금 더 상황을 지켜본 후 공격을 하는 것이 어떻겠습니까?"
사마천이 북풍에 올라탄 자세로 전방을 주시하는 범우에게 건의를 했다. 의천맹 소주지부를 철저하게 감시하고 있던 밀은단의 보고를 종합한 결과였기에 틀림이 없는 사실일 터, 생각보다 많은 숫자에 부담을 느낀 것이다. 그러나 범우는 단순한 병력의 차이를 전혀 개의치 않는 듯했다.
"싸움은 단순한 수치로 하는 것이 아니라네. 무엇보다 중요한 것은 기세. 기세만 있으면 병력의 열세 따위는 문제될 것이 없지. 게다가 고작 머릿수만 많은 오합지졸에 겁을 먹어서야 쓰나."

"겁이 아니라……."

사마천이 당치도 않다는 듯 표정을 지었으나 이어진 범우의 나직한 말이 그의 말을 끊었다.

"먼저 갈 터이니 곧바로 공격을 시작하게."

그 말을 끝으로 범우는 대답도 기다리지 않고 북풍의 고삐를 낚아챘다. 앞발을 치켜세우며 힘찬 투레질을 한 북풍이 바람을 가르며 달리기 시작했다.

삽시간에 하나의 점으로 변해가는 범우와 북풍을 보며 할 말을 잊은 채 멍하니 뒷모습을 바라보던 사마천은 결국 고개를 흔들고 말았다.

"후~ 급하기도 하군. 하긴, 그러고 보면 나도 참 한심하군. 혈견불휴(血見不休)! 한번 불이 붙으면 좀처럼 꺼지지 않는 기세를 가진 형님을 말리려 했으니."

너털웃음을 지은 사마천이 몸을 돌렸다.

다가올 싸움에 서서히 흥분하고 있는 수하들이 형형한 안광을 뿜어내며 그의 명만을 기다리고 있었다.

그들의 기세를 전신으로 느끼며 사마천은 범우가 어째서 그렇게 자신있게 공격을 감행하려 하는지 확실하게 알 수 있었다. 지금의 수하들이라면 두 배가 아니라 몇 배의 적과 맞서 싸우더라도 도저히 패배할 것 같지 않았다. 나름대로 냉정을 유지했던 그의 피도 서서히 끓어오르기 시작했다.

"백선."

"옛!"

노룡대의 대주 백선이 바람과 같이 달려와 대답했다.

"수하들을 이끌고 동문을 공략하랏."

"알겠습니다."

"모문삭(毛雯索)."

사마천이 적룡대(赤龍隊)의 대주를 불렀다.

"대령했습니다."

"서문이다."

"예!"

"마룡대주는 어디 있느냐?"

사마천의 부름에 수염을 배꼽 어귀까지 기른 건장한 사내가 허리를 꺾었다.

"여기 있습니다."

"마룡대는 병력을 양분한다. 절반은 나를 따르고 대주는 나머지 인원으로 북문을 공격하라."

"알겠습니다."

"힘들겠지만 화 부단주가 밀은단을 이끌고 북문 쪽을 지원해야겠소."

"그리하겠소이다."

화소호가 힘차게 고개를 끄덕였다.

일사천리로 명을 내린 사마천이 한껏 숨을 들이마시더니

천지가 들썩일 정도의 우렁찬 음성으로 소리쳤다.

"출발이다! 가서 놈들에게 우리의 힘을 보여주자!"

순간, 일제히 함성을 지른 호교단의 무인들이 각자에게 내려진 명을 쫓아 움직이기 시작했다.

싸움이라는 것은 생사를 장담할 수 없는 것. 극도로 흥분될 것임에도 불구하고 일사불란하게 움직이는 그들에겐 소름이 끼칠 정도로 차가운 냉정함이 자리 잡고 있었다.

세 갈래로 갈라져 움직이는 수하들을 잠시 살펴보던 사마천이 여전히 자리를 지키고 있는 호법들에게 고개를 돌렸다.

"이번엔 어르신들께서도 나서주셔야겠습니다."

대단히 정중하면서도 극도로 조심하는 어투였다.

"그래, 어찌 도우면 되겠나?"

장혼이 나머지 호법들을 대신해 물었다.

"정문은 단주와 제가 공략할 터이니……."

"각기 다른 곳을 책임져 달라?"

"예."

"그러지."

간단명료한 대답이었다.

그 대답이 지닌 의미를 알기에 사마천의 허리가 자신도 모르게 꺾였다.

"감사합니다."

"감사는 무슨. 당연한 것이지. 자, 움직여 볼까나?"

장혼이 손사래를 치며 걸음을 내딛고 두 호법도 보조를 맞추어 움직였다.

"허허, 하도 안 쓴 지 오래돼서 몸이 제대로 움직일지 모르겠군."

"그러게 말일세. 이러다 도움을 주기는커녕 도리어 망신을 당하는 것은 아닌지 몰라."

"까짓 말년에 고생 한번 해보는 거지 뭐."

여유있는 농담을 주고받은 세 호법들이 점점 멀어져 갈쯤, 사마천의 시선이 나머지 인원에게 향했다.

"가자."

서둘러야 했다.

북풍의 속도를 생각해 볼 때 늦어도 눈 깜짝할 사이에 정문에 도착할 터, 아무리 범우의 실력을 믿는다 해도 홀로 적진에 뛰어들게 할 수는 없었다.

사마천의 신형이 바람과 같이 움직였다.

반으로 갈라진 마룡대의 무인들과 최후까지 살아남은 삼인의 광룡대원, 그리고 묵조영과의 싸움을 대비해 비장한 각오를 하고 있던 범상이 그 뒤를 따랐다.

* * *

곡운이 묵조영을 데리고 간 곳은 의천맹 소주지부에서 손님을 접대하는 청운각, 보다 정확하게 말해서 검각의 무인들에게 배정된 곳이었다.

범률의 환대를 받은 검각의 무인들은 범률이 돌아가고 나서도 청운각에 모인 여러 인사들과 인사를 했다. 그리고 지금은 무당파의 제자들과 한데 모여 담소를 나누고 있었다.

"저기다."

곡운이 슬쩍 손을 들어 한쪽 방향을 가리켰다. 하지만 그럴 필요는 없었다. 청운각에 들어선 순간부터 묵조영의 시선은 이미 그녀에게 향해 있었기 때문이다.

"준비됐냐?"

묵조영은 말없이 고개를 끄덕였다.

"가자."

곡운이 앞장서고 묵조영이 뒤를 따랐다. 그런데 성큼성큼 걸어가는 곡운에 비해 묵조영의 발걸음은 한없이 느리기만 했다. 그것을 느꼈는지 곡운의 발걸음도 더뎌지기 시작했다.

'선… 고.'

이를 악문 묵조영은 오직 하선고에게 시선을 고정시킨 채 천천히 다가갔다. 그녀는 아직 그의 시선을 눈치 채지 못한 듯 아무런 반응도 없었다.

'하나도… 하나도 변하지 않았군요.'

짧지 않은 세월이 지났음에도 그녀는 변한 것이 없었다.

귀밑머리를 귀 앞으로 살짝 흘러내리고 삼단 같은 머리를 아래쪽에서 살짝 묶은 모습, 오뚝한 콧날하며 앵두 같은 입술, 미간으로부터 시작하여 선홍 빛깔의 볼을 지나 목덜미까지 내려오는 미려한 윤곽은 말로 표현하기가 힘들 정도였다.
 야속한 마음이 들 정도로 그녀의 아름다움은 과거보다 더욱 완숙해진 것 같았다.
 한 걸음, 한 걸음.
 다가갈수록 숨이 턱턱 막혔다.
 입 안이 바싹바싹 타 들어가는 느낌.
 힘껏 움켜쥔 손은 어느새 젖어 흥건하고, 이마를 타고 흐르는 땀이 콧잔등에 맺혔다.
 그 모습에 불안불안한 눈초리로 바라보던 곡운이 걸음을 멈추고 황급히 전음을 보냈다.
 [진짜 괜찮은 거냐?]
 아무런 대답이 없자 묵조영의 앞을 막아선 곡운이 다시 물었다.
 "나중에 만나는 게 어때?"
 "됐어."
 흐르는 땀을 닦고 처연한 미소를 지은 묵조영이 크게 심호흡을 하더니 잠시 멈춰졌던 걸음을 다시 내디뎠다.
 "후~ 나도 모르겠다. 될 대로 되라지."
 더 이상 관여하기가 귀찮다는 듯 고개를 흔든 곡운이 그의 뒤를 따랐다.

아직… 끝나지 않았구나

그들을 가장 먼저 발견하고 반긴 사람은 운학이었다.
"하하하, 어서들 오게나."
"우리가 끼어도 되는 자린지 모르겠습니다."
곡운이 넉살 좋은 미소를 흘리며 물었다.
"무슨 소리를. 그렇잖아도 자네들 얘기를 하고 있었다네. 자, 인사들 나누지. 이 친구는 검각의 수석검사 매화월이라고 한다네."
어느새 친교를 맺었는지 운학은 매화월을 스스로 친구라 칭했다.
"매화월입니다."
자리에서 일어난 매화월이 정중하게 인사를 했다.
묵조영과 곡운도 마주 포권하며 인사를 했다.
"묵조영입니다."
"곡운입니다."
"그리고 여기 아름다운 소저는 검성(劍聖) 추자청(秋紫靑) 대협의 따님이네. 강호에선 설련검(雪蓮劍)이란 별호로 명성을 떨치는 여협이지."
"추월령이라고 해요."
이미 자리에서 일어나 있던 추월령이 포권을 하며 허리를 살짝 숙였다.
이 년이라는 세월이 훌쩍 넘은 뒤의 해후였다.
묵조영은 영영 볼 수 없을 것만 같았던 그녀를 눈앞에서 보게 되고 천상의 옥음과도 같은 음성을 다시 듣게 되자 정신이 아득했다. 거기에 더해 뭐라 딱히 정의를 내리기 힘든 기운이 주체할 수 없이 들끓기 시작했다.
"선… 고."
묵조영은 자신도 모르게 하선고의 이름을 부르고 말았다.
"예?"
영문을 알 길 없는 추월령이 당황한 표정으로 되물었다. 불쾌감인지 아니면 무안함 때문인지 눈매가 살짝 찌푸려졌다.
"아!"
정신이 퍼뜩 들었다.
생각지도 못한 큰 실수를 하고 만 것이다.
그렇다고 이미 내뱉은 말을 주워 담을 수도 없는 노릇. 그 자리에 얼어붙은 묵조영은 입을 떼지 못했다.
그의 위기를 구해줄 사람은 오직 곡운밖에 없었다.
"뭔 헛소리를 하는 거야!"
도끼눈을 뜬 곡운이 묵조영의 옆구리를 쿡 찔렀다. 그리곤 추월령에게 재빨리 사죄를 했다.
"죄송합니다. 녀석이 착각을 한 모양입니다. 추 소저와 너무도 똑같이 닮은 여인이 있어서……. 뭐 해? 빨리 사과드리지 않고."
"죄, 죄송합니다. 제, 제가 착각을 한 것 같습니다."
애써 감정을 진정시킨 묵조영이 황급히 사과를 했다.

"아니에요. 그럴 수도 있지요."

추월령이 굳은 눈매를 풀고 미소를 지었다.

그 미소에 묵조영의 몸이 또다시 얼어버렸다.

오직 슬픔에 찬 두 눈만이 살아 움직여 그녀의 얼굴을 살필 뿐이었다.

처음 보는 여인을 그렇게 뚫어져라 보는 것 또한 실례라면 큰 실례였다. 어딘지 모르게 어색하면서도 묘한 기운이 좌중을 휘감았다.

낌새가 이상하자 곡운이 또다시 끼어들었다.

"야! 너 도대체 오늘따라 왜 그래! 정신 좀 차려!"

묵조영에게 호통을 친 곡운이 추월령에게 거듭 사과를 했다.

"하하하! 이 녀석이 추 소저의 아름다움에 정신을 차리지 못하는 것 같습니다. 이해 좀 해주십시오."

아름답다고 칭찬을 하는데 기분 나쁠 여자는 없는 법. 살짝 얼굴을 붉힌 추월령이 조용히 대꾸했다.

"그런 과찬은 익숙하지 않습니다."

"과찬이라니요! 절대 과찬이 아닙니다."

곡운이 사뭇 과장된 행동으로 손을 내저었다.

"훗, 역시 듣던 대로 재밌는 분이시군요."

"예?"

"운학 도사님께서 계속 말씀하시더군요."

"하하하! 그랬습니까? 어쩐지 오는 내내 귀가 간지럽더라니 이유가 다 있었군요."

크게 웃음을 터뜨린 곡운이 운학에게 고개를 돌렸다.

"대체 추 소저에게 무슨 욕을 그리했습니까?"

"욕은 무슨, 난 그저 사제가 대단한 풍류객이란 소리를 잠깐 했을 뿐이라네."

운학이 정색을 하며 대꾸했다.

"나 원, 아무리 곁다리라지만 엄연히 무당파의 제자인데 풍류객이란 소리는 욕보다 더한 것 아닙니까? 비록 그게 사.실.일지라도 말이지요."

"흠, 그게 그리되나? 하하하!"

운학이 껄껄 웃음을 터뜨렸다.

좌중에도 웃음이 감돌고 그 웃음은 잠시나마 어색했던 분위기를 완전히 풀어주는 역할을 했다.

추월령도 입을 가리며 슬며시 미소를 짓는 것이 조금 전 난감했던 기분이 어느 정도는 가신 듯했다.

다만 여전히 조마조마한 심정으로 묵조영을 살피는 곡운과 아직도 멍한 눈으로 추월령을 바라보는 묵조영만은 그런 분위기에 편승하지 못했다. 그리고 또 한 사람, 약간은 이상한 표정으로 그녀를 바라보는 사람이 있었다.

'흠, 웬일이지? 오늘따라 사매가 많이 부드러운걸. 웃음도 많이 보이는 것 같고.'

아직… 끝나지 않았구나

매화월은 미소를 띠고 있는 추월령의 얼굴을 보며 조금은 까다로우면서 쌀쌀맞은 평소의 모습과 어딘지 모르게 다르다는 것을 느끼며 고개를 갸웃거렸다. 그러나 깊이 생각할 필요는 없었다. 그편이 훨씬 더 보기 좋았으니까.

"참, 신객 일을 하신다고 들었습니다."

매화월이 남자가 봐도 질투를 일으킬 정도로 인상 좋은 미소를 흘리며 물었다. 비로소 추월령에게 향한 시선을 거둔 묵조영이 조용히 대답했다.

"예. 무창의 등왕표국에서 일하고 있습니다."

"이번에 제갈세가에서부터 검지의 비밀을 직접 전했다지요? 마교의 마수를 뚫고 검지의 비밀을 지켜내시다니 정말 대단합니다."

"운이 좋았을 뿐입니다."

"무슨 말씀을. 운으로 될 일이 있고 그렇지 않은 일이 있지요. 놈들이 얼마나 지독한 놈들인지는 세상천지가 다 알고 있습니다. 그렇지 않아, 사매?"

추월령이 고개를 끄덕여 동의를 했다. 그러자 때는 이때다 싶었는지 곡운이 재빨리 끼어들었다.

"추 소저께서도 과거에 놈들과 부딪쳤다고 들었습니다. 검지의 비밀 때문이라고 하던데……."

"예. 그런 적이 있었습니다."

추월령이 간단하게 대답을 하자 부족했다고 생각했는지

매화월이 설명을 덧붙였다.

"이제야 알려진 사실이지만 그때 우리 검각이 입은 피해가 꽤나 심각했습니다. 사매는 생사기로에서 헤매기도 했지요. 다행히 별 탈 없이 돌아오기는 했지만 지금도 그때 생각만 하면… 후~"

마교를 유인하기 위해 움직인 추월령이 돌아오지 않았을 때 얼마나 노심초사했던가!

생각만 해도 몸서리가 쳐지는지 매화월이 몸을 부르르 떨었다. 추월령이 그의 팔을 살며시 잡으며 말했다.

"그만 해요. 옛날 얘기는 해서 뭘 해요. 지금 이렇게 무사했으면 됐지."

"하하, 그런가? 하긴, 생각해 보면 그것도 나름대로 추억은 추억이야. 떠올리기는 싫은 추억이지만."

매화월은 어깨를 들썩이며 웃음을 흘렸다.

그러나 눈앞에서, 다른 사람도 아닌 추월령이 그의 팔을 잡고 부드러운 음성으로 말을 건네는 것을 지켜보는 묵조영으로선 억장이 무너지고 있었다.

살짝 내리감기는 눈, 무의식중에 귀밑머리를 만지는 손, 보일 듯 말 듯 두 가닥 주름이 잡히는 콧잔등. 그것이 자신에게 사랑의 밀어를 속삭일 때 했던 행동이라는 것을 알기에 묵조영의 얼굴은 참담하게 일그러졌다.

'하… 소… 저!'

듣기만 해도 꿈결을 헤맬 듯 아름다운 음성이 자신이 아닌 다른 사람에게 들려지고 있었다.

엄동설한도 녹일 듯한 따뜻한 시선이 자신이 아닌 다른 사람을 향하고 있었다.

자신을 위해 밥을 짓고 군림전포에 직접 수를 놓아주었던 섬섬옥수(纖纖玉手)가 다른 이의 팔을 잡고 있었다.

그럼에도 아무런 말도 행동도 할 수가 없었다.

미칠 것만 같았다.

당장에라도 모든 사실을 말하고 '내가 당신의 사랑이오!'라고 소리치고 싶었다.

하지만… 하지만, 그럴 수가 없었다.

묵조영은 필사적으로 입술을 깨물었다.

눈을 마주치게 되면 어떤 행동을 하게 될지 몰라 고개를 숙였다. 그래도 한번 요동치기 시작한 마음은 쉽사리 진정되지 않았다. 그것도 모른 채 매화월은 거듭 칭찬을 하고 나섰다.

"어쨌든 대단한 일을 해내신 겁니다. 만약 검지의 비밀이 놈들 손에 떨어졌다면 그만한 재앙이 없었을 테니까요."

말이 왔는데 대답을 하지 않을 수는 없는 노릇, 필사적으로 감정을 추스른 묵조영이 고개를 흔들었다.

"신객으로서 마땅히 할 일이었습니다."

"사명감이 참으로 투철하신 분이군요. 자신이 의당 해야 할 일도 외면하고 하지 않는 사람들도 있는데."

추월령이 사뭇 감탄을 하며 말했다.

"지난날, 하… 아니, 추 소저께서도 목숨을 걸고 검지의 비밀을 지켜내지 않으셨습니까?"

"저 역시 운이 좋았을 뿐이었습니다. 게다가 소녀는 많은 이들의 도움을 받았지만 묵 공자께선 홀로 놈들의 손길을 피했다고 들었습니다. 제가 그 상황이었다면 포기했을지도 모르지요."

"그럴 리가 있겠습니까? 틀림없이 잘해내셨을 겁니다. 보잘것없는 저와 어찌 비교를 하겠습니까."

"호호, 과찬이 심하시군요."

추월령이 싱긋 미소를 지으며 말했다.

검지의 비밀 때문에 생사기로를 넘었다는 동질감 때문인지 대하는 표정이나 어투가 눈에 띄게 부드러워졌다. 그 미소는 조금 전까지 그에게 지녔던 최소한의 앙금마저 완전히 털어내 보이는 미소였다.

순간, 묵조영은 심장이 덜컥 내려앉는 심정이었다.

꿈속에서도 잊지 못하던 웃음, 오뉴월 장마철에 보이는 한 줄기 햇살처럼 싱그러우면서도 따뜻한, 그러면서도 눈이 부실 정도로 아름다운 미소에 그는 자신도 모르게 손을 뻗어 그녀의 얼굴을 어루만질 뻔했다.

"험!"

곡운이 헛기침을 했다.

아직… 끝나지 않았구나

아차 싶었다.

화들짝 정신을 차린 묵조영이 천천히 움직이고 있는 손을 황급히 거둬들였다. 때마침 터진 곡운의 헛기침이 없었다면 크나큰 실수를 할 뻔한 순간이었다.

가까스로 호흡을 가다듬은 묵조영이 나직이 대답했다.

"과찬이 아니라 이미 결과가 그렇게 나타났으니까요."

목소리가 살짝 떨렸다. 낯빛도 붉게 상기됐다. 오직 곡운만이 그 이유를 알고 있을 뿐, 주변 사람들은 묵조영이 그저 당시의 절박한 상황을 떠올렸기 때문이라 여기는 것 같았다.

"하하하, 사매는 이미 그걸 증명해 보였잖아. 목숨을 걸고 말이지. 나도 과찬하는 것으로 들리지는 않는걸."

매화월이 껄껄 웃으며 말했다.

"그만 하라니까요."

톡 쏘는 음성. 그래도 부끄러웠는지 매화월의 옆구리를 툭 치며 고개를 숙이는 추월령의 목덜미가 붉게 물들었다.

그 모습에 다시 마음이 심란해지는 묵조영이었다.

불현듯 매화월에 대한 알 수 없는 분노가 일었다.

바로 그때였다.

찢어지는 듯한 경적 소리가 청운각에, 아니, 지부 내에 울려 퍼졌다. 순간, 모든 이들의 얼굴이 딱딱하게 굳어졌다. 직감적으로 무슨 사단이 벌어졌음을 느낀 것이다.

때를 같이하여 검각의 제자 한 명이 뛰어들어 오며 상황을 알려왔다.

"마교의 공격이 시작된 것 같습니다!!"

외침이 끝나기도 전에 제각기 무기를 챙긴 이들이 앞서거니 뒤서거니 하며 밖으로 달려나가기 시작했다. 하지만 적이 공격을 하거나 말거나 묵조영에게 중요한 것은 오직 추월령이라는 존재뿐이었다.

"저, 저기……."

옆을 스치며 지나가는 추월령을 부르려 하였으나 그녀의 시선은 그에게 향해 있지 않았다.

한데 무엇을 본 것일까?

묵조영의 눈이 찢어져라 부릅떠지며 몸이 석고상처럼 굳었다.

"뭐 하는 거야? 마교가 쳐들어온다잖아."

곡운이 그의 어깨를 쳤다.

예기치 못한 상황에 그 역시 조금은 긴장한 모습이었다. 그래도 묵조영은 움직일 줄 몰랐다.

그의 뇌리엔 방금 선, 추월령이 그를 스쳐 지나가며 살짝 보여줬던 물건만을 떠올리고 있었다.

그것은 목걸이였다.

그와 그녀가 사랑을 확인하며 혼인을 약속했던 그날 밤, 징표로 목에 걸어준 목걸이.

바로 그것이 기억을 되찾은 지금에도 여전히 그녀의 목에 걸려 있는 것을 발견한 것이다.
"아직… 끝나지 않았구나."
묵조영은 자신도 모르게 눈물을 흘렸다.
마침내 절망 속에서 한줄기 빛을 발견한 느낌이었다.

제25장

검각은 어디에 있습니까?

"쐈랏!"

나함의 명이 떨어지자 수십여 발의 화살이 발사되었다.

슈슈슉!

시위를 떠난 화살은 엄청난 파공음과 함께 단숨에 거리를 좁히며 날아가 수하들과 떨어져 홀로 달려오는 범우를 노렸다.

개중에는 아예 방향이 벗어난 것도 있었으나 거의 대부분이 정확하게 그의 목숨을 위협하고 있었다.

범우의 입가에 미소가 흘렀다.

그는 오히려 북풍의 속도를 더 올렸다. 화살 따위에는 전혀 아랑곳하지 않는다는 태도였다.

두두두두두!

한 마리의 말이 내는 소리라고는 여겨지지 않을 만큼 힘찬 말발굽 소리가 대지를 울리고 그 소리에 발맞추어 범우의 팔이 천천히 올라갔다.

범우는 엄청난 속도로 치달리는 북풍의 위에서 고삐도 없이 완벽하게 중심을 잡으며 추혼귀창을 풍차처럼 회전시키기 시작했다.

붕붕거리며 바람을 가르는 소리가 날카롭게 변하고 예의 귀곡성이 울려 퍼지기 시작할 때쯤 정문 위 망루에서 날린 화살이 도착했다.

화살은 수십여 장을 날아오면서도 조금의 기세도 잃지 않았다. 하나, 추혼귀창을 돌리며 홀로 돌진하는 범우의 기세에 비할 바가 아니었다.

따따따땅!

콩이라도 볶는 듯 요란한 소리와 함께 힘없이 튕겨져 나간 화살이 맥없이 땅바닥에 떨어졌다.

쉬이이익!

대기를 가르는 소성과 함께 또 다른 화살들이 날아들었다. 그러나 범우의 발길을 막을 수는 없었다.

"멈추지 마라! 계속해서 쏴라!"

나함이 목이 터져라 고함을 쳤다.

시시각각 거리를 좁히며 돌진하는 범우에게서 느껴지는 압박감이 장난이 아니었다.

파르르 떨리는 눈썹이 그의 심정을 드러내고 있었다.

휘류류류륭.

앞으로 닥쳐올 재난을 암시라도 하는 것인가?

갑자기 몰아닥친 일진광풍(一陣狂風)이 흙먼지를 일으켰다.

천지를 뒤덮을 정도로 기세 좋게 일어난 모래바람에 대부분의 화살이 휩쓸려 방향을 잃었다.

공격이 연거푸 실패했음에도 나함은 개의치 않았다.

오히려 범우의 모습을 거의 가려 버릴 정도의 거센 모래바람에 쾌재를 불렀다.

보는 것만으로도 두려울 정도의 모래바람, 그 안에 있는 사람의 상태는 보지 않아도 알 수 있었다.

두 번을 기약할 수 없는 절호의 기회였다.

"쏴라! 쏴!"

수하의 활을 빼앗아 든 나함이 미친 듯이 시위를 퉁기며 소리쳤다.

핑! 핑! 핑!

쉴 틈 없이 당겨지는 활시위.

더불어 허공을 유영하는 화살의 수도 기하급수적으로 늘어갔다.

수많은 화살이 모래바람을 뚫고 들어갔다.

결과를 지켜보기 위한 침묵이 잠깐 동안 이어지고 기대에 찬 그들의 바람은 바람을 가르며 나타난 범우의 위풍당당한 모습에 의해 산산이 무너졌다.

그토록 많은 화살이 입힌 피해라곤 북풍의 앞가슴 쪽에 살짝 비껴 꽂힌 화살 하나가 전부였다.

주인을 닮아서 그런지 그 정도 부상 따위는 신경도 쓰지 않는다는 듯 북풍은 오히려 거친 투레질로 투지를 불태웠다.

결국 거센 모래바람과 끊임없이 이어진 화살 공격을 뚫어낸 범우는 별다른 피해도 입지 않고 의천맹 소주지부의 정문 어귀에 도착했다.

"인사를 받았으니 답례를 해야겠지?"

조용히 내뱉은 말, 그러나 어찌 된 일인지 망루에 있는 누구라도 들을 수 있었다.

말이 끝남과 동시에 범우가 추혼귀창을 던졌다.

쐐애애액!

주인의 손을 떠난 추혼귀창은 엄청난 파공음을 동반하며 정문으로 쇄도했다.

질풍처럼 내달리는 북풍의 속도에 범우의 내공이 합쳐진 그 힘은 가히 태산이라도 무너뜨릴 만큼 대단한 것이었다.

쾅!

추혼귀창이 정문의 정중앙에 박히며 내는 소리는 우레에

비견할 만했고 그 위력 또한 더하면 더했지 덜하지는 않았다.

그것을 알기까지 걸린 시간은 촌각에 불과했다.

처음, 추혼귀창이 절반이 넘게 박혔음에도 문에는 아무런 이상도 없는 것 같았다. 그저 창을 중심으로 무수한 실금이 보이는 정도. 그러나 창이 뚫고 들어간 지점에서부터 생긴 미세한 균열이 사방으로 조금씩 그 영역을 확대하더니 순식간에 정문을 삼켜 버렸다.

"마, 막아랏!"

언제나 굳건히 닫혀 있을 줄로만 알았던 정문이 삽시간에 무너져 내리자 망루 위에 있던 나함은 기겁하지 않을 수 없었다.

수문장으로서 가장 큰일은 정문을 수호하는 일.

그는 즉시 망루에서 뛰어내렸다. 그의 뒤를 따라 열댓 명도 넘는 수하들이 범우의 앞을 가로막았다.

"죽어랏!"

그들 중 한 명이 두려움을 무릅쓰고 기세 좋게 달려들었다.

안타깝게도 기세만 좋을 뿐이었다.

그는 자신의 기세를 펼쳐 보지도 못하고 무려 삼 장이나 날아가 무참히 처박혔다.

북풍의 앞발을 이용하여 달려드는 무사 하나를 황천길로 보낸 범우는 무너뜨린 정문의 파편을 꽂은 채로 땅에 꼿꼿이 서 있는 추혼귀창을 집어 들었다.

잠시 떠난 주인의 손길을 반기기라도 하듯 햇빛에 반사되는 추혼귀창에게서 묘한 소성이 울리며 곧바로 비명성이 뒤따랐다.

말에서 내릴 것도 없이 좌우로 창을 휘두르며 전진하는 범우.

그를 막고자 나함과 정문을 호위하는 이들이 필사적으로 달려들었으나 애당초 수준이 달라도 너무 달랐다.

특히 수하들을 이끌고 앞장서 맹렬히 달려들던 나함이 단일 초식도 받아내지 못하고 목숨을 잃은 것은 치명적이었다. 눈 깜짝할 사이에 수장을 잃은 이들은 효과적인 공격은커녕 범우의 근처로 제대로 접근도 하지 못한 채 우왕좌왕하다가 속절없이 쓰러졌다.

"멈춰랏!"

우렁찬 호통 소리와 함께 부지부장 천갈이 일단의 무인들을 이끌고 달려왔다. 그러나 범우의 창은 겁에 질려 도주하는 마지막 사내까지 베어버린 다음에야 멈춰졌다.

정문을 부수고 호위병들을 모조리 제거하기까지 걸린 시간은 그야말로 촌각.

정문으로 달려온 이들은 눈앞에 펼쳐진 상황에 경악을 금치 못하고 있었다.

"잔인한 놈!"

잘려진 나함의 목을 보며 천갈이 소리쳤다.

"……."

"네놈은 누구냐? 뭣 하는 놈이기에 이런 짓을 벌인단 말이냐? 마교도냐?"

천갈의 호통이 연거푸 이어졌다.

피식 웃은 범우가 자신이 만들어낸 광경을 쓱 훑어본 후, 천갈을 향해 창을 세웠다.

"말이 많군. 그냥 덤벼라."

담담히 내뱉는 그의 말에 천갈은 자신도 모르게 움찔하여 한 걸음 물러났다. 차갑게 빛나는 범우의 눈과 얼굴을 향해 세워지는 추혼귀창의 귀기에 기가 질린 것이다. 그러나 당황한 눈으로 자신을 쳐다보는 수하들을 보며 자신이 어떤 실수를 했는지 깨닫고는 얼굴이 붉어졌다.

"오지 않는다면 내가 가지."

차갑게 외친 범우가 북풍의 고삐를 낚아채자 북풍이 기다렸다는 듯 치고 나갔다.

"마, 막아랏!"

당황한 천갈이 손짓을 하며 소릴 지르자 그와 함께 정문으로 달려온 수하 삼십여 명이 범우의 주변을 에워싸며 공격을 했다. 하나, 상황은 조금 전 싸움과 별반 다르지 않았다. 숫자는 조금 많을지 몰라도 압도적인 무위를 지니고 있는 범우의 움직임을 막기에는 분명 역부족이었다.

귀곡성과 함께 비명성이 난무하기 시작했다.

검각은 어디에 있습니까? 135

추혼귀창에 부딪친 병장기가 하늘로 솟구쳤다.

피가 튀어 옷을 붉게 물들이고 잘려진 팔다리가 사방으로 흩어졌다.

오만상을 찌푸리며 악을 쓰는 천갈을 제외하고는 그 누구도 범우의 일초식을 받아내지 못했다.

그사이 안쪽에서 끊임없이 병력이 쏟아져 나오기 시작했다.

지부장 범률이 지부의 수하들을 이끌고 도착했고 의천맹의 장로 마국충 또한 수하들의 호위를 받으며 모습을 드러냈다. 다른 누구보다 범우에게 원한이 쌓인 그들의 표정은 비장함을 넘어 살기로 번들거렸다.

병력의 충원은 의천맹에서만 된 것은 아니었다.

범률 등이 도착하는 것과 때를 같이 하여 사방으로부터 함성이 들려오기 시작했다. 미약하기만 했던 함성은 곧 거대한 해일이 되어 무너진 정문을 통해 소주지부로 밀어닥쳤다.

"왔군."

멀리서부터 자신을 부르며 달려오는 사마천의 모습에 범우의 입가에 희미한 미소가 떠올랐다.

"형님!"

자신을 가로막는 무인 셋을 단숨에 베어버린 사마천이 범우의 곁으로 달려왔다.

"왔나?"

"예."

범우의 눈이 사마천을 따라 달려오는 수하들을 살폈다. 한데 인원이라 봐야 삼십 명 남짓밖에 되지 않았다. 그의 얼굴이 일순 의혹으로 물들었다.

"어째서 인원이……."

"동문, 북문, 서문, 이곳 남쪽 정문으로 병력을 사분했습니다. 호법님들께서도 각 병력을 지원키 위해 움직이셨습니다."

"쯧쯧, 쓸데없는 짓을. 뭣 하러 병력을 나누나? 그냥 이곳부터 시작해서 싸그리 밀어버리면 그만인 것을."

"그래도 사방에서 협공을 하는 것이 보다 공략하기 쉽지 않겠습니까?"

"그거야 놈들의 본거지 정도를 공격할 때나 그렇지. 고작 지부 따위 하나 박살 내는 데 그럴 필요가 있을까? 그냥 압도적인 힘을 보여주면 돼."

당연히 그리될 것처럼 범우의 음성은 실로 자신만만했다.

"기왕지사 그리되었다니 할 수 없지. 그건 그렇다 치고… 그래도 이곳의 저항이 가장 거셀 터인데 병력은 가장 적군."

"형님이 계시잖습니까?"

사마천이 약간은 퉁명스레 내뱉었다.

순간, 범우의 입가에 미소가 지어졌다. 말투야 어쨌든 그만큼 자신의 실력을 믿는다는 말이 아닌가.

"이거 어째 부담되는걸. 아무튼 한번 제대로 어울려 놀아 보세. 오랜만에 자네의 실력도 보고 싶군."

사마천이 묵묵히 고개를 끄덕였다.

어느새 그의 눈빛도 변해 있었다.

차갑게 가라앉으면서도 뜨거운 불길을 감추고 있는, 일견 차분하고 냉정하게만 보이는 그 역시 열혈의 피를 지닌 무인임은 부인할 수 없었다.

"어디를 가려고?"

곡운이 심란한 표정으로 물었다.

추월령이 사라지고 한참 뒤에야 정신을 차린 묵조영이 갑자기 부산스런 움직임을 보였기 때문이다.

"하… 아니, 추 소저에게. 어디로 갔지?"

"난들 아냐?"

"가자."

"어디로?"

"어디든지."

간단한 대답과 함께 묵조영은 함성이 들리는 곳으로 달려가기 시작했다. 곡운의 동의나 의견 따위는 조금도 듣지 않겠다는 듯 단호한 모습이었다.

한숨이 절로 났다. 그렇다고 움직이지 않을 재간이 없었다.

"망할 놈!"

연신 욕을 내뱉으며 달리는 그의 신형은 묵조영의 뒤를 바싹 쫓고 있었다.

아비규환(阿鼻叫喚).

눈앞에 펼쳐진 상황은 오직 그 한마디로 충분했다.

피아 구별도 없이 번뜩이는 살기를 내뿜으며 닥치는 대로 공격을 하고 있는 이들.

일각도 되지 않는 그 짧은 시간에 목숨을 잃고 쓰러진 인원만 벌써 칠십을 육박하고 그 숫자는 빠르게 증가하고 있었다. 다만 그 칠십이라는 숫자의 대부분이 의천맹 소주지부 무인들. 나름대로 치열한 싸움을 펼치는 것으로 보이나 사실상 싸움은 마교 쪽으로 상당히 기울어져 있었다.

그 중심에 범우가 있었다.

수하들이 오기 전에 이미 쓰러뜨린 숫자만 삼십을 훌쩍 넘고 그 이후에도 동에 번쩍 서에 번쩍하며 부지기수로 많은 이들을 쓸어 담았다. 그나마 마국충과 범률이 그를 막아섰기에 망정이지 그렇시 않았다면 끝나도 진즉에 끝났을 싸움이었다.

장내에 도착한 묵조영과 곡운이 추월령의 모습을 찾았다. 하지만 그녀는 물론이고 검각의 인물들은 보이지 않았다.

묵조영은 부상자들이 모여 있는 곳으로 달려갔다. 그리곤 잘린 팔에서 뿜어져 나오는 피를 지혈하느라 안간힘을 쓰고 있는 사내의 팔을 잡고 지혈을 도우며 물었다.

"검각은, 검각은 어디에 있습니까?"

"모, 모르겠소. 처음엔 이쪽에 있었는데 놈들이 사방팔방에서 덤벼오는 터라 모두들 흩어졌소."

"무당파의 사람들은 어느 쪽으로 갔습니까?"

곡운이 상기된 표정으로 다시 물었다.

피가 튀고 살점이 튀는 현장을 눈앞에서 봐서 그런지 조금 전까지 담담하던 모습은 온데간데없었다.

"아, 무당파는 동쪽으로 가는 것 같았소."

곡운의 고개가 절로 동쪽으로 향했다.

"무당파가 동쪽이면 검각은 서쪽 아니면 북쪽이겠군요."

"그건 잘 모르겠소."

더 이상 들을 말이 없다고 생각했는지 묵조영이 벌떡 일어났다.

"고맙습니다."

고개를 숙여 인사를 한 묵조영이 몸을 돌렸다.

"어쩌려고?"

곡운이 물었다.

"찾아봐야지."

"사방이 적이다."

곡운이 그의 팔을 잡으며 말렸다.

"상관없어."

팔을 뿌리치며 달려가는 묵조영의 신형은 서쪽으로 내달리고 있었다.

"후~"

곡운은 잠시 잠깐, 동쪽 방향을 바라보다 결국 길게 한숨을 내쉬더니 곧 묵조영을 따라 달리기 시작했다.

"제법이구나."

모문삭은 자신의 도끼를 여유있게 막아내는 풍기혜를 보며 감탄했다. 맥없게 생긴 겉모습과는 달리 풍기혜의 무위는 상상 이상이었다.

"칭찬이라면 뒈진 다음에 해도 늦지 않는다."

차갑게 소리친 풍기혜가 궁보 자세를 취하며 칼을 찔러왔다.

가소롭다는 듯 콧방귀를 뀐 모문삭은 피할 생각도 하지 않고 머리 위로 치켜 올린 도끼를 냅다 찍었다. 아예 칼을 박살내버리겠다는 태도였다.

무시무시한 속도로 하강하는 도끼날이 칼등을 찍어 누르려는 순간, 오른발을 한 발 내디딘 풍기혜의 몸이 빙글 돌고 몸을 따라 크게 원을 그린 칼이 모문삭의 겨드랑이를 파고들었다.

헛바람을 내뱉은 모문삭은 하강하는 도끼를 급제동시키며 황급히 자신 쪽으로 끌어당겼다. 손잡이가 미끄러지듯 빠져

나가며 도끼날이 손에 잡히자 급한 대로 그것으로 칼을 막았다.

깡!

요란한 소리와 함께 풍기혜의 칼이 튕겨 나갔다.

"웃기는 재주로군."

풍기혜가 웃음을 짓자 모문삭도 마주 웃음 지었다. 하나, 조롱 섞인 풍기혜의 웃음과는 달리 그의 웃음은 필살(必殺)의 각오가 한껏 담긴 진하디진한 살소였다.

"타핫!"

힘찬 기합성과 함께 모문삭의 신형이 허공으로 튀어 오르고 그의 몸만큼이나 커다란 도끼가 맹렬한 바람 소리를 내며 풍기혜의 머리 위로 떨어져 내렸다.

풍기혜는 감히 경시하지 못하고 신중한 자세로 몸을 피했다.

막고자 한다면 막을 수도 있었다. 그러나 몇 번의 부딪침으로 상대의 힘이 자신보다 우위에 있다는 것을 알고 있었고 굳이 부딪칠 필요를 느끼진 못했다. 힘을 내세우는 자에게 힘으로 맞서는 것만큼 어리석은 일은 없는 법. 저돌적으로 나오는 자에겐 그에 맞는 싸움법이 있었다.

그것도 쉬운 일은 아니었다.

모문삭은 믿기지 않는 힘으로 수백 근은 나갈 것 같은 도끼를 마치 젓가락 놀리듯 휘둘렀다.

도끼가 바람을 가르며 내는 굉음이 주변을 휘감고 공격을 피하는 순간에도 전신을 위협하는 오싹한 기운에 풍기혜는 절로 몸서리를 쳤다. 그래도 그는 효과적으로 상대의 공격을 피해내고 있었다. 물론 마냥 피하기만 한 것은 아니다. 그 역시 기회만 되면 역습을 가해 모문삭을 움찔움찔하게 만들었다.

제법 시간이 흘렀음에도 둘의 대결은 누구 하나 우위를 잡지 못하고 팽팽하게 이어졌다.

그들의 균형을 깬 것은 어이없게도 주변 싸움의 결과로 발생한, 주인을 잃고 튕겨져 날아온 칼날이었다.

"헛!"

난데없는 상황에 직면한 풍기혜의 입에서 외마디 비명이 터져 나왔다.

신중에 신중을 기하면서 모문삭을 상대하고 있는 상황에서 갑작스레 날아온 칼날에 그는 기겁을 하지 않을 수 없었다. 그것도 하필이면 공세가 아닌 수세를 취하고 있는 도중이었다.

앞에선 모문삭의 도끼가 시퍼런 날을 세우며 날아왔고 뒤에선 정체 모를 칼날이 목숨을 노렸다.

생각은 길지 않았다.

칼날을 피하는 것이 우선이란 생각에 그는 황급히 고개를 틀며 칼날을 흘려보냈다.

칼날은 간발의 차이로 볼을 훑고 지나갔다.

피가 튀었다.

그러나 신경 쓸 겨를이 없었다.

칼날을 피하느라 자세가 흐트러진 사이 전면으로 육중한 도끼가 날아들었기 때문이다.

몸을 빼기는 늦었다.

풍기혜는 이를 악물었다. 그리고 칼을 들어 도끼를 막았다.

꽝!!

거대한 도끼와 초라해 보이기만 하는 칼이 부딪치며 내는 소리라고는 여겨지지 않을 정도로 큰 굉음이 터져 나오고 도끼에 실린 모문삭의 힘을 이기지 못한 풍기혜의 무릎이 반쯤 꺾이고 말았다. 한쪽 발은 이미 발목 아래까지 땅에 파묻혀 버린 상태였다.

끼끼끼끼.

쇠가 갈리는 소리에 풍기혜는 마음 한구석에 한기가 스며듦을 느꼈다.

반쯤 잘린 칼날과 이참에 아예 잘라 버리겠다는 듯 계속해서 파고드는 도끼날.

자칫 잘못하여 칼이 부서지기라도 하면 그 다음은 바로 머리였다.

"흐흐흐흐."

승기를 잡았다고 생각한 듯 거친 숨을 내뱉은 모문삭이 더욱 힘을 가했다. 그러면 그럴수록 풍기혜의 신형은 조금씩 무너져 내렸다.
 더 이상 버티기 힘들었다고 생각한 풍기혜가 칼을 버리고 땅을 굴렀다.
 혹여 뒤따를지 모르는 공격을 두려워한 그는 땅바닥을 연거푸 다섯 번이나 구른 뒤에야 신형을 바로잡았다.
 그런데 그의 생각과는 달리 모문삭은 움직이지 않았다. 그저 한껏 조롱 섞인 눈빛으로 지켜볼 뿐이었다.
 풍기혜의 얼굴이 붉다 못해 검게 변했다.
 저 발치에서 수치심이 밀려들었다.
 이어지는 모문삭의 비웃음.
 "잘 구르는군. 이거야 원 날다람쥐가 울고 가겠어."
 모문삭은 주인을 잃고 땅에 버려진 칼을 발로 툭 차서 보내며 한껏 비웃음을 흘렸다.
 "자, 어쨌든 다시 해볼까?"
 풍기혜는 피가 나도록 입술을 깨물며 칼을 들었다.
 지금껏 이만큼 비참함을 느껴본 적이 또 있었던가!
 "죽인다!"
 비명과도 같은 함성을 내지른 풍기혜의 움직임이 갑자기 빨라졌다.
 좌우로 두어 번 몸을 흔들어 눈을 현혹하고 모문삭이 휘두르는 도끼가 허공을 가르는 사이 재빨리 그의 품을 파고들었다. 그리곤 그에게 당한 분노와 수치를 담아 칼을 휘둘렀다. 빠르기는 했어도 모문삭에 비해 힘이 부족해 보였던 이전 공격과는 달리 상당한 무게가 실린 공격이었다.

그러나 비웃음을 흘리며 상대를 격동케 하면서도 모문삭은 풍기혜의 움직임을 냉정하게 살피고 있었다.

그는 도끼자루를 빙글빙글 돌리며 풍기혜의 공격을 침착하게 막아냈다.

회심의 일격이라고 생각한 공격이 실패하자 풍기혜의 얼굴이 심각하게 일그러졌다.

그 틈을 놓치지 않고 모문삭이 역공을 가했다.

깜짝 놀란 풍기혜가 상체를 살짝 뒤로 누이자 모문삭의 도끼가 간발의 차이로 비껴갔다.

도끼날에 스친 머리카락이 사방으로 흩어졌다.

위기를 벗어난 풍기혜가 궁신탄영(弓身彈影)의 수법으로 튕기듯 일어나 모문삭보다 배는 빠르게 달려들며 칼을 휘둘렀다.

칼은 정확하게 모문삭의 옆구리를 파고들었다.

풍기혜의 얼굴에 회심의 미소가 떠올랐다.

'성공이다.'

분명 느낌이 왔다.

칼날을 통해 전해오는 감촉으로 볼 때 적지 않은 피해를 준

것이 틀림없었다.

한데 돌아온 것은 가소롭기 그지없다는 듯한 모문삭의 음성이었다.

"이 정도론 나를 어쩔 수 없다."

중상을 당한 사람의 음성이 아니었다.

깜짝 놀란 풍기혜가 모문삭의 상세를 살피자 깊게 패어 반으로 쩍 갈라진 그의 팔뚝을 볼 수 있었다.

"외공이로군. 그것도 제법 상당한 수준으로 익힌."

뼈도 자르지 못하고 고작 피부에 상처를 입혔다는 생각에 풍기혜의 얼굴이 낭패스러움으로 물들었다.

"외공? 그딴 건 난 모른다. 그저 네 칼이 약했을 뿐."

피가 줄줄 흘러내림에도 별다른 조치를 취하지 않고 그저 팔소매로 쓱쓱 문지르는 것을 보며 풍기혜는 스스로의 실력에 회의감이 들었다.

'내 무공이 고작 이 정도란 말인가? 적의 팔뚝 하나도 자르지 못하는.'

부끄러웠다.

너무 창피하고 스스로에게 화가 나 고개를 들 수가 없었다.

이쯤 되면 승패 따위가 중요한 것이 아니었다.

너무도 처절하게 망가진, 다시는 회복할 수 없었으나 자신을 한낱 웃음거리로 만든 상대의 목숨으로 최소한의 자존심만은 지켜야 했다.

검각은 어디에 있습니까?

그러기 위해서 흥분은 절대 금물이었다.

애써 화를 가라앉힌 풍기혜가 자세를 고쳐 잡았다.

오른쪽 무릎을 살짝 굽혀 반쯤 웅크리고 왼발은 조금 앞으로 내밀며 발끝을 가볍게 땅에 대었다. 뒤쪽으로 뺀 칼을 지그시 아래쪽으로 향하게 하며 손잡이 부분은 몸통으로 가린 자세.

기세부터가 남달랐다.

단순한 기수식에 불과했으나 전해오는 압박감이 상당했다.

'호~ 만만치 않은걸.'

감탄을 하면서도 모문삭 또한 신중히 자세를 잡았다.

전신에 휘몰아쳐 오는 기운이 예사롭지 않다는 것을 느꼈음에도 피할 생각은 조금도 없는 것 같았다. 그 역시 타고난 호승심은 누구에게도 지지 않는 인물이었다.

"타핫!"

힘찬 기합성과 함께 풍기혜의 공격이 시작됐다.

빠른 발, 눈에 보이지도 않을 정도로 현란한 몸놀림이 조금 전까지 모문삭의 공격에 쩔쩔매던 그가 맞는지 의심이 들 정도로 대단했다.

칼이 움직일 때마다 바람이 일었다.

햇빛을 반사하며 춤을 추는 칼의 움직임은 도저히 눈으로 따라가기가 힘들 정도였다.

모문삭이 이를 악물고 막아보려 해도 쉽지가 않았다.

막은 듯싶었으나 막지 못했고 반격을 하려 해도 도저히 그럴 여유가 없었다.

한번 기세를 타기 시작한 풍기혜의 공격은 거센 불길처럼 활활 타올랐다.

모문삭의 몸이 순식간에 피로 물들었다.

그 짧은 시간에 평생 동안 입은 것보다 더 많은 상처들이 아로새겨졌다.

그래도 모문삭은 쓰러지지 않았다.

수도 없이 몸을 휘청거리고 변변한 반격은 꿈도 꾸지 못할 정도로 계속해서 밀렸지만 그는 어떻게든 치명상을 피하며 기회를 노렸다. 어떻게든지 버티다 보면 언젠가 기회가 올 것이라는 굳은 믿음이 있었다.

그렇게 일방적으로 밀리기를 얼마간, 수세에 몰려 패하기 일보 직전의 상황까지 몰린 모문삭의 눈이 번뜩였다.

어느 순간부터 풍기혜의 동작이 점점 굼떠지기 시작하더니 그물같이 엮이던 초식의 연계도 어딘지 모르게 엉성해지는 것이 느껴졌다. 또한 일그러지는 얼굴하며, 눈에 띄게 가빠진 숨결을 보건대 몸에 무리가 온 것이 틀림없었다.

사실, 풍기혜가 모문삭을 몰아붙이기 위해 사용한 무공은 창응도법(蒼鷹刀法)이라는 고평풍가(高平風家)의 독문무공이었다. 문제는 그가 아직 창응도법의 오의를 제대로 깨우치지 못했다는 것과 마음껏 펼치기엔 일신에 지닌 내공이 부족하다는 것. 처음엔 잘 드러나지 않던 약점들이 결국 시간이 가면서 명확히 드러나고 만 것이다.

모문삭은 일단 참았다.

맹수가 먹잇감을 잡기 위해 기나긴 인내를 하듯 그는 풍기혜의 몸에 이상이 왔음을 알면서도 이를 악물고 참았다. 그리고 지리한 승부를 단번에 끝장내기 위한 최후의 순간을 기다렸다.

'지금이다!'

마침내 처음이자 어쩌면 마지막일 수 있는 기회가 왔다.

끊임없이 몰아치던 풍기혜가 호흡을 가다듬기 위해 잠시 잠깐 공세를 늦추는 찰나, 비록 그 시간이라는 것이 눈을 한 번 깜짝이는 것과 비교할 수 있을 정도로 짧은 순간이었으나 호시탐탐 틈을 노리고 있던 모문삭에겐 더할 나위 없이 좋은 기회였다.

그는 한껏 끌어 모은 기운을 단숨에 폭발시키며 도끼를 휘둘렀다.

벼락이 내리박히듯 어마어마한 힘과 속력으로 풍기혜를 노리며 짓쳐드는 도끼.

풍기혜가 아차 하는 표정으로 황급히 물러나며 칼을 치켜올렸지만 급작스런 동작으로 막아내기엔 도끼에 담긴 힘이 너무나 강했다.

깡!

경쾌하기 그지없는 충돌음과 함께 그렇잖아도 상처가 있던 풍기혜의 칼이 힘없이 부러졌다.

그것으로 끝이었다.

"끄으윽!"

어깨에서부터 밀려오는 고통에 풍기혜의 입에서 인간의 것이라고 말하기 힘들 정도로 처절한 비명성이 터져 나왔다.

마침내 승리를 확신한 모문삭이 도끼를 놓으며 한 걸음 물러나자 풍기혜의 신형이 마구 흔들렸다.

몸이 흔들리자 칼을 동강 낸 것으로 부족하여 어깨를 파고 들어 가슴까지 박혀 들어간 도끼도 마구 흔들렸다. 도끼자루를 타고 흘러내리던 피 역시 사방으로 뿌려졌다.

"끄윽!"

외마디 비명과 함께 풍기혜의 몸이 힘없이 무너져 내렸다.

"지, 지독한 놈!"

모문삭이 고개를 절레절레 흔들며 주저앉고 말았다.

단 한 번의 공격에 모든 것을 건 그 역시 기운이 빠질 대로 빠져 도저히 서 있을 수 없는 상태였다. 그래도 그의 얼굴엔 승자만이 지닐 수 있는 만족감이 서려 있었다.

"흠, 멋진 싸움이로군."

뒷짐을 지고 둘의 싸움을 살피던 장혼이 중얼거렸다.

오랜만에 멋진 싸움을 본 것에 만족을 한 표정이었다.

"너도 제법 강했다."

그의 시선이 발아래에 널브러져 있는 사도추의 시신으로 향했다.

흉측하게 널브러져 있는 시신.

장혼과 무려 반 각 동안이나 손속을 나누다 장렬하게 산화한 그는 눈도 감지 못한 채 전신의 혈맥이 터져 즉사한 상태였다.

"호~"

바로 그때, 어느 한곳을 살피던 장혼의 눈이 반짝거렸다.

"한패거리가 아니었나?"

그의 얼굴에 의혹이 깃들었다.

그가 혼전에 혼전을 거듭하며 아수라장으로 변한 전장에서 조금 특이한 행동을 하는 두 명의 청년을 발견한 것은 모문삭과 풍기혜의 싸움이 절정으로 치닫고 있을 때였다. 일단 싸움을 지켜보느라 신경을 쓰지 않다가 싸움이 끝난 지금에 와서 다시 살펴보았건만 그들의 모습이 보이지 않았다.

단지 특이한 행동을 하고 있다고 해서 흥미를 가진 것은 아니었다. 그들이 잠시 머물었던 곳에 무려 여덟 명이 넘는 수하들이 쓰러져 있다는 것. 두 명의 청년을 발견하고 잠시 주의를 돌렸던 것이 그야말로 촌각도 되지 않는 시간이라는 것을 감안하면 무척이나 흥미로운 일이었다.

"재밌군, 아주 재밌어."

장혼의 입가에 의미심장한 미소가 지어졌다.

그것도 잠시, 그의 시선이 다시 전장으로 향했다.

범률의 요청으로 서문으로 침입한 적을 막기 위해 달려왔던 풍기혜와 사도추가 그렇게 무너지면서 싸움은 이미 급속하게 기울기 시작했다. 비록 여러 군소문파들이 최선을 다해 저항을 하고 있었으나 정리를 당하는 것은 시간문제일 뿐이었다.

"아까 그 노인. 엄청나게 강해 보이더라."

곡운이 잠시 잠깐 눈이 마주쳤던 노인을 떠올리며 몸서리를 쳤다. 한순간에 불과했으나 그 짧은 시간에도 자신을 훑던 노인의 눈빛이 자꾸만 떠오르는 것이 영 께름칙했다.

"누구?"

오로지 추월령을 찾기 위해 움직인 묵조영의 눈이 그를 볼 리 만무했다.

"……"

곡운이 그를 노려봤다. 이제는 짜증난다는 표정이었다.

"관두자. 내가 네놈이랑 무슨 말을 하겠냐? 어쨌든 서문은 아니니 북문인가 보다. 서두르자. 마교 놈들의 기세가 장난이 아닌 게 어째 불안하다."

조금 전 노인과 같은 인물이 얼마가 왔을지 몰랐다.

검각의 무인들이 얼마나 강한지 몰라도 그만한 고수라면

웬만해선 막기가 힘들 듯싶었다.

묵조영도 심각한 표정으로 고개를 끄덕였다.

잠깐 동안이었지만 서문에서 펼쳐진 싸움이 얼마나 치열하고 끔찍했는지 두 눈으로 똑똑히 본 터, 추월령이 그런 싸움을 하고 있다고 생각하니 벌써부터 심장이 떨려왔다.

불안감 때문인지 북문으로 내달리는 묵조영의 이마에 땀이 송골송골 맺혔다.

의천맹 소주지부의 동문.

다른 곳과 마찬가지로 이곳에서도 밀고 밀리는 치열한 싸움이 벌어지고 있었다. 다만 의천맹이 거의 일방적으로 밀리는 다른 곳과는 싸움의 양상이 조금 달랐다.

"정신을 차려라! 물러서지 마라!"

노룡대를 이끌고 자신만만하게 공격을 시작했던 백선.

점점 뒤로 밀려나는 수하들을 독려하기 위해 고래고래 소리를 지르는 그의 얼굴에서 여유는 이미 사라지고 없었다.

쉬이익!

그를 향해 화살 하나가 날아들었다.

"건방진!"

미간을 노리며 날아오는 화살을 단숨에 낚아챈 백선은 전각 위에서 자신에게 화살을 날린 자를 노려보다가 위험지경에 빠진 수하를 구하기 위해 손에 든 화살을 던졌다.

그의 손을 떠난 화살은 활로 쏜 것보다 더욱 빠르게 날아가 막 수하의 목숨을 취하려던 사내의 목을 꿰뚫어 버렸다.

"컥!"

난데없이 날아온 화살에 최후의 결정타를 날리려던 사내가 외마디 비명과 함께 그대로 무너져 내렸다. 자신이 어째서 쓰러지고 있는지 이해를 하지 못하겠다는 표정과 함께.

"적은 오합지졸에 불과하다. 두려워하지 마라. 공격! 공격하란 말이닷!"

쩌렁쩌렁 울리던 백선의 목소리가 이제는 숫제 울부짖음으로 변하고 있었다.

그도 그럴 것이 노룡대의 숫자는 오십여 명. 상대의 숫자는 물론 그보다 많았다.

하지만 목숨을 걸고 단련을 한 정예를 이름도 없는 군소문파의 무인들과 어찌 실력 비교를 할 것인가?

그럼에도 승기를 잡지 못하고 밀리고 있었으니 미치고 환장할 노릇이었다.

백선을 그런 지경까지 몰고 간 중심에 바로 명진 도장과 무당오수가 있었다.

선두에서 진두지휘하는 명진 도장의 무위는 백선보다 한 수 위였고 전장의 중심에서 노룡대의 거센 공격을 온몸으로 막아내면서도 조금도 밀리지 않는 무당오수의 실력은 어째서 사람들이 무당파를 경외하고 있는지 그 이유를 똑똑히 보여줬다.

특히 운호, 운정, 운선, 운종 사형제가 펼치는 사상진(四象陣)은 노룡대에겐 가히 악몽과도 같았다.

조금의 틈도, 허점도 없이 네 명이 마치 한 몸이라도 된 듯 유려하게 움직이는 몸놀림. 그 속에서 쏟아져 나오는 장중하면서도 힘있는, 또한 한없이 부드러운 무당파의 검법은 그들로 하여금 목숨을 걱정하게 만들었다.

거기에 사상진을 중심으로 좌우로 휘몰아쳐 오는 이들의 압력 또한 만만치 않은 것이었다. 비록 개개인의 무공은 노룡대원들에 비해 부족한 것이 사실이나 명진 도장의 적절한 지휘와 무엇보다 기세등등했던 노룡대가 주춤하는 것을 보며 '할 수 있다' 라는 자신감이 생긴 덕에 사기가 충천해 있었다.

싸움 초반, 눈앞의 상대를 단숨에 쓸어버리고 가장 먼저 승전보를 올리겠다는 노룡대의 자신감은 이미 사라지고 없었다. 도리어 상대의 공격을 막기 위해 전전긍긍하는 형국이었다. 그나마 그들 개개인의 실력이 의천맹의 무인들보다 뛰어난 면이 있기에 버티는 것이지, 그렇지 않았다면 싸움은 이미 끝나고도 남음이 있었다.

"죽어랏!"

노룡대 이조 조장 양수첨(陽洙尖)이 자신의 옆구리를 파고드는 상대를 보며 이를 악물고 칼을 휘둘렀다.

시뻘건 피가 산산이 뿌려졌다.

대부분이 상대의 피였으되 그중 일부는 그의 피였다.

조금 전, 예기치 못한 공격에 양수첨은 가슴에 상당한 상처를 입은 상태였다.

제대로 지혈을 하지 못해 연신 피가 뿜어져 나왔으나 그는 여전히 지혈할 생각도 하지 않았다. 아니, 생각을 하지 못한 것이 아니라 할 여유가 없었다. 곳곳에서 수하들이 목숨을 잃고 있었고 사방에서 적들이 밀려들었다. 조금이라도 틈을 보이면 그야말로 끝장이었기에 필사적으로 싸우는 것이었다.

바로 그때였다.

"크억!"

엄청난 투지를 보여주던 양수첨이 외마디 비명과 함께 아랫배를 부여잡고 비틀거렸다. 그리고 믿기지 않는다는 얼굴로 고개를 들었다.

누군가가 서 있었다.

"네, 네놈 따위에게……."

양수첨은 자신의 죽음을 도저히 인정하지 못하겠다는 듯 자꾸만 감기는 눈을 치켜뜨며 몸을 움직이려 했다. 하나, 그의 노력은 안타까운 몸부림에 불과할 뿐, 그는 상대의 얼굴도 제대로 확인하지 못하고 목숨을 잃고 말았다.

"후~ 지독하군."

목숨이 끊어지는 순간까지 무기를 놓지 않고 투지를 불태우는 양수첨의 모습에 사형제들과 떨어져 지금껏 홀로 움직인 운학이 한숨을 내쉬었다.

지금까지 쓰러뜨린 이들이 모두 그랬다.

하나같이 죽음을 도외시하며 무서우리만치 집요한 모습들.

지금은 비록 승기를 잡고 있기는 해도 그런 상황이 계속 이어질 수 있을까 걱정이 됐다.

무엇보다 아까부터 자꾸만 신경이 쓰이는 사람이 한 명 있었다.

운학의 고개가 슬쩍 돌아갔다.

분명 마교의 인물이 분명한데 아무런 움직임도 없이 그저 한쪽 전각에 걸터앉은 채 싸움을 지켜보는 노인.

묘하게 신경을 자극하는 것이 영 불안했다.

노인이 움직이는 순간 어쩌면 모든 상황이 변할 수 있을지 모른다는 불안감이 떠나질 않았다.

그런 불안감을 지닌 채 또다시 적을 찾아 움직이려는 운학.

그런데 어느 순간, 그의 움직임이 딱 멈추고 말았다.

운학이 황급히 고개를 돌려 노인이 있던 전각을 살폈다.

없었다.

조금 전까지만 해도 다리를 꼬고 앉아 있던 노인이 보이지 않았다.

운학은 그 즉시 노인을 찾아 전장을 샅샅이 뒤지기 시작했다.

그러나 그럴 필요가 없었다.

온갖 비명과 욕설, 함성, 병장기 소리로 뒤덮였던 전장에서 지금까지는 듣지 못했던 처절한 비명이 터져 나오며 노인의 존재를 알려온 것이다.

"끄악!"

"으아아아악!"

한 번 시작된 비명은 꼬리를 물며 끊임없이 이어졌다. 동시에 노룡대를 상대로 지금까지 엄청난 선전을 하고 있던 의천맹의 무인들이 급격히 동요하기 시작했다.

"큰일이다!"

올 것이 왔다는 생각에 운학의 얼굴이 딱딱하게 굳어졌.

한 번 기세가 밀리기 시작하면 걷잡을 수 없는 법. 만약 노인을 막지 못하면 지금까지 힘겹게 잡은 승기를 단숨에 날려 버리는 것은 물론이고 오히려 최악의 상황을 초래할 수도 있었다. 더군다나 노인이 움직이는 방향을 보아하니 목표는 사상진을 구축하고 있는 사제들이 틀림없었다.

"타핫!"

힘찬 기합성과 함께 운학의 몸이 허공으로 뛰어올랐다. 그리고 아군인지 적군인지 구별도 할 수 없는 이들의 어깨를 밟으며 노인에게 달려가기 시작했다.

그러나 노인에게 도착하기 직전, 흉험한 살기를 풀풀 뿜어내며 그를 기다리는 사람이 있었다.

검각은 어디에 있습니까?

"어림없다, 이놈!"

노룡대에서도 아끼는 수하였던 양수첨이 운학에게 목숨을 잃는 모습을 본 백선이 욕설을 내뱉으며 칼을 휘둘렀다.

사조로부터 받은 자운검(紫雲劍)을 끌어당기며 간단히 공격을 막아낸 운학의 시선은 백선이 아니라 노인에게 고정되어 있었다. 다행히 사상진을 향해 거침없이 움직이던 노인은 일단 사숙인 명진 도장에 의해 막혀 있는 상태였다. 문제는 명진 도장이 노인을 막을 수 있느냐는 것.

'힘들다.'

노인의 기세는 지금까지 본 적이 없을 정도로 어마어마한 것이었다.

운학은 명진 도장이 노인을 막기엔 역부족이라 단정 지었다. 그렇다면 방법은 오직 하나, 명진 도장이 노인에게 당하기 전 자신의 앞을 가로막는 적을 최대한 빨리 쓰러뜨리고 도우러 가는 것뿐이었다.

운학의 시선이 비로소 백선에게 향했다.

부리부리한 눈, 얼굴을 덮을 듯 자라난 텁수룩한 수염이 인상적인 사내였다.

"오시오."

운학이 자운검을 까딱이며 말했다.

"네, 네놈이!"

그렇잖아도 자신을 눈앞에 두고도 딴청을 피우고 있는 모습에 머리끝까지 화가 나 있었건만 저 시건방진 태도는 뭐란 말인가!

"겁대가리없는 말코 놈! 뒈져랏!"

괴성과 함께 달려드는 백선, 그를 보는 운학의 눈은 차갑게 가라앉아 있었다.

제26장

그것이 바로 추혼귀창이다

"**찾**았다!"

묵조영이 적에게 둘러싸여 있는 추월령을 발견하고 소리쳤다.

"나도 봤다. 그래, 어쩔 거냐?"

"도와야지."

간단히 대답한 묵조영이 그녀를 향해 달려갔다.

휑하니 달려가는 그의 뒷모습을 보며 곡운이 쓴웃음을 지었다. 그리곤 전체적인 전황을 살피기 시작했다.

'이곳도 꽤나 치열했군.'

아무렇게나 널려 있는 시신들을 보며 곡운이 인상을 찌푸렸다.

　현재 싸움을 하고 있는 인원은 약 팔십여 명, 쓰러진 사람의 숫자는 얼핏 봐도 오십 명은 되는 것 같았다. 그럼에도 양측은 조금의 물러섬도 없이 치열하게 맞붙고 있었다. 기세에서 밀리는 순간 끝장이라는 것을 알기에 전력을 기울이는 것이다.

　"후~ 난리도 아닌걸."

　곡운이 고개를 절레절레 흔들었다.

　그런데 누구를 본 것일까?

　찌푸리고 있던 그의 얼굴이 펴지며 두 눈이 호기심으로 반짝였다.

　'검각의 수석검사라더니 생각보다 상당한 고수로구나.'

　곡운은 한 노인을 맞아 힘겨운 싸움을 하고 있는 매화월의 무위에 감탄을 금치 못했다. 그러면서도 지금 그가 상대하는 노인을 보면서 얼굴을 굳혔다.

　자신이 싸우는 것도 아닌데 전신의 감각이 마구 요동을 치고 긴장감 때문인지 목이 타 들어갔다.

　'그 노인하고 같은 부류다.'

　조금 전, 서문에서 자신들을 응시하던 노인.

　비록 짧은 시간이었지만 그 노인에게 받은 충격은 상당했다. 그와 같은 기운이 눈앞의 노인에게서도 느껴졌다.

　그런 노인을 상대로 매화월이 싸우고 있었다.

승기를 잡지 못하고 무척이나 힘든 싸움을 하고 있었으나 패색이 보이는 것도 아니었다. 적어도 금방 끝날 싸움은 아니었다.

노인과 매화월의 화려한 움직임을 보며 연신 탄성을 내뱉던 곡운이 추월령이 있는 곳으로 시선을 돌렸다.

그녀 역시 군계일학의 활약을 보여주고 있었다.

마치 흐르는 물과 같이 유연하면서도 부드러운 움직임으로 적의 공세를 피하고 역공을 할 때는 북풍한설이 몰아치듯 너무도 매섭게 공격을 가했다. 그녀의 검이 움직일 때마다 누군가는 반드시 피를 뿌렸다.

"히야, 멋진걸!"

곡운의 입에서 또다시 탄성이 터져 나왔다.

잠깐 동안 살펴본 것이었으나 아무리 생각해 봐도 추월령의 실력이 괴물 같은 노인에게 당당히 맞서고 있는 매화월보다 더 뛰어난 것 같았기 때문이다.

곡운이 마지막으로 시선을 둔 사람은 어느새 추월령이 곁으로 다가간 묵조영이었다.

그는 추월령과 함께 어울려 싸움을 하고 있지 않았다. 그저 그녀에게 시선을 고정시킨 상태로 그녀가 왼편으로 적을 몰고 가면 그쪽으로 움직였고 오른편으로 움직이면 슬그머니 방향을 돌리며 따라갔다.

"징하다, 정말 징해."

묵조영의 그런 행동이 싸움 자체보다는 오로지 그녀를 보호하기 위함이라는 것을 느끼며 곡운은 고개를 흔들고 말았다. 그러면서도 그 역시 묵조영의 의지에 동조키 위해 전장으로 뛰어들었다.

"큭!"
공격을 했건만 묵조영에 비해 내력에서 압도적으로 열세인 마룡대원이 오히려 비틀거리며 뒷걸음질쳤다.
"으으으!"
사내의 눈이 싸늘하게 식었다.
예상은 했으나 결과는 이전과 다르지 않았다.
상대는 최선을 다하고 있지 않았다.
아예 관심이 딴 곳에 가 있는 것 같았다.
처음엔 모욕감마저 느꼈다.
그러나 시간이 가면 갈수록 상대의 강함을 느끼며 죽음의 공포에 사로잡혀야만 했다.
'도대체 어디서 튀어나온 괴물이란 말인가!'
무기라는 것이 별 볼일 없어 보이는 낚싯대였고 흐느적거리는 몸놀림을 보면 제대로 무공을 익힌 것처럼 보이지 않았다. 그럼에도 이제는 알 수 있었다.
'고수다, 그것도 엄청난 고수!'
결론은 피하는 것만이 최선이라는 것.

적에게 등을 보였느니 어쨌느니 하는 말은 그래도 엇비슷한 실력을 지닌 자들에게나 통용되는 말이었고 애당초 차원이 다른 고수를 상대함에 있어선 적용이 될 수 있는 말이 아니었다.

사내는 조금의 미련도 없이 몸을 돌렸다. 다행히 묵조영이 쫓아오거나 하는 것 같지는 않았다.

'후~'

사내의 입에서 안도의 한숨이 흘러나왔다. 이제는 적당한 상대를 찾아 다시 싸움을 하면 되었다.

상대를 고르기 위해 바쁘게 눈동자를 굴리던 중 잔뜩 겁에 질려 움츠린 자세로 다가오는 한 인물이 걸려들었다.

그의 입가에 비릿한 미소가 흘렀다.

상대의 앞으로 단숨에 달려간 사내는 괴소를 흘리며 칼을 휘둘렀다.

그런데 뭔가가 이상했다.

당연히 공포에 떨어야 할 상대가 두려워하기는커녕 오히려 비웃고 있는 것이 아닌가!

"넌, 뭐냐?"

가소롭다는 듯 외치는 사내, 하필이면 곡운이었다.

"어린 녀석이 대단하구나."

마룡대를 지원하기 위해 움직인 호법 철사림(哲思霖)은 어깨를 위아래로 들썩이며 연신 거친 숨을 내뱉는 매화월을 보며 경탄을 금치 못하고 있었다.

아무리 많이 봐줘야 이제 겨우 이십대 후반의 나이였다. 그만한 나이에 자신과 당당히 맞서 싸울 수 있는 상대가 있다는 것이 도저히 믿기지 않았다. 전체적인 실력에서 자신이 앞서는 것이 틀림없었으나 때때로 등골이 서늘할 정도로 위험한 반격이 있었다. 조금 전엔 목숨을 걱정해야 할 만큼 오싹한 경험도 했다. 오랜 경험에서 우러나오는 연륜으로 무사히 넘어갔으니 망정이지 만약 반응이 조금만 늦었더라면 이렇듯 여유있게 있지는 못할 터, 그의 출신이 검각이라는 것을 감안한대도 인정하기 힘들었다.

"다시 시작해 볼까?"

매화월이 어느 정도 호흡을 가다듬을 시간을 준 철사림이 조용히 말했다. 하지만 지금 매화월은 제대로 움직일 힘이 없었다.

'너무… 강하다!'

매화월은 마교가 어째서 마교인지 뼈저리게 느끼는 중이었다.

철사림이 강하다는 것은 손속을 겨루어보기도 전에 이미 알고 있었다. 그리고 그를 막지 못하면 애당초 싸움이 될 수 없다고 생각했기에 그를 막기 위해 최선을 다했다.

결과는 믿고 싶지 않을 만큼 참담했다.

일각이 넘는 시간 동안 수십 초를 겨루었지만 도저히 방법을 찾을 수가 없었다. 자신이 알고 있는 모든 무공을 총동원해 공격을 해도 상대는 꿈쩍도 하지 않았다. 임기응변은 물론이고 남들이 보기에 치졸한 수까지 모조리 써봤지만 소용이 없었다. 엄밀히 말하자면 제대로 된 공격을 한 것도 아니었다. 그전에 철사림의 칼에서 뿜어져 나오는 무지막지한 기운을 감당하기에도 벅찼으니까.

'이제 끝인가?'

매화월은 천천히 다가오는 철사림의 칼을 보며 죽음을 생각했다. 조금 전이라면 모를까 진이 빠질 대로 빠진 지금은 검을 치켜들 힘도 없었다. 또한 주위를 둘러봐도 자신을 구해 줄 사람은 존재하지 않았다.

그래도 포기할 수는 없었다. 죽을 때 죽더라도 다만 얼마간이라도 상대의 발걸음을 묶어야 했다. 노인이 본격적으로 싸움에 끼어드는 순간, 그야말로 끝장이기 때문이었다.

"최선을 다하도록!"

차갑게 외친 철사림이 그의 성명절기인 승룡도법(昇龍刀法)의 절초를 사용했다. 순간, 철사림의 도에서 스멀스멀 일렁이는 기운이 있었다.

파스스스스.

여의주를 얻은 이무기가 승천을 하며 천하에 자신의 존재를 알리기라도 하듯 칼에서 뿜어져 나온 도기가 천하를 뒤덮

그것이 바로 추혼귀창이다

기 시작했다. 그리고 매화월이 미처 반응을 하기도 전에 그의 허벅지를 쓸고 지나갔다.

"크흑!"

쩍 벌어진 살, 그 사이로 보이는 허연 것은 분명 뼈였다.

탁한 신음성을 내뱉은 매화월이 중심을 잡지 못하고 비틀거렸다.

파스스슷.

예리한 파공성과 함께 또 다른 도기가 중심을 잃고 비틀거리는 그의 몸을 양단하기 위해 접근했다.

이를 악문 매화월이 필사적으로 검을 휘둘렀다. 그러자 검에서 흘러나온 희뿌연 기운이 밀려오는 도기와 정면으로 맞부딪쳤다.

꽈꽈꽝!

커다란 굉음과 무수한 먼지가 피어올랐다.

먼지가 가라앉기도 전 승패는 확실히 결정되었다.

커다란 도를 어깨에 척 걸치고 뚜벅뚜벅 걸음을 옮기는 철사림에 비해 무려 오 장이나 날아가 처박힌 매화월의 상세는 비참한 지경이었다.

의복은 갈가리 찢겨져 나가고 입에서 토해낸 검붉은 피가 옷을 적셨다. 거기에 먼지와 흙이 한데 뒤엉켜 꼴이 말이 아니었다.

"ㄲㄲㄲㄲ."

매화월은 힘들게 숨을 내쉬며 철사림을 응시했다.

그의 앞에 선 철사림도 묵묵히 그를 응시했다.

그러기를 잠깐, 최선을 다한 상대에겐 그만한 대접을 해주어야 하는 것이 나름대로의 예의라 생각한 철사림이 칼을 들었다.

"쉬거라."

그러나 매화월의 목숨을 취하진 못했다.

막 매화월의 목을 베려는 찰나 갑자기 날아와 꽂히는 예기를 느낀 것이다.

"너는 누구냐?"

철사림이 자신의 행동을 막은 주인에게 칼을 겨누며 물었다.

"곡운이라 하외다."

순간, 죽음을 각오하고 눈을 감았던 매화월이 지그시 눈을 떴다. 그리곤 차분히 걸어오는 곡운을 바라봤다.

"괜찮습니까?"

곡운의 물음에 매화월이 고개를 끄덕였다.

"잘될는지는 모르겠으나 이제부턴 제가 상대하겠습니다."

매화월이 희미한 웃음을 보였다.

운학으로부터 곡운이 아마도 그보다 강할 것이란 말을 들었던 터, 그의 말을 액면 그대로 곧이듣지는 않더라도 최소한 그만한 말을 들을 수 있을 정도의 실력은 있을 것이라 여긴 것이다.

"부, 부탁하… 겠소."

매화월은 그 한마디를 남기고 결국 정신을 잃고 말았다.

"크아악!"

역공을 가하여 또 한 명의 적을 격살하는 데 성공한 추월령이 등 쪽에서 다가오는 공격을 막기 위해 몸을 트는 사이, 네 개의 비수가 그녀를 향해 날아들었다.

슈슈슉!

나직한 소성을 내며 접근하는 비수를 보며 추월령은 짧게 숨을 들이마시고는 비수를 향해 팔소매를 휘저었다. 그러자 마치 소용돌이치듯 주변의 공기를 끌어당기는 힘에 의해 네 자루의 비수가 방향을 잃고 팔소매로 빨려 들어왔다.

상대의 암습을 무력화시키는 데 성공한 추월령이 팔소매에 휘말려 들어온 비수를 적을 향해 뿌렸다.

그녀를 향할 때보다 더욱 빠르게 날아간 비수는 두 명의 목숨을 빼앗고 기겁을 하며 몸을 피한 다른 두 명에겐 약간의 상처를 입혔다.

"빌어먹을 계집! 반드시 찢어 죽이고 말 것이다! 뭣들 하느냐! 공격하란 말이닷!"

비수를 날렸던 마룡대 대주 원명(元鳴)이 길길이 날뛰며 수하들을 독려했다. 하나, 사뿐사뿐 발걸음을 움직이는 추월령을 잡기란 너무나 힘들었다.

 '할아버지도 말씀하셨지. 정신을 잃기 전, 그녀는 엄청난 고수였을 거라고. 정말 대단하다.'

 추월령의 주변을 맴돌며 추월령을 보호(?)하고자 애쓰고 있던 묵조영은 거침없이 적을 쓰러뜨리는 그녀의 무위를 보며 거듭 경탄을 했다.

 그런 묵조영을 보며 죽어라 공격을 하고 있는 마룡대원.

 얼굴은 일그러질 대로 일그러졌으나 이미 하도 많이 무시를 당해서 그런지 화를 내거나 괴성을 지르지도 않았다. 그래봤자 아무런 소용이 없다는 것을 알고 있었으니까.

 바로 그때였다.

 적의 포위망을 뚫고 추월령이 다가왔다.

 "뭐 하는 거예요?"

 다소 날카로운 음성이었다.

 "예?"

 반가운 마음을 애써 누른 묵조영이 영문을 모르겠다는 표정으로 되물었다.

 "낚싯대를 들고 뭐 하는 거냐고요?"

 "아, 아니, 그냥 이게 편해서······."

 "그런 걸론 싸움을 할 수가 없어요. 놈들은 그렇게 호락호락한 상대가 아니에요. 안전한 곳으로 피하던가 아니면 이걸 들고 싸우세요."

묵조영과 싸우던 상대를 단 두 번의 동작으로 황천길로 보낸 추월령이 그의 칼을 발로 툭 차올리며 말했다.

묵조영이 엉겁결에 칼을 잡자 추월령이 그의 곁으로 다가왔다.

"제 곁에서 절대로 멀리 벗어나지 마세요."

"예? 예."

자신을 걱정하는 추월령의 마음에 감격을 한 묵조영의 목소리가 살짝 떨렸다.

한데 그런 묵조영의 모습을 보며 다른 의미로 부르르 떠는 사람이 있었다.

'저, 저놈은!'

멀리서 수하들을 독려하고 있던 화소호가 묵조영의 존재를 눈치 챈 것이다.

순간, 아무것도 생각할 수 없었다.

그는 이미 묵조영이 얼마나 무서운 인물인가를 뼈저리게 경험한 사람이었다.

묵조영의 존재를 알게 된 화소호는 그가 어째서 본 실력을 드러내지 않고 추월령의 보호를 받으며 엉거주춤하고 있는지 생각해 볼 여유도 없이 바로 곁을 지키고 있는 예도보를 불렀다.

"예도보."
"예, 부단주님."
예도보가 황급히 달려왔다.
"저놈, 누군지 알아보겠느냐?"
예도보의 눈이 묵조영에게 향하고 그의 표정 역시 조금 전의 화소호와 다르지 않았다.
"그, 그 신객 놈이 아닙니까?"
화소호가 고개를 끄덕였다.
"그렇잖아도 가뜩이나 밀리는 상황에 저 괴물 같은 놈까지 날뛰면 걷잡을 수 없는 상황이 발생할 것이다. 지금 즉시 범단주에게 놈의 존재를 알려라."
무인으로서 적을 눈앞에 두고 꼬리를 마는 것은 분명 비겁한 행동이라 여길 수 있었으나 일찍이 묵조영의 무서움을 경험한 예도보는 추호도 그런 생각을 하지 않았다.
"알겠습니다."
대답과 함께 그는 뒤도 돌아보지 않고 달려갔다.

"제법 훌륭한 무공을 지니고 있는 것 같구나."
철사림이 자신의 앞을 가로막고 있는 곡운을 찬찬히 살피며 사뭇 진지한 표정으로 칭찬했다.
"그럭저럭, 아직 자랑할 정도는 아니외다."
"그럭저럭이라… 겸손함인지 자신감인지 모르겠군."

철사림이 피식 웃음을 터뜨렸다.

"어디 한번 놀아보자꾸나."

말이 끝나기도 전, 곡운 앞에 이른 철사림은 단숨에 승부를 보려는 듯 실로 매서운 기세로 그의 목을 베어왔다.

"헉!"

철사림이 그토록 빠르게 움직이리란 생각을 하고 있지 못하던 곡운은 제대로 반응을 하지 못하고 단지 어깨만을 움츠렸다.

철사림의 얼굴에 실망감이 스쳐 지나갔다. 분명 만만치 않은 적이라 여기고 나름대로 힘겨운 싸움을 예상했건만 생각보다 너무 싱거웠다.

'내가 잘못 본 것인가? 헛!'

막 곡운의 목을 베어가던 철사림은 아래서부터 자신의 목을 향해 날아오는 검의 기운을 느끼곤 다급한 신음성을 내뱉으며 몸을 틀었다. 조금 무리를 했다면 곡운의 목을 벨 수도 있을 것 같았지만 자신의 안전을 장담할 수 없었기 때문이다. 그만큼 곡운의 반격은 날카로웠다.

"좌수검?"

한 발 뒤로 물러선 철사림은 곡운이 왼손에 검을 쥔 것을 보며 깜짝 놀라 소리쳤다.

곡운은 별다른 대꾸 없이 어깨를 살짝 들썩였다.

이후, 다른 말은 필요없었다.

곡운이 좌측으로 돌기 시작하자 철사림은 그에 발맞춰 반대 방향으로 돌았다.

둘의 시선은 오직 상대방의 눈에 맞춰져 있었다.

그러던 어느 순간, 철사림의 안색이 찌푸려졌다.

곡운에게서 뭔가 알 수 없는, 묘하게 신경을 거스르는 기운을 느낀 것이다. 그것은 젊은 나이임에도 상당한 힘으로 자신을 짓눌러 오는 기세도, 또 검에서 흘러나오는 날카로운 예기도 아니었다.

느릿느릿, 거북이걸음처럼 둔해 보였으나 결코 느리지 않았고, 발이 지면에서 떨어지지 않고 질질 끌리는 것처럼 보이나 더할 나위 없이 경쾌한 발걸음. 문제는 그 발걸음이 하나의 형태를 만들고 있다는 것.

'태극(太極)? 태극이라면······.'

보법에서 이런 식의 특징을 드러내는 문파는 오직 하나뿐이었다.

'설마 무당?'

철사림의 얼굴이 의혹으로 물들었다.

'무당파의 제자란 말인가? 하면 저 좌수검은?'

도무지 이해가 가지 않았다.

지금껏 무당파의 수많은 제자들과 다툼이 있었지만 그 누구도 좌수검을 쓰는 사람이 없었다. 아니, 쓰고 안 쓰고를 떠나 소위 말해 정파라 자처하는 문파에서 좌수검은 익히는 것

그것이 바로 추혼귀창이다 179

자체가 수치요, 사도로 빠지는 길이라 여기며 금하고 있지 않던가.

철사림이 의혹에 사로잡혀 있을 때 곡운의 공격이 시작됐다.

"핫!"

나직한 기합성과 느릿하게 움직이던 발이 힘껏 땅을 디디며 깊은 발자국을 남기고 동시에 비스듬히 누이고 있던 검이 철사림의 좌측을 파고들었다.

아직 제대로 펼쳐지지 않았음에도 검에선 소름이 끼칠 정도로 강맹하면서도 날카로운, 그러나 다른 한편으론 갓난아이의 피부처럼 부드럽고 버들잎처럼 유연한 기운이 뿜어져 나오기 시작했다.

철사림은 감히 경시하지 못했다.

그는 더없이 진중한 자세로 걸음을 놀렸다.

철사림의 몸이 흐릿한 형태로 흔들리기 시작하더니 어느 순간, 서너 개가 넘는 잔영을 만들어냈다.

팟!

섬뜩한 파공성과 함께 곡운의 검이 철사림의 허리를 잘랐다.

철사림의 신형이 연기처럼 사라졌다.

잔상을 벤 것이다.

목표에 혼란을 느낀 곡운의 동작이 멈칫했다. 하나, 잠시일 뿐이었다. 첫 번째 잔영을 베어 흐트러뜨린 그의 검이 또 다른 잔영을 노리며 방향을 틀었다. 힘을 들이거나 억지로 트는 것이 아닌, 그저 물이 흐르듯 자연스런 움직임이었다.

철사림은 입술을 깨물었다.

의심할 여지가 없었다.

비록 좌수로 펼치는 동작이었으나 곡운의 움직임엔 분명 무당파의 기운이 서려 있었다.

"무당의 제자로구나!"

단언하듯 내뱉은 철사림의 얼굴이 보다 심각하게 굳어졌다.

명문정파, 그것도 검의 최고봉이라는 무당파의 제자가 좌수검을 익혔다는 것. 그것이 의미하는 바는 실로 컸다. 게다가 대충대충 아무렇게나 익힌 것 같지가 않았다. 움직임 하나하나에 서려 있는 기운이 보통이 아니었다. 기기묘묘하게 움직이는 발걸음 또한 무당파에서도 극소수에게만 전수한다는 태극만상보(太極迷從步)가 틀림없었다.

그사이 세 개의 잔상이 더 사라졌다. 이제 남은 잔상은 없었다.

"더 만들어보시던지."

연거푸 세 번의 공격이 모두 무위로 돌아갔다는 것이 짜증이 났는지 곡운이 자신도 모르게 이죽거렸다.

"입이 걸군. 하긴, 무당파의 제자로서 좌수검을 익혔다는 것 자체가 별종이라는 증거일 테니까. 어디 별종끼리 한번 제대로 붙어보자꾸나."

대수롭지 않게 넘겨 버린 철사림이 본격적으로 공격을 하기 시작했다.

일곱 번이나 연거푸 공격이 이어졌다.

한데 그 공격이라는 것이 최대한 신중한 자세로 막아낸 곡운이 고개를 갸웃거릴 정도로 위력이 떨어졌다. 조금 전까지만 해도 살을 에는 듯 전신에서 뿜어내던 기세, 거기에 매화월을 꼼짝하지 못하게 만든 실력은 어디로 갔는지 철사림의 공격은 단순하면서도 너무나도 평범하여 전혀 위협감이 들지 않았다.

그래도 곡운은 방심하지 않았다. 이상한 느낌에 더욱 조심스레 상대를 살폈다. 아니나 다를까, 평범하기만 했던 공격들이 점점이 이어지더니 한 초식 한 초식이 어느 순간, 기겁을 해야 할 정도의 절초로 변하기 시작했다.

그럴 줄 알았다는 듯 혼신의 힘을 다해 검을 휘두르는 곡운. 하지만 사방을 옥죄며 노도처럼 밀려드는 공세는 좀처럼 허점을 드러내지 않았다.

"용락명호(龍落明湖)!"

철사림의 칼이 여의주를 잃고 승천을 포기해야만 하는 용의 분노가 천하를 뒤덮기라도 하는 듯 흉험하고 위험한 기운을 주저리주저리 뿜어내며 꿈틀거리기 시작했다.

위에서 아래로, 좌에서 우로, 동작과 동작 사이에 수십의 변초가 생겨나고 그것들이 또다시 하나의 움직임으로 연계되어 곡운의 눈을 어지럽혔다.

'뭐, 이런 우라질 공격이!'

분명 허와 실이 뒤섞인 공격이었으나 곡운은 상대의 공격에서 그것을 정확하게 구별해 내지 못했다. 그렇다고 모든 변화에 쫓아가 일일이 반응하기란 더더욱 불가능한 일. 또한 조금 전까지 사용했던 유운검(流雲劍)이나 양의검(兩儀劍) 정도로는 도저히 상대할 수준도 아니었다.

곡운은 자신도 모르게 눈을 감았다. 그리곤 검을 회전시키기 시작했다.

발은 어느새 태극의 도형을 그리고 있었고 검 또한 보로(步路)를 따라 움직이며 허공에 태극의 형상을 만들고 있었다.

바로 무당파 최고의 무공이라는 태극만상일여검(太極萬象一如劍), 그 첫 번째 초식 공공적적(空空寂寂)이 펼쳐지고 있는 것이었다.

만약 무당파의 제자가 이 모습을 보았다면 입을 쩍 벌리고 놀랄 터, 하나 안타깝게도 그의 무공을 알아봐 줄 무당파의 제자들은 전혀 다른 곳에서 싸움을 하고 있었다.

철사림은 혼신을 다한 자신의 공격이 곡운이 만든 태극 형상에 힘없이 빨려 들어가 소멸하는 것을 느끼며 입술을 깨물었다.

그것이 바로 추혼귀창이다

지난날, 현재 무당파의 장문인인 천무 진인(天武眞人)과 겨루어 패배했던 쓰디쓴 기억이 떠올랐다.
'같은 무공이란 말이지……'
근 삼십여 년이 흘러 자신을 패배시켰던 무공을 다시 만나게 되니 감회가 새로웠다. 아울러 똑같은 무공, 그것도 눈에 차지도 않는 애송이에게 당할 수는 없다는 자존심이 고개를 쳐들었다.
철사림의 눈에 독기가 서렸다.
"태극만상일여검을 좌수로 펼치다니 대단한 재주다."
"칭찬이라니 고맙구려. 방금 전, 노인장의 무공도 상당히 흥미로웠소."
말은 그렇게 하면서도 연신 식은땀을 흘리는 것을 보면 그의 말처럼 단순히 흥미만을 느끼는 것은 아닌 것 같았다.
"훗, 흥미라… 노부의 무공이 고작 흥미를 끌 정도에 불과하단 말이로군."
"아니, 뭐, 꼭 그렇다는 것은 아니지만……."
"변명할 것 없다. 네놈 눈이 그렇게 말하고 있으니까."
순간, 철사림의 전신에서 실로 감당키 어려운 기운이 뿜어져 나오기 시작했다.
"천무에게 무릎을 꿇은 후, 삼십이 년! 비록 본인은 아니나 그 후예를 만나게 되어 반갑기 그지없다."
'반갑긴 개뿔이!'

전신을 찢어발길 듯 몰아쳐 오는 기운에 힘겹게 대응하고 있는 곡운의 솔직한 심정이었다.

"오늘을 위해 그동안 얼마를 기다렸는지 모른다. 막아보거라!"

"자, 잠깐! 은원(恩怨)이라는 것은 원래 얽힌 사람과… 망할!"

입을 놀릴 시간조차 없었다. 단순한 기수식만으로도 전신이 갈가리 찢기는 것 같았다.

"비룡폭류(飛龍暴流)!"

터질 듯한 외침과 함께 철사림이 들고 있던 도에서 무시무시한 기운이 솟구치기 시작했다.

파스스스슷!

요란한 파공성과 함께 도에서 모습을 드러낸 일곱 가닥의 도기가 서로 얽히고설켜 가며 곡운에게 짓쳐들었다.

피할 곳이 없었다.

아니, 애당초 피할 엄두를 내지 못했다. 그저 맞부딪치는 수밖에는 방법이 없어 보였다.

이를 악문 곡운이 할 수 있는 한 최대한의 진기를 끌어올리며 검을 회전시켰다. 순간, 검끝에서 청광이 어리며 그의 몸을 보호하기 시작했다.

콰콰쾅!

두 기운이 부딪치며 하늘이 무너지는 듯한 충돌음이 주변

그것이 바로 추혼귀창이다 185

을 휩쓸었다. 그러나 요란한 소리와는 달리 생각만큼 파장은 크지 않았다. 곡운의 검에서 쏟아져 나온 청광이 철사림이 발출한 도기의 대부분을 흡수하여 소멸시켜 버린 것이다.

"대단하군. 다시 간다!"

감탄성을 터뜨린 철사림이 재차 공격을 감행했다. 한데 기분 좋게 외치는 탄성과는 달리 도를 움직이는 그의 표정은 가히 밝지 않았다. 조금 전, 매화월을 쓰러뜨리며 입은 조그마한 내상, 그다지 신경 쓰지 않았던 사소한 부상이 중요한 순간에 발목을 잡기 시작했기 때문이다.

"승룡무흔(乘龍無痕)!"

철사림이 도를 던졌다.

도는 삽시간에 모습을 감췄다.

정확히 말하자면 너무 많아 어떤 것이 진짜인지 알 수 없는 상황이었다.

처음엔 분명 하나였으나 어느새 두 개로, 다시 네 개로, 또다시 여덟 개로 순식간에 늘어나는 도를 바라보는 곡운의 눈동자가 마구 흔들렸다.

'도대체 뭐가 진짜야?'

수십, 수백 개로 나뉜 도에서 하나같이 무지막지한 힘이 느껴지는 것이 어느 것이 허상이고 진상인지 도무지 갈피를 잡지 못했다.

그렇다고 망설일 시간은 없었다.

아차 하는 순간, 제대로 대응을 하지 못하면 그대로 목숨을 잃고 말 것이다.

애써 마음을 가라앉힌 곡운의 검이 또다시 태극의 형상을 만들며 움직이기 시작했다.

"태극의 힘은 무한하고 만상(萬象)은 돌고 돌아 결국엔 하나로 귀일될 것이니!"

순간, 곡운의 검에서 예의 청광이 뿜어져 나오며 또다시 검막을 만들어냈다.

철사림이 던진 도가 검막에 부딪쳤다.

쿠쿠쿠쿵!

"큭!"

엄청난 충돌음과 함께 나직한 비명성이 터져 나왔다.

오직 곡운 하나만을 노리며 접근하던 수백 개의 도는 결국 그가 만든 검막을 뚫지 못했다.

"크으으으!"

오 장이나 뒤로 밀린 곡운이 한 손으론 가슴을, 다른 한 손으로는 검붉은 선혈이 흘러나오는 입을 부여잡고 신음성을 흘렸다. 비록 도를 막기는 했어도 도에 실린 철사림의 내력까지는 막아내지 못한 것이다. 간신히 중심을 잡은 다리는 정강이까지 파묻혀 있었다.

물론 철사림이라고 무사한 것은 아니었다.

최초의 신음성은 곡운이 아닌 그의 것. 그 역시 곡운에 비해 더하면 더했지 결코 약하지 않은 내상을 입었다. 하지만 무엇보다 그를 당황케 하는 것은 똑같은 무공이라 여긴 태극만상일여검이 다르다는 데 있었다.
　'같은 것 같으나 분명 다르다.'
　과거, 천무 진인이 시전했던 태극만상일여검은 중후하면서도 가벼웠고, 강맹하면서도 유했다. 그런데 곡운이 시전하는 태극만상일여검은 뭔가 다른 것이 있었다. 그것이 정확하게 뭔지 알 수는 없었으나 분명 자신이 알고 있는 태극만상일여검과는 어딘지 모르게 달랐다.
　'그래도 이기는 건 나다.'
　철사림은 전신의 뼈마디가 욱신거리고 목까지 치밀어 오르는 핏덩이를 간신히 억누른 채 마지막 공격을 준비했다.
　"도와야겠어요."
　묵조영을 보호하며 격전을 펼치는 와중에도 둘의 싸움을 지켜보던 추월령이 말했다.
　"예."
　그렇잖아도 곡운이 걱정됐던 묵조영이 고개를 끄덕였다.
　훌쩍 몸을 날리는 추월령.
　그녀를 쫓아 몇 명의 사내들이 달려갔다.
　멍해 있던 묵조영의 눈빛이 살짝 변했다.
　때마침 묵조영을 향해 검을 찔러오고 있던 사내가 뭔가 이상하다고 느끼는 찰나, 그의 검이 산산조각나며 사방으로 흩어졌다.

쩍 벌어진 입으로 엉덩방아를 찧는 사내.

묵조영은 그에게 시선조차 주지 않고 추월령을 추격하려는 이들에게 검을 집어 던졌다.

파파팟!

허공을 가르며 날아간 검은 추격자들의 동작을 일시에 멈추게 만드는 힘이 있었다.

그들이 멈추자 검 또한 움직임을 멈추고 그들의 발아래에 사뿐히 내려앉았다.

추월령을 추격하려던 이들은 감히 움직일 생각을 못하고 땅에 떨어져 있는 검만을 응시했다. 그들의 뇌리엔 조금이라도 움직이면 검이 자신들의 가슴을 꿰뚫을 것이라는 이상한 상상이 자리 잡고 있었다.

묵조영이 주변의 사내들을 제지하고 있는 사이 곡운에게 달려간 추월령이 철사림을 향해 검을 날렸다.

쐐애애액!

가공할 만한 파공성과 함께 날아드는 검에 전신의 신경을 오직 곡운에게만 쏟고 있던 철사림은 기겁하지 않을 수 없었다.

그렇다고 그냥 당할 수는 없는 노릇.

최대한 몸을 비튼 그가 추월령이 날린 검을 발끝으로 걷어

그것이 바로 추혼귀창이다

차 방향을 바꾸었다. 그러나 끈이라도 달린 듯 엉뚱한 곳으로 날아가던 검이 재빨리 방향을 틀더니 재차 그를 노렸다. 게다가 때를 맞춘 곡운의 공세까지 들이닥치자 속수무책이었다.

"큭!"

외마디 비명과 함께 피를 뿌리는 철사림의 신형이 비틀거렸다. 곡운의 검이 옆구리를 훑고 지나간 것이다. 추월령이 진기로써 조종하는 검은 다행히 어깨를 살짝 스치며 지나갔다. 하지만 곡운의 공격만으로도 타격을 주기엔 충분했다.

'끝인가?'

옆구리의 상처를 보는 철사림의 낯빛에 체념이 섞여 있었다.

상처를 헤집고 내장이 밖으로 빠져나오려고 할 정도로 심각한 중상인데다가 의식마저 급격하게 흐려지는 상황.

'결… 국.'

허공에서 크게 회전을 한 추월령의 검이 미간을 노리며 날아들자 철사림은 마침내 대항을 포기하고 도를 내렸다. 그리곤 차분히 죽음을 기다렸다.

츠츠츠츠!

점점 희미해져 가는 철사림의 의식 속으로 귀에 익은 귀곡성이 들려온 것은 검이 코앞까지 육박한 때였다.

깡!

요란한 소리와 함께 추월령의 검이 방향을 잃은 채 힘없이 날아가고 십여 장 밖에서부터 날아와 그녀의 검을 날려 버린 장창은 오 장이나 더 진행을 하다가 크게 회전을 하며 주인에게 되돌아갔다.

범우였다.

묵조영이 나타났다는 소식을 듣자마자 달려온 범우의 등장은 철사림과 곡운의 싸움으로 거의 중단하다시피 한 장내의 싸움을 완전히 멈추게 만들었다.

숨 쉬기조차 힘든 긴장감이 주변을 휘감고, 추혼귀창을 들고 좌중을 쓸어보는 범우의 전신에선 칼날 같은 기운이 뿜어져 나왔다.

'단… 주.'

범우가 왔음을 눈치 챈 철사림이 안도한 표정과 함께 정신을 잃었다.

'고수!'

'고수다!'

상대의 기세를 단숨에 눈치 챈 추월령과 곡운의 얼굴이 딱딱하게 굳어졌다.

고수는 고수를 알아본다고 자신만만한 범우의 태도에서 의식을 잃고 쓰러진 철사림과는 비교도 되지 않을 정도로 엄청난 위압감을 느낀 것이다.

그것이 바로 추혼귀창이다

"다, 단주님!"

마룡대주 원명이 입에서 연신 피를 흘리며 달려왔다.

추월령에게 미친 듯이 달려들다 발길질에 가슴을 얻어맞은 원명은 그 덕분에 적어도 열흘은 요양해야 회복이 될 정도로 중한 내상을 당했다.

"쯧쯧, 한심한."

혀를 차며 고개를 돌린 범우의 시선이 철사림에게 향했다.

안색이 절로 찌푸려졌다.

묵조영이 나타났다는 말에 슬쩍 몸을 빼 달려왔건만 그를 기다린 것은 묵조영이 아니라 전혀 생각지도 못한 상황이었다.

범우의 시선을 느낀 예도보가 황급히 달려가 철사림의 상세를 살폈다.

"어떠냐?"

"위험합니다."

"모셔라."

예도보가 수하들의 도움을 받아 철사림을 옮기자 범우의 시선이 곡운에게 향했다.

"제법 실력이 있는 모양이구나."

"별로 없소. 상대가 약해서 그렇지."

범우의 시선이 싸늘해졌다.

움찔하며 뒤로 물러나는 곡운, 검을 잡은 그의 손이 파르르 떨렸다.
 콧방귀를 뀐 범우가 추월령을 응시했다.
 "네가 검각의 계집이냐?"
 추월령의 아미가 꿈틀거렸다.
 오는 말이 고와야 가는 말이 고운 법이 아니던가.
 "그러는 너는 마교 잡놈들의 우두머리냐?"
 "너? 마교의 잡놈? 훗, 건방진 입을 가지고 있는 계집이군. 함부로 입을 놀리면 큰일 나는 수가 있다."
 "그럼 증명을 해보던가."
 "증명? 그러지. 간단히 입을 찢어주면 될까?"
 싸늘히 웃은 범우가 추월령을 향해 추혼귀창을 뻗었다.
 슈슈슉.
 손아귀에서 쏜살같이 빠져나온 창이 그녀의 목을 노리며 짓쳐들었다.
 그렇잖아도 긴 창에 창끝을 잡고 찌르니 미치는 범위가 상당했다. 맹렬한 회전 또한 예사롭지 않았다.
 말은 그리했어도 만반의 준비를 갖추고 있던 추월령은 추호의 방심도 없이 검을 휘둘렀다.
 까깡!
 창과 검이 부딪치며 불꽃이 일었다.
 범우는 첫 번째 공격이 막히자 몸의 중심을 뒤로 옮겼다. 그리곤 재빨리 상체를 돌려 마보(馬步)의 자세를 취하고 창을

그것이 바로 추혼귀창이다

당겨 회수하더니 왼발을 앞으로 반보 정도 내디디며 재차 창을 움직였다.

맹렬한 회전을 하며 접근하는 창을 보는 추월령의 안색이 잔뜩 찌푸려졌다.

방금 전, 단 한 번의 충돌에서 손아귀가 찢어질 듯한 충격을 느꼈다. 게다가 신경을 자극하는 정도가 아니라 당장이라도 귀를 틀어막아야 할 정도로 소름 끼치는 귀곡성은 너무나도 섬뜩했다.

급한 와중에도 그녀는 상체를 왼쪽으로 틀며 오른쪽 발을 몸의 뒤쪽에서 좌측으로 이동시켰다. 그리고 검을 움켜쥔 손을 역으로 뒤집더니 아래쪽으로부터 원을 그리며 창을 젖혀 올렸다.

"훙, 제법이로구나."

추월령의 반응이 생각보다 빠르자 범우는 감탄인지 아니면 비아냥인지 알 길 없는 탄성을 내지르며 연거푸 창을 찔러 왔다.

목을 노리고 가슴을 노렸다.

단전을 찌르는가 싶더니 어느새 허벅지를 찔러오는 창날.

찔러오는 듯하면 물러나고, 물러나는가 싶으면 어느새 전신의 요혈을 노리며 들이닥쳤다.

추월령은 눈으로 쫓기도 힘들 정도로 현란하게 움직이는

창날을 막기 위해 필사적으로 검을 움직였다. 하나, 계속해서 밀려드는 창날의 힘에 밀려 점점 뒷걸음질칠 수밖에 없었다. 더구나 뇌리를 파고드는 귀곡성은 그녀로 하여금 전심전력으로 싸우지를 못하게 만들었다.

눈앞의 창을 막기도 힘든 터에 귀곡성까지 신경을 쓰다 보니 자꾸만 정신이 분산되고 자연적으로 움직임에 무리가 따랐다. 범우가 장내에 도착하기 전, 마룡대를 유린했던 유연한 보법은 물론이고 눈이 부시도록 아름다우면서도 날카로운 검법 또한 자취를 감추었다.

"제기랄! 어디서 돼지 멱따는 소리도 아니고!"

그녀의 위기를 직감한 곡운이 버럭 소리를 지르며 범우의 배후를 공격하고 나섰다.

곡운의 좌수가 허공을 가르고 그의 손에 들린 검이 대기를 쪼개며 범우의 등허리를 노렸다.

추월령이 범우를 상대하는 동안 나름대로 기력을 회복한 곡운의 공격은 함부로 무시해도 좋을 만큼 약하지 않았다.

추월령을 매섭게 몰아붙이던 범우가 황급히 몸을 돌렸다.

그의 몸이 회전하는 것과 동시에 우아한 호선을 만들어낸 추혼귀창이 바로 지척까지 도착한 검을 간단히 쳐냈다. 그리곤 그 힘에 더해 곧바로 역공을 가했다.

티티팅!

그것이 바로 추혼귀창이다

회전하는 창날과 곡운의 검날이 부딪치며 요란한 소리를 만들어냈다.

곡운도 물러서지 않고 연거푸 검을 휘둘렀다.

철사림과의 싸움으로 내력의 소모가 극심한 터라 태극만상일여검을 펼칠 수 없었기에 대신 명월광(明月光), 지상상(地上霜), 망산월(望山月)로 이어지는 유운검을 펼쳤다.

무당 특유의 부드러우면서도 장중한 힘에 날카로움과 신랄함까지 갖춘 곡운의 검을 상대하면서도 범우에게선 한 치의 흔들림이나 당황하는 모습이 보이지 않았다.

힘에는 힘으로, 날카로움에는 날카로움으로, 빠름에는 빠름으로 맞상대를 했다.

그렇게 대여섯 합을 겨뤘을까?

들끓는 진기를 진정시킨 추월령이 또다시 싸움에 끼어들고 양쪽에서 범우를 합공하는 양상을 만들었다.

범우가 곡운의 공격을 막고 공세로 나서면 추월령이 배후를 노렸고, 그 공격을 막기 위해 창의 방향을 바꾸면 이번엔 곡운이 역습을 가했다. 일 대 일의 대결에선 현격한 차이를 보였으나 둘이 힘을 합치자 그런대로 어울리는 듯했다.

하나, 공격을 하는 이들은 분명 곡운과 추월령이었으나 그 사이에서 홀로 춤을 추듯 추혼귀창을 빙글빙글 돌려가며 쳐내고, 젖히고, 흘려보내며 추호의 허점도 보이지 않는 범우의 실력은 둘을 압도하고도 남음이 있었다.

 장내를 뒤흔드는 귀곡성과 더불어 그의 몸에선 귀기(鬼氣)까지 감돌았다.

 잠깐 동안 수세에 몰리는 듯하던 범우는 얼마 시간이 지나지 않아 오히려 둘을 몰아붙이기 시작했다.

 그런 범우를 보며 추월령과 곡운이 질렸다는 표정을 지었다.

 마치 괴물을 보는 듯한 표정.

 한데 둘과는 또 다른 묘한 표정으로 범우를, 추혼귀창을 살피는 사람이 있었다.

 '할아버지가 말씀하신 창이 틀림없다.'

 자신을 에워싼 마룡대원들과 팽팽한 대치를 하고 있는 묵조영의 시선은 그들이 아닌 범우가 들고 있는 추혼귀창에 고정되어 있었다.

 일 장하고 다섯 치, 검붉은 수실(창영), 창날에 뚫린 두 개의 구멍.

 '워낙 피를 많이 머금어서 자줏빛 수실이 검붉게 변했다 하셨지. 그리고 무엇보다 저 소리!'

 창이 춤을 추면 심연을 타고 흐르는 일만 원혼의 울부짖음이

그것이 바로 추혼귀창이다

있을지니 그것이 바로 추혼귀창이다.

'일만의 원혼이 내뱉는 울부짖음! 귀곡성! 추혼귀창, 틀림없는 추혼귀창이다.'

지난날, 을파소가 했던 말을 기억한 묵조영은 범우가 들고 있는 창이 마도십병 중 서열 사위를 차지하고 있는 추혼귀창임을 확신했다. 아울러 길을 떠나기 직전 들었던 마지막 경고까지 생생하게 떠올랐다.

"……네 무공을 알아보는 사람은 없다고 해도 과언이 아니다. 군림전포는 여타 전포와 다를 바 없으니 걱정없고 천마조 또한 교주의 상징으로 여겨졌을 뿐 대외적으로 아는 사람은 거의 없다. 하나, 장로급 이상의 고수나 마도십병을 지니고 있는 자들은 다르다. 마도십병을 지니고 있다는 것은 그가 교주 직위에 도전했던 후보라는 증거이며 그 역시 천마호심공을 익혔을 것. 다른 사람은 몰라도 그자와 부딪치면 네 정체가 금방 드러날 것이다. 아울러 내가 살아 있음을 알게 되겠지. 거듭 당부하건대 가급적 접촉을 피하되 부득이하게 부딪치게 된다면 반드시 끝장을 봐야 한다. 흔적을 남겨선 절대로 안 돼. 단, 그것 역시 네가 천마호심공을 십성 이상 자유자재로 운용할 수 있을 때만 한한다. 몸 안의 기운을 감당하지 못하면 적이 아니라 네 스스로 자멸하는 결과를 불러올 테니 말이다……."

'저자는 나를 알아볼 것이다. 아니, 천마호심공을 알아보 겠지. 어쩌면 천마조까지도 알아볼 것이다.'

무엇보다 걱정인 것은 마교라면 끔찍이 싫어하는 추월령이 자신이 익힌 무공의 근원을 알게 되는 것이었다. 기억을 잃었을 때는 상관이 없지만 지금은 그것만큼 치명적인 일이 없었다.

상상만으로도 몸서리가 쳐졌다.

묵조영이 심각한 표정으로 곡운과 추월령에게 시선을 돌렸다. 전황은 생각보다 더 심각했다.

한 자루의 창과 두 자루 검의 어울림은 시간이 가면 갈수록 창으로 급격히 무게 중심이 쏠렸다.

"젠장!"

곡운이 검을 통해 전해오는 압력에 욕설을 내뱉으며 뒤로 물러났다. 때를 놓치지 않고 몸을 허공으로 띄운 범우가 창을 내려쳤다.

곡운이 다급히 검을 치켜 올렸다.

쨍!

"크으!"

굉음과 함께 신음성이 터져 나왔다.

내려치는 힘을 견디지 못한 팔이 반쯤 접히고 창의 움직임을 간신히 제어한 검이 이마까지 내려왔다.

그것이 바로 추혼귀창이다

그것으로 끝난 것이 아니었다.

이참에 끝장을 내겠다는 듯 충돌의 반탄력으로 아직까지 허공에 몸을 띄우고 있던 범우가 한껏 뒤로 젖힌 창을 타작하듯 내려쳤다.

섬전참풍(閃電斬風)이라는 초식.

조금 전보다 훨씬 빠르면서도 위력을 담은 창날이 곡운의 정수를 향해 날아들었다.

추월령이 황급히 배후를 쳤으나 다소 늦은 감이 있었다.

피하기엔 이미 늦은 터, 밀리면 끝장이라는 생각을 한 곡운이 전력을 다해 검을 쳐올렸다. 그러나 추혼귀창에 실린 힘은 앞선 싸움에서 심각한 내상을 당한 곡운에겐 감당하기 버거운 거력이었다.

꽝!

창날과 검날이 부딪치고 예의 충돌음과 함께 고통에 찬 곡운의 신음성이 터져 나왔다.

"크헉!"

곡운이 검붉은 피를 토해내며 비틀거리고 공격의 성공을 확신한 범우가 추월령에게 창을 돌렸다.

순간, 주변의 모든 경관이 핏빛을 머금은 창영(槍影)으로 가득 찼다.

운사요몽(雲沙繞夢).

언젠가 범상이 묵조영에게 사용했던 추혼창법의 두 번째

초식이었다.

 폐부를 찌르는 귀곡성과 한데 어울려 상대로 하여금 그 즉시 전의를 상실하게 만들 만큼 화려하고 신비롭기가 으뜸인 초식이 바로 운사요몽이었다.

 "아!"

 하늘을 가득 뒤덮은 창영에 추월령은 일순 어찌 상대해야 할지를 모른 채 멍하니 바라만 보았다.

 추혼귀창이 거의 무방비 상태로 추월령에게 접근했다.

 때마침 자신을 공격하는 마룡대원을 상대하느라 그녀에게서 잠시 시선을 뗐던 묵조영은 전신의 솜털이 곤두서는 느낌에 황급히 고개를 돌렸다.

 그의 눈에 절체절명에 빠진 추월령의 모습이 투영되었다.

 생각할 겨를도 없이 몸이 반응했다.

 고개는 돌려졌으나 몸은 정반대, 그는 순간적으로 몸을 회전시키며 천마조를 휘둘렀다.

 차르르르르.

 짧게 접혀 있던 천마조가 본모습을 드러내기 시작했다.

 "끄아악!"

 "컥!"

 사방에서 비명이 난무했다.

 그를 정면에서 막던 이들은 멀쩡했으나 천마조가 펴지며

움직이는 반경에 있는 이들 중 무사한 사람은 아무도 없었다.

마교의 무인들은 물론이고 그들과 대치하고 있던 의천맹의 무인, 심지어 검각의 검수들까지도 묵조영의 무시무시한 내공이 담긴 천마조의 힘을 감당하지 못하고 허무하게 목숨을 잃고 말았다.

무려 삼십에 가까운 무인들의 허리를 양단해 버린 후에야 비로소 본모습을 드러낸 천마조, 그럼에도 거리 차가 있었다.

하나, 눈에 보이지 않는 또 다른 무언가가 꿈틀대고 있었다.

비록 천마조보다 움직이는 속도는 조금 늦었으나 오히려 눈에 잘 보이지 않기에 더욱 위력적인 낚싯줄이 일자로 펴지며 추월령의 앞을 가로막은 것이다.

과거, 범상과의 싸움에서 지금과 같은 무공을 접한 적이 있었다. 하지만 같은 무공, 초식이라도 범상과 범우가 펼친 것은 하늘과 땅만큼이나 차이가 있었다.

묵조영이 이를 악물었다.

피리리릿!

서서히 움직이는가 싶더니 어느새 빠른 속도로 회전하는 천마조. 더불어 추월령의 앞을 막은 낚싯줄이 맹렬히 회전하기 시작하며 그녀 앞에 커다란 방어막을 치기 시작했다.

천마조를 움직이는 묵조영의 눈빛은 어느새 청광으로 물들어 있었다.
　구성의 천마호심공.
　추혼귀창을 움직이는 범우와 같은 눈빛이었다.

제27장

사부는 어디에 있느냐?

'지독한, 정말 지독한 자다.'

운학은 피를 토하며 물러나는 백선에게 경탄 어린 눈빛을 보냈다.

백선이 비록 노룡대를 이끄는 인물이었고 제법 기세 좋게 달려들었으나 무당이 심혈을 기울여 키워낸 운학에 비해 실력 면에서 꽤나 부족한 면이 있었다.

대항을 하는 것도 잠깐, 그는 얼마 지나지 않아 꽤나 심각한 부상을 당했다. 그럼에도 그는 물러서지 않았다. 한쪽 팔이 잘리고 회복하기 힘들 정도로 심한 내상을 입을 때까지 악착같이 버텼다. 어찌나 지독하게 물고 늘어지는지 그를 공격하던 운학이 고개를 설레설레 내저을 정도였다.

그를 쓰러뜨릴 때까지 걸린 시간이 무려 일각, 짧다면 짧은 시간이겠으나 그와 의천맹의 무인들에겐 너무나 긴 시간이었다.

"우우우우!"

운학이 우렁찬 장소성을 내뱉으며 몸을 날렸다. 그리곤 단 두 번의 도약으로 명진 도장을 거의 실신 지경까지 몰아붙인 노인의 면전에 도착했다.

"왔군."

노인, 한비록(韓碑碌)이 웃으며 그를 맞이했다. 그러나 운학은 웃을 수 없었다. 한비록의 등 뒤로 펼쳐진 광경에 할 말을 잊은 것이다.

맨 처음 비명성이 들려오고 그가 백선에 발목이 잡혀 허비한 시간이 일각. 한데 그 시간 동안 노인의 손속에 쓰러진 사람들의 숫자가 삼십도 넘는 것 같았다. 그나마 운학에 앞서 사태의 심각성을 파악한 명진 도장이 그의 앞을 막아서면서부터 희생이 줄었지 그렇지 않았다면 얼마나 많은 이들이 목숨을 잃었을지 예측하기가 불가능했다.

"괜찮으십니까?"

운학이 자신보다 한발 앞서 한비록을 상대한 명진 도장에게 다가가며 물었다.

명진 도장은 아무런 말도 없이 고개만을 끄덕였다.

창백한 안색하며 입가에 살짝 드러난 피, 부들부들 떨리는 다리를 보면 적지 않은 부상을 당했음이 틀림없었다.

하나, 명진 도장의 부상보다 더욱 큰 문제는 싸움의 균형추 역할을 하던 사상진이 무너졌다는 데 있었다.

싸움 초반, 사상진을 중심으로 선전을 하던 의천맹의 무인들이 시간이 지나면서 노룡대원들에게 밀리기 시작하고 그 압박감은 그대로 사상진을 구성하는 운호, 운정 등에게 집중됐다. 게다가 본격적으로 손을 쓰기 시작한 한비록이 명진 도장을 상대하는 와중에도 그들에게까지 위협을 가하면서 철벽같기만 했던 사상진에 조금씩 약점이 드러나고 말았다. 사상진에 이를 갈던 노룡대원들은 그 약점을 놓치지 않았다.

결국 무당오수 중 가장 무공이 약했던 운종이 버티지 못하고 흔들리며 사상진이 무너지자 전세는 삽시간에 기울기 시작했다. 지금은 무당오수도 사방으로 흩어져 악전고투를 하는 중이었다.

"조심… 하여라. 저 노인, 엄청난 고수… 다."

더 이상 참기 힘들었는지 명진 도장이 주저앉았다.

"사숙!"

깜짝 놀란 운학이 그의 등 뒤로 돌아앉더니 명문혈에 진기를 불어넣었다. 대적이 바로 앞에 있는 상황임을 감안했을 때 터무니없는 행동이었다.

"허!"

사부는 어디에 있느냐? 209

예상치 못한 운학의 행동에 한비록마저 어처구니없다는 표정을 지었다. 그러면서도 그는 뒷짐을 진 채 손을 쓰지 않았다.

잠깐의 시간이 흐르고 벌떡 몸을 일으킨 운학이 어느샌가 곁으로 다가온 운호에게 시선을 주었다.

찢어진 의복, 산발한 머리, 얼굴이며 목덜미에 묻은 핏자국, 그리고 어깨에서부터 팔꿈치까지 난 상처가 그가 치른 혈전을 말해주는 것 같았다.

"사숙을 보호해라."

힘겨운 혈전에 지치고 지친 표정이었으나 운호는 묵묵히 고개를 끄덕였다.

명진 도장의 안전을 확보한 운학이 한비록에게 정중히 예를 표했다.

"기다려 줘서 고맙소이다."

"고마울 것 없다. 무방비의 적을 칠 수 없었을 뿐."

피식 웃은 한비록이 반달 문양이 새겨진 거치도(鋸齒刀:칼날이 톱처럼 생긴 칼)를 발끝으로 툭툭 건드리며 대꾸했다.

"무당의 운학, 한 수 배우겠소이다."

운학이 살짝 무릎을 굽힘과 동시에 자운검을 수평으로 누이며 자세를 잡았다.

"오너라."

아래로 향했던 거치도를 그저 위로 들어올리는 것으로 준비를 마친 한비록이 손가락을 까딱였다.

　상대의 무서움을 몸으로 느끼고 있던 운학은 함부로 움직일 수가 없었다.

　한비록 역시 운학의 전신에서 뿜어져 나오는 부드러우면서도 칼날 같은 예기에 놀란 듯 다소 방심했던 표정이 온데간데없었다.

　둘 사이에 묘한 긴장감이 감돌았다.

　그 긴장감이 참기 힘들었는지 조금 떨어진 곳에서 명진 도장을 보호하는 운호가 연신 침을 삼켰다. 그리곤 실력은 알 수 없으나 운학이 인정한, 하지만 정작 중요한 시점에선 어디로 갔는지 알 수 없는 한 인물을 떠올렸다.

　'그나저나 이 중요한 시기에 사제는 도대체 어디로 간 거야!'

　입술을 깨무는 운호의 이마에 내천(川) 자가 그려졌다.

　슈슈슈슈.

　추월령의 앞을 막아선 낚싯줄이 회전을 하며 내는 소리는 무척이나 맹렬했다.

　무수히 허공을 수놓으며 그녀에게 달려들던 창영은 낚싯줄이 펼친 그물망을 뚫지 못하고 허무하게 사라져 갔다.

　하나, 혼신의 힘은 아닐지라도 나름대로 최선을 다해 펼친 운사요몽의 초식은 그리 간단히 막아낼 수 있을 만큼 만만한

사부는 어디에 있느냐? 211

것이 아니었다. 더구나 묵조영의 출수가 범우에 비해 훨씬 늦은 데다가 워낙 다급하게 막으려다 보니 생각만큼 힘이 실리지 않았다.

결국 몇몇 창영이 낚싯줄의 그물망을 뚫고 추월령에게 접근했다.

그제야 정신을 차린 추월령이 황급히 검을 휘두르고 몸을 비틀었으나 늦은 감이 있었다.

하나의 창영이 그녀의 오른쪽 어깨 부근을 스치며 지나갔다.

"악!"

추월령의 입에서 고통의 비명성이 터져 나왔다.

단순히 스치는 정도임에도 피가 튀고 살이 찢어져 나갔다. 그만큼 추혼귀창에 걸린 회전의 힘은 무시무시했다.

땅으로 축 처진 팔, 손에서 검이 떨어졌으나 그녀는 의식하지 못했다. 검수의 생명이라 할 수 있는 검을 땅에 떨어뜨리고도 회수할 생각도 못할 정도로 큰 고통을 느끼는 것이었다.

"하 소저!"

자신도 모르게 옛날 명칭을 부르짖은 묵조영이 추월령의 곁으로 달려왔.

가장 먼저 눈에 들어온 것은 어깨를 타고 흘러내리는 피였다.

'피!'

심장이 덜컥 내려앉았다.

전신의 피가 거꾸로 치솟았다.

그냥 지켜만 봐도 안쓰러운 그녀가 고통에 몸부림치고 있었다.

"네놈이!"

결단코 용서할 수 없었다.

묵조영의 전신에서 무시무시한 살기가 뿜어져 나왔다.

미친 듯이 펄럭이는 의복, 청광으로 번뜩이는 눈빛은 보는 것만으로도 오금이 저릴 만했고, 하늘 높은 줄 모르고 치솟는 머리카락이 그의 분노를 대신했다.

"죽어랏!"

묵조영이 분노에 찬 일갈과 함께 천마조를 휘둘렀다.

피리리릿!

대기를 찢어발기는 듯한 파공성을 내며 천마조가 채찍처럼 휘어져 범우를 노렸다.

"허!"

그렇잖아도 자신의 공격이 맥없이 막힌 것에 황당해하던 범우가 갑작스레 짓쳐드는 천마조를 보며 헛바람을 내뱉었다.

그 시간마저 낭비라 여겨질 정도로 공격은 빠르고 날카로웠다.

빙글 몸을 돌리는 것과 동시에 낚싯대 따위는 단숨에 잘라 버리겠다는 기세로 추혼귀창을 아래에서 위로 쳐올리는 범우.

그는 결과를 믿어 의심치 않았다.

하나, 그의 예상은 보기 좋게 빗나갔다.

팅!

추혼귀창에 막힌 천마조가 위로 튕겨져 나갔다.

'팅?'

의당 반으로 잘려야 할 낚싯대에서 나는 소리치고는 너무도 괴이하지 않은가.

"세상에!"

회수되는 천마조를 황급히 뒤쫓는 범우의 눈에 경악이 깃들었다.

멀쩡하다 못해 햇빛을 반사시키며 반짝반짝 빛나는 천마조의 묵빛 자태는 아름답기까지 했다.

"낚싯대라… 그렇군. 바로 네놈이로구나."

그제야 상대가 호교단을 농락한 묵조영이라는 것을 알아본 범우의 눈빛이 뜨겁다 못해 이글이글 타올랐다. 어째서 자신이 이곳으로 달려왔는지 비로소 의식한 것이다.

"어디 수하들을, 아니, 나와 호교단을 농락한 그 실력을 한번 보여봐라."

추혼귀창을 수평으로 눕히고 앞뒤로 벌린 무릎을 살짝 굽힌 뒤 창을 잡은 손은 약간 뒤로 뺀 자세.

'찌르기.'

범상으로부터 이미 경험을 한 적이 있는 자세였다.

묵조영도 천마조의 중간 부분을 잡고 그에게 겨누며 자세를 잡았다.

위아래로 출렁거리는 천마조의 끝을 지그시 살피던 범우의 몸이 앞으로 순간 이동이라도 하는 것처럼 빠르게 전진했다.

단숨에 좁혀지는 거리.

미끄럼을 타듯 지면을 스치며 접근하는 범우의 모습에 이미 만반의 준비를 하고 있던 묵조영이 천마조를 찔렀다.

'칫' 하는 소리와 함께 손바닥을 빠져나가는 천마조.

묵조영이 손아귀에 힘을 주었을 땐 천마조의 맨 마지막 부분이 단단히 잡혀 있었다.

출렁거리던 천마조의 마지막 마디가 만근의 힘을 담고 범우의 미간으로 접근했을 때, 추혼귀창과 묵조영의 거리는 아직도 여유가 있었다. 병기의 길이가 상대보다 길었을 때 얻을 수 있는 이점을 극명하게 보여주는 상황이었다.

바로 그 순간, 뭐에 걸려 넘어지기라도 하듯 범우의 몸이 급격하게 앞으로 쏠렸다.

넘어진 것은 아니었다.

그는 몸을 허공으로 띄우더니 지면과 수평을 이루며 날아가는 추혼귀창에 몸을 맡겼다.

천마조가 허무하게 허공을 찌르고 그에 반해 창과 일자가 된 범우의 몸은 걸어서 움직일 때보다 배는 빠르게 묵조영의 품을 파고들었다.

"헛!"

묵조영의 입에서 다급한 신음성이 터져 나왔다.

범우의 입가에 회심의 미소가 지어졌다.

'죽이진 않는다.'

편하게 죽일 생각은 눈곱만치도 없었다.

그동안 당한 것을 생각하면 백번을 찢어 죽여도 성이 차지 않을 터. 실컷 괴롭히며 그에게 받았던 모욕감을 풀 생각이었다.

그의 의지를 반영이라도 하듯 묵조영의 심장을 향해 짓쳐오던 추혼귀창이 살짝 방향을 틀었다.

그러나 이번에도 그의 생각은 빗나가고 말았다.

코앞까지 접근한 창날을 보며 묵조영은 침착한 표정으로 천마조를 잡고 있던 손목을 까딱였다.

방향이 빗나간 천마조로는 상대의 공격을 막기가 힘들었으나 아직 그에게 또 다른 수단이 남아 있는 것이다.

순간, 천마조를 따라 움직이던 낚싯줄이 움직였다.

천마조와는 반대로 움직인 낚싯줄은 빠르게, 그러면서도 은밀히 접근하며 범우의 발목을 노렸다.

범우가 낚싯줄의 움직임을 간파했을 땐 이미 발목이 낚싯줄에 감겨 버린 상태였다.

"흥, 감히 잔재주 따위를!"

콧방귀를 뀐 범우는 별다른 조치를 취하지 않았다.

낚싯줄 따위는 그냥 앞으로 나가는 힘으로 끊어버리면 그만이란 생각을 했다.

그러나 간단히 끊어질 것만 같았던 낚싯줄은 의외로 질겼다.

추혼귀창이 묵조영의 허벅지를 관통하기 일보 직전, 뒤쪽에서 당겨지는 힘으로 인해 범우의 신형은 더 이상 전진을 하지 못했다. 더구나 발목이 끊어질 것만 같은 극통이 밀려들자 공격을 이어갈 도리가 없었다.

"빌어먹을!"

창의 방향을 바꿔 땅을 찍은 후, 황급히 자세를 바로잡는 범우의 표정이 실로 가관이었다.

범우의 고개가 발목으로 향했다.

낚싯줄이 살을 찢으며 파고들었는지 시뻘건 피가 흐르고 있었다.

기가 차서 말도 나오지 않았다.

그는 신경질적으로 낚싯줄을 끊으려 했다.

하지만 사냥감의 몸을 조여 질식시킨 뒤 느긋하게 조임을 푸는 구렁이의 몸놀림처럼 발목을 감았던 낚싯줄은 어느샌가 풀려 묵조영에게 회수된 뒤였다.

　인면지주의 실을 엮어 만든 낚싯줄이었으나 추혼귀창도 보통의 무기가 아닌 터. 묵조영은 자칫 잘못하면 낚싯줄이 상할 수 있다는 생각에 범우의 움직임을 잠시나마 제어한 것으로 만족을 하고 그 이상의 욕심을 부리지 않았다.

　"후~"

　입가에 흐르는 피를 닦을 생각도 못하고 가슴을 졸이며 둘의 대결을 지켜보던 곡운의 입에서 안도의 한숨이 흘러나왔다.

　범우의 무시무시한 공력과 무위를 직접 경험했음에도 이상하게 마음이 편안했다. 어찌 된 일인지 묵조영이 질 것 같지가 않았다.

　그러자 불현듯 화가 치밀었다.

　"나쁜 새끼! 친구가 다쳤을 땐 꼼짝도 안 하던 놈이!"

　곡운이 욕지거리를 해댔다.

　그래도 얼굴 표정만큼은 환했다. 하지만 마음 한 켠으로 밀려오는 아쉬움만은 어쩔 수가 없었다.

　"제길! 내공만 제대로 받쳐 주었다면."

　사부의 모든 내력을 이어받았으면서도 제대로 소화를 하지 못해 변변한 대항도 하지 못하고 허망하게 패했다는 생각에 고개를 들 수가 없었다. 패배감보다는 자신을 위해 희생한 사부에게 너무도 미안했다.

곡운이 홀로 자책감에 빠져 있을 때 잠시 숨을 고른 묵조영의 공격이 이어졌다.

피리리릿!

날카로운 파공성과 함께 천마조가 범우의 옆구리를 노리며 접근했다.

낚싯줄이 춤을 추며 그 뒤를 따랐다.

추혼귀창이 장작을 패듯 천마조를 찍어 눌렀다.

묵조영이 손목을 틀어 천마조의 방향을 바꾸려 하였으나 추혼귀창이 보다 빨랐다.

꽝!

범우의 무시무시한 힘에 눌린 천마조가 휘청거리며 땅바닥에 처박혔다.

주변에서 둘의 싸움을 지켜보던 이들의 입에서 함성과 한숨이 뒤섞여 흘러나왔다.

범우의 수하들은 함성을, 의천맹의 무인들은 한숨을 내쉬었다. 그들 모두 천마조가 부러졌을 것이라 생각했다.

그들의 예상도 보기 좋게 빗나갔다.

"무슨 놈의 낚싯대가!"

추혼귀창에 눌려 땅에 처박혔음에도 꿈틀거리며 움직이는 천마조를 보며 범우는 이를 악물었다.

기필코 박살을 내버리겠다는 듯 추혼귀창에 모든 내력을 주입했다.

사부는 어디에 있느냐? 219

끼요오오오오!

회전을 하지 않음에도 추혼귀창에서 찢어지는 귀곡성이 흘러나왔다.

그 순간, 범우의 등 뒤로 은밀히 접근하는 뭔가가 있었다.

낚싯줄이었다.

추혼귀창의 영향을 전혀 받지 않고 홀로 움직인 낚싯줄이 범우의 목을 감기 위해 다가들었다. 그러나 이미 한 번 낭패를 당했던 범우도 호락호락 당하지 않았다.

홱 고개를 돌린 범우가 낚싯줄을 낚아챘다.

그리곤 차갑게 외쳤다.

"건방진 애송이! 자신있으면 한번 감당해 보거라!"

범우의 의복과 머리카락이 미친 듯이 흩날렸다.

그가 평생 동안 익힌 내공, 구성을 넘어선 천마호심공의 거력이 낚싯줄을 타고 묵조영에게 노도처럼 밀려들었다.

'헉!'

천마조로 전해지는 엄청난 거력에 묵조영의 몸이 부르르 떨렸다.

천마조를 쥐고 있는 팔은 물론이고 전신의 뼈마디가 불에 덴 듯 화끈거렸다.

바로 그때, 단전에서 한줄기 기운이 뻗어 나오기 시작하더니 몸 안의 기운을 규합해 범우가 보낸 내력과 맞서기 시작했다.

범우가 일으킨 천마호심공에 호응하여 묵조영의 몸이 자연스레 반응한 것이다.

 범우의 눈빛이 당혹감으로 물들었다.

 설마 하니 묵조영이 자신의 힘을 감당할 수 있으리라곤 생각도 못했다. 무엇보다 당혹스러운 것은 자신의 힘에 대항하는 묵조영의 기운이 이상하게 낯설지 않다는 것.

 '그러고 보니……'

 자신을 노려보는 묵조영의 눈빛이 영 마음에 걸렸다.

 '청광……'

 불현듯 한 가지 무공과 있을 수 없는, 그리고 절대로 있어서는 안 되는 가설이 떠올랐다.

 '아니야, 절대 그럴 리가 없지.'

 하지만 한 번 시작된 의심은 쉽게 사라지지 않는 법이다.

 잡았던 낚싯줄을 집어 던지고 뒤로 물러섰다가 재차 공격을 하는 범우의 눈이 천마조를 움직여 방어를 하는 묵조영의 몸을 집요하게 훑었다.

 그러던 어느 순간이었다.

 무엇을 본 것인가?

 범우의 눈이 경악으로 부릅떠졌다.

 '저, 저것은 만뢰구적(萬籟俱寂)!'

 막 자신의 공격을 피하는 묵조영의 발걸음에서 오직 마교의 교주에게만 전해지는 보법의 그림자를 본 것이다.

'서, 설마!'

행여나 잘못 본 것이 아닌가 하여 그는 몇 번이고 시험을 하며 묵조영의 보법을 살폈다.

틀림없는 만뢰구적이었다.

그는 자신도 모르게 공격을 멈추었다. 그리곤 심각한 어조로 물었다.

"너는… 누구냐?"

'아!'

아차 싶었다.

마도십병의 주인과 싸움을 하면 반드시 정체를 들킬 것이라는 을파소의 경고가 뇌리를 강타했다.

묵조영의 등줄기에서 식은땀이 흘렀다.

"누구냐고 물었다."

"신객… 이오."

묵조영이 다소 떨리는 음성으로 대답했다.

"신객이라… 훗, 재밌구나. 한낱 신객 따위가 만뢰구적을 알다니."

"……."

묵조영은 을파소의 걱정대로 자신의 정체가 발각됐다는 것을 직감했다.

"네가 아무리 정체를 감춘… 아!"

말을 잇던 범우가 입을 다물었다.

동공이 있는 대로 확대되고 눈썹이 부들부들 떨렸다.

그는 묵조영의 손에 들린 천마조를 뚫어져라 응시했다.

낚싯대를 휘감고 새겨진 흑룡의 무늬가 확대되어 눈으로 파고들었다.

"천… 마… 조!"

어째서 처음부터 못 알아봤던가!

세상천지 어떤 낚싯대가 있어 자신의 내력이 실린 추혼귀창에 버틸 수가 있을까?

있다면 오직 하나, 마도십병에서 으뜸의 자리를 차지하고 있는 천마조뿐이었다.

'그렇다면 혹시 저것도?'

범우의 시선이 천마조에서 묵조영이 두르고 있는 묵빛 전포로 향했다.

별다른 특징도 없는, 흔히 볼 수 있는 전포에 불과했으나 묵조영이 만뢰구적을 익히고 있고 천마조를 들고 있는 것을 보면 전포 또한 군림전포가 틀림없으리라.

"다른… 하나는?"

범우가 착 가라앉은 음성으로 물었다. 그런데 대답을 기다릴 필요도 없었다. 공교롭게도 묵조영의 팔소매 사이로 살짝 빛나는 물건을 보았기 때문이다.

범우의 몸이 격렬하게 떨렸다.

'정녕, 정녕 사부가 살아 있었단 말인가?'

사부는 어디에 있느냐? 223

믿기 힘들었다.

죽음을 확인한 것은 아니었으나 당시 도주를 하던 사부의 부상은 대라신선이 온다 해도 도저히 살려내기 힘들 정도의 치명적인 것이었다.

그러나 아무리 부인을 하려 해도 눈앞에 증거가 있었다.

천마조, 군림전포, 성소지환.

사실상 교주의 신물이라 할 수 있는 세 가지 병기가 한데 모였다.

'거기에 더해 교주만이 익히는 만뢰구적까지!'

비로소 모든 것이 확연해졌다.

'사부는 살아 있다.'

모골이 송연해졌다.

이제는 묵조영 따위의 목숨을 빼앗는 일이 중요할 수 없었다. 무슨 일이 있어도 사부 을파소의 소재를 파악해야 했다.

"사부는… 어디에 있느냐?"

범우가 물었다.

"……."

묵조영은 대답하지 않았다.

"어디에 있느냐?"

"무슨 말을 하는지 모르겠소."

"시치미를 떼려는 것이냐?"

"마음대로 생각하시오. 그래도 모르는 것은 모르는 것이니."

대답을 하는 묵조영의 안색은 어두웠다.

이미 자신의 정체는 드러난 상황이고 이후의 모든 대답은 그저 구차한 변명에 불과하기 때문이었다.

"난 반드시 들어야겠다!"

'온다.'

묵조영은 머리 위로 창을 빙글빙글 돌리며 달려드는 범우를 보며 천마조를 힘껏 움켜잡았다.

앞으로의 싸움은 지금까지와는 차원이 다를 것이라는 긴장감에 전신의 감각이 주체할 수 없을 정도로 팽팽하게 당겨졌다.

순식간에 거리를 좁히고 달려온 범우가 팔을 앞으로 뻗었다.

번쩍!

번개가 치듯 눈부신 빛을 뿌린 창날이 묵조영의 머리 위로 떨어져 내렸다.

창날에 앞서 희뿌연 강기가 쇄도했다.

충돌해서 좋을 것은 없었다.

이미 그의 움직임을 간파하고 훌쩍 몸을 날린 묵조영은 비교적 여유있게 공격을 피할 수 있었다.

꽝!

목표를 놓친 강기가 땅을 후려치며 커다란 구덩이를 만들었다.

애당초 한 번의 공격으론 묵조영을 어찌할 수 없다고 판단했는지 범우가 연속적으로 창을 휘둘렀다.

파스스슛!

끼요오오오오!

파공성과 귀곡성이 앞서거니 뒤서거니 하며 묵조영을 쫓고 묵조영은 만뢰구적의 신묘한 움직임에 힘입어 그의 공세에서 벗어났다. 다만 귀곡성의 영향 때문인지 얼굴이 고통으로 일그러져 있었다.

쾅! 쾅! 쾅!

추혼귀창이 한 번씩 움직일 때마다 주변의 땅, 나무, 건물 등엔 무수히 많은 흔적이 남았다. 괜히 구경을 하다 황천길로 직행한 이들만 해도 부지기수였다.

연거푸 공격을 실패했음에도 범우는 포기하지 않았다.

한 번만 걸리면 끝장이라는 듯 묵조영이 숨 쉴 틈도 주지 않고 매섭게 몰아붙였다.

품을 파고들어 찌르기를 하고, 몸을 틀어 피하면 창의 방향을 바꿔 수평으로 베고 들어왔다.

만뢰구적이 제아무리 독보적인 보법이라 하나 그렇게 집요한 공격이 계속 이어지자 조금씩 허점이 드러났다. 무엇보다 자꾸만 파고들어 정신을 혼란케 하는 귀곡성이 문제였다.

무사히 넘기기는 했어도 그로 인해 몇 번의 위기도 있었다. 몸 곳곳에 상처가 새겨졌다.

추혼귀창에 걸린 회전은 스치는 정도로도 치명상을 입을 정도로 무시무시한 것. 웬만한 사람이라면 지금까지의 공격만으로도 온몸이 찢겨져 쓰러졌을 것이다.

하나, 군림전포의 보호를 받는 묵조영은 그나마 심각한 부상 없이 잘 버틸 수 있었다. 몸에 새겨진 부상은 대다수가 군림전포의 보호를 받지 못한 곳뿐이었다.

묵조영이라고 무조건 피하기만 한 것은 아니었다.

그는 추혼귀창보다 배 이상은 긴 천마조의 이점을 이용하며 때때로 매서운 반격을 가했다.

물러나는 듯하다가 매섭게 찔러갔고, 자유자재로 휘는 천마조의 유연성을 이용하여 채찍처럼 후려치기도 하였다. 또한 천마조의 길이를 변형하여 검처럼 사용하기도 하고, 낚싯줄을 잡고 낚싯대를 유성추처럼 사용하기도 했다.

특히 낚싯줄을 이용한 공격이 빛을 발했는데 공격을 하는 범우의 배후로 치고 들어가 뒤통수를 노리고, 팔이며, 다리며 가리지 않고 휘감는 낚싯줄 때문에 범우의 공격이 원활하게 이어질 수 없었다. 낚싯줄이 지나간 자리의 상처 또한 결코 가볍지 않았다.

짜증이 극에 이른 범우가 우선적으로 낚싯줄을 끊어 없애고자 무던히 노력을 했으나 질기디질긴 낚싯줄은 쉽사리 끊어지지 않았다.

묵조영이 워낙 교묘하게 움직인 탓도 있었고 창날에 정면으로 맞부딪치지 않고 흐물흐물 휘어지며 순응하는 낚싯줄 특유의 유연함이 그것을 가능케 한 것이다. 심지어는 아예 창날을 휘감아 움직임을 봉쇄하려 할 정도였으니 당하는 범우의 입장에선 어처구니가 없었다.

그렇게 둘의 대결은 좀처럼 승부를 가리지 못하고 있었다.

동문과 북문에서 치열한 접전이 벌어지는 것과는 달리 범우가 빠졌음에도 정문의 상황은 어느새 정리 단계로 접어들고 있었다.

의천맹의 가장 핵심적인 고수라 할 수 있는 마국충이 범우에게 치명상을 입고 패퇴한 뒤 사실상 싸움을 총괄하고 있는 범률마저도 사마천과의 싸움에서 적지 않은 부상을 입고 물러나면서 의천맹의 진영이 완전히 허물어졌기 때문이다. 게다가 범우가 자리를 뜨는 것과 동시에 서문에서 거의 일방적인 승리를 거두고 도착한 장혼과 적룡대는 의천맹의 무인들로 하여금 전의를 상실하게 만들었다.

"단주는 어디 있는가?"

자신이 나설 필요도 없음을 아쉬워하며 장혼이 물었다.

역시 전장에서 물러나 수하들을 독려하던 사마천이 북문 쪽을 가리키며 대답했다.

"마음에 걸리는 놈이 있다며 북문으로 갔습니다."

"마음에 걸리는 놈?"

질문을 던지는 장혼의 뇌리에 그 자신도 모르게 조금 전, 잠시 잠깐 스쳐 지나갔던 묵조영과 곡운의 모습이 떠올랐다.

"검지의 비밀을 운반했던 신객이 있지 않았습니까?"

"아! 그 신객? 겉으론 그다지 신경 쓰지 않는 것 같더니만 화가 나긴 났던 모양이군."

직접 끼어들지는 않았어도 그 역시 호교단을 따라 묵조영을 추격했던 몸. 호교단이 그에게 얼마나 많은 치욕을 당했는지 익히 알고 있는 터였다.

"그러게 말입니다. 저 녀석이 길길이 날뛸 땐 타박을 주더니 놈이 있다는 말을 전해 듣자마자 달려갔습니다."

사마천이 부친을 대신해 북풍을 타고 전장을 누비는 범상을 바라보며 쓴웃음을 지었다. 만약 묵조영이 있는 곳을 알았다면 그 누구보다 먼저 달려갈 사람이 그라는 생각을 한 것이다.

사마천과 같은 생각을 하고 있는지 장혼의 입가에도 웃음이 감돌았다.

"하긴, 천하의 호교단이 일개 신객에게 당한 꼴이니 화도 날 만하지. 나라도 그럴 것이야. 이것 참, 어떤 녀석인지 정말 궁금하군."

"가보시렵니까?"

"그럴 생각이네. 어차피 끝난 싸움이 아닌가? 보아하니 이 늙은이가 나설 자리도 없는 것 같고. 궁금증이나 해소해 보려네. 자네도 가려는가?"

빙긋이 웃은 사마천이 고개를 흔들었다.

"그럴 수야 없지요. 이곳 싸움을 완전히 마무리 짓고도 할 일이 많을 것 같습니다."

"그래? 알겠네. 그럼 수고하게나."

미련없이 몸을 돌린 장혼은 시산혈해까지는 아니더라도 시신들이 난무하고 곳곳에 피가 흥건한 전장을 유유자적 걸으며 북쪽으로 멀어져 갔다.

도대체 싸움을 하러 온 것인지 아니면 산보를 하러 온 것인지 애매할 정도로 여유로운 장혼의 모습에 사마천의 입가에 자신도 모르는 고소가 지어졌다.

한 치의 양보도 없이 숨 막히듯 이어진 묵조영과 범우의 대결은 백여 합을 겨룰 때까지도 승부를 보지 못했다.

"하아! 하아!"

"후욱! 후욱!"

땀과 피로 뒤범벅이 된 묵조영과 범우가 연신 거친 숨을 내뱉으며 어깨를 들썩였다.

잠시 거리를 두고 호흡을 가다듬고 있었지만 둘의 시선은 상대에게서 잠시도 떨어지지 않았다.

그들이 뿜어내는 열기에 압도된 좌중은 쥐 죽은 듯이 조용했다.

처음 묵조영이 범우를 막아섰을 때, 지금의 상황을 예측한 사람은 아무도 없었다.

검각의 수석검사를 무너뜨린 철사림, 그를 쓰러뜨린 곡운과 추월령의 합공을 간단히 박살 낸 범우가 아니던가.

또한 천하의 기병이라는 추혼귀창의 위력은 하늘마저 박살 낼 정도로 어마어마했다.

그런 범우를 상대하고자 나선 묵조영.

잠깐의 선전만으로도 충분히 인정받을 만했건만 이건 선전 정도가 아니라 아예 승부를 예측할 수 없게 만드는 정도였으니 그들의 놀람은 이미 극에 달해 있었다.

무인으로서 평생 한 번을 볼까 말까 한 싸움을 두고 엉뚱한 짓을 할 사람은 아무도 없는 터, 조금 전까지만 해도 간헐적으로 이어졌던 싸움은 이미 완전히 끝난 상황이었다. 그리고 지금은 다들 경이로운 눈으로 둘의 대결을 지켜보고 있었다.

"도대체 저 사람은 누구지요?"

여전히 정신을 차리지 못하는 매화월의 상세를 살피며 추월령이 곡운에게 물었다.

어깨에 난 상처는 대충 치료가 끝났는지 피는 더 이상 흐르지 않았다.

"그냥 별 볼일 없는 신객입니다."

곡운이 피식 웃으며 대답했다.

"저 정도의 실력을 지닌 분이 별 볼일 없는 신객이라면 우리는 도대체 뭔가요?"

추월령이 쓴웃음을 지으며 고개를 흔들었다. 그리곤 정확히 설명을 해달라는 눈빛으로 곡운을 응시했다.

"그게 그러니까……."

사실, 곡운으로서도 뭐라 해줄 말이 없었다.

꽤나 오랫동안 인연을 맺고 서로를 위해 목숨까지 내놓을 수 있는 친구지간이었지만 묵조영의 실력에 대해선 그 역시 제대로 알고 있지 못했다.

을파소가 예사 인물이 아니라는 것은 진작부터 느끼고 있었고 그로부터 무공을 배우고 있는 묵조영 또한 만만치 않은 무공을 지니고 있으리라는 것은 미루어 짐작할 수 있었으나, 설마 하니 범우와 같은 초고수를 상대로 당당히 맞서리라곤 꿈에도 생각하지 못한 것이다.

누구에게라도 비밀은 있는 법.

우물쭈물하는 곡운의 태도에 더 이상 곤란한 질문을 할 수 없었던 추월령이 묵조영에게 시선을 돌리며 말했다.

"아무튼 지금부터가 고비군요."

"예."

추월령의 말에 곡운의 안색이 살짝 흐려졌다.

잠깐의 틈도 없이 끊임없는 공방을 벌이던 그들이 손속을 멈추고 호흡을 가다듬고 있다는 것은 곧 승부를 결정지을 최후의 한 수를 준비하고 있다 여겨도 무방하기 때문이었다.

아니나 다를까?

그들의 말이 끝나기가 무섭게 차분히 가라앉았던 둘의 기세가 갑자기 돌변하기 시작했다.

"이길 수 있을까요?"

추월령이 초조한 눈빛으로 물었다.

"글쎄요."

한데 목소리가 영 불안했다.

언제부터인가 묵조영의 표정이 달라지기 시작했다. 그토록 매서운 상대의 공격을 막아내면서도 보여주지 않았던 당황스러움과 곤란함. 다른 사람은 몰라도 곡운은 눈치 챌 수 있었다. 그것이 어떤 것인지 정확히 알 수 없었으나 묵조영에게 뭔가 문제가 있음은 틀림없었다.

곡운의 짐작은 정확했다.

'큰일이다.'

하늘 높은 줄 모르고 치솟는 범우의 기세를 온몸으로 감당하며 내력을 끌어 모으고 있는 묵조영은 지금 식은땀을 흘리고 있었다. 하필이면 결정적인 순간을 앞두고 몸에 잠재해 있던, 천마호심공에 완전히 녹아들지 못한 시한폭탄들이 꿈틀거리며 움직이기 시작한 것이다.

가장 먼저 움직인 것은 음기였다.

몸속 깊은 곳에서 슬그머니 고개를 쳐든 음기는 뇌리를 파고드는 귀곡성과 폭풍처럼 몰아치는 범우의 공격을 막아내느라 신경을 쓰지 못하는 사이에 서서히 준동하기 시작했고 그에 발맞추어 양기 또한 고개를 쳐들었다.

두 기운이 전신으로 영향력을 확대하기 시작하자 마침내 둘의 기운을 제어하기 위해 단전 깊숙한 곳에 잠들어 있던 만년홍학의 힘, 정순한 기운마저 용틀임을 했다.

천마호심공을 이용하여 다행히 세 기운이 부딪치기 직전, 일단 억누르는 데엔 성공을 했으나 언제 어느 순간 폭발할지 알 수가 없었다.

그런 상황에서 최후의 일격을 준비하는 범우를 상대해야 했으니 묵조영으로선 여간 곤혹스런 것이 아니었다.

휘류류류릉!

구름 한 점 없는 청명한 하늘이건만 난데없는 폭풍이 몰아쳤다. 범우의 몸에서 시작하여 사방으로 퍼져 나가던 폭풍은 어느 순간, 묵조영에게 집중되기 시작했다.

파파파꽉!

군림전포에 부딪치는 폭풍의 소리가 요란했다.

묵조영은 심호흡을 하며 나름대로 필사적으로 맞섰다. 그러나 조금 전과는 달리 몸에 제약이 있기에 조금씩 밀리는 형국이었다.

"마지막으로 묻겠다. 사부는 어디에 있느냐?"

범우가 냉기 뚝뚝 떨어지는 음성으로 물었다.

묵조영은 침묵으로 일관했다.

"그렇다면 죽음으로써 비밀을 지켜라!"

차갑게 소리친 범우가 추혼귀창을 뻗었다.

나선형으로 회전을 하며 쇄도하는 추혼귀창이 주변의 공기를 모조리 빨아들였다.

끼요오오오오!

귀곡성이 폭풍을 뚫고 주변으로 퍼져 나갔다.

"크아악!"

"컥!"

난데없는 비명성이 사방에서 터져 나왔다.

범우의 모든 내력이 담긴 귀곡성은 이제까지와는 차원이 달랐다.

곡운과 추월령마저도 황급히 좌정을 하고 운기를 하고서야 간신히 견디는 정도였으니 그 외의 사람들이 느끼는 충격은 말로 표현할 수가 없었다.

"끄끄끄끅!"

"커커컥!"

머리를 붙잡는 사람, 목을 붙잡는 사람, 가슴을 쥐어짜는 사람. 너나 할 것 없이 바닥에 뒹굴며 비명을 질러댔다.
아군도 적군도 없었다.
그나마 멀리 떨어져 있던 사람들은 운이 좋아 고통 속에서도 목숨을 부지할 수 있었으나 근접해 있던 이들은 저마다 칠공에서 피를 쏟으며 힘없이 쓰러졌다.
눈 깜짝할 사이에 무려 이십이 넘는 이들이 목숨을 잃었다.
휘류류류류!
태산이라도 단숨에 무너뜨릴 수 있을 정도로 맹렬히 회전하며 들이닥치는 폭풍과 귀곡성을 직접적으로 부딪치면서도 묵조영은 쓰러지지 않았다.
고통으로 일그러진 얼굴, 붉게 충혈된 눈, 입가에 흐르는 피가 그가 처한 상황을 단적으로 보여주었으나 그래도 그는 훌륭하게 버텨냈다.
그러나 언제까지 버티고만 있을 수는 없었다.
자신이 쓰러지든 아니면 상대가 쓰러지든 양자 간에 결단을 내려야 했다.
'어쩔 수 없구나. 이대로는 더 이상 버티지 못해.'
결정을 내렸는가?
어느 순간부터 청광으로 빛나던 묵조영의 눈빛이 서서히 금빛 기운을 띠기 시작했다.
십성의 천마호심공.

비록 천마호심공의 성취가 십일성에 이르렀으나 몸에 잠재해 있는 세 기운 때문에 지금껏 단 한 번도 구성 이상을 끌어올려 본 적이 없었다.

적을 쓰러뜨릴 수도, 자신을 쓰러뜨릴 수도 있는 양날의 검.

묵조영이 마침내 봉인했던 힘을 풀어버린 것이었다.

우우우우웅!

웅장한 파공성과 함께 금빛 물결이 묵조영의 몸에서 뻗어나오기 시작했다.

"헛!"

금방이라도 쓰러질 것 같았던 묵조영의 몸에서 난데없이 일어난 기운이 자신이 발출하는 힘을 서서히 무력화시키자 범우는 당황하지 않을 수 없었다. 그리고 그 힘의 원천이 천마호심공, 그것도 십성의 경지라는 것을 알고는 경악을 금치 못했다.

"그, 금광이라면!"

자신도 이제야 겨우 시작을 본, 그러나 여전히 엄두를 내지 못하는 경지가 상대로부터 펼쳐지자 범우는 알 수 없는 패배감에 사로잡혔다. 그것은 싸움을 이기고 지는 그런 단순한 문제가 아니었다.

절대로 질 수 없다고 판단한 범우 역시 마지막 남은 기운을 끌어 모았다.

파스스스스!

청광을 띠던 그의 눈도 조금씩 금빛으로 변하기 시작했다. 아울러 묵조영에게 향하는 폭풍 속에서 금빛 강기의 소용돌이가 보이기 시작했다.

파파파팍!

땅거죽을 뒤집고, 주변의 모든 사물을 파괴하며 접근하는 추혼귀창.

거대한 원을 그리며 밀려드는 강기의 소용돌이를 보며 묵조영은 문득 천마조에 새겨져 있는 글귀 하나를 떠올렸다.

명경과 같이 맑은 눈으로 잔잔히 빛나는 수면을 바라보고 있노라면 내 자신의 마음까지 한없이 투명해지고, 수면 아래의 알 수 없는 움직임까지 느낄 수 있게 되리니 폭풍우 치는 바다에 홀로 떠 있을지라도 평정심을 잃지 않는다면 폭풍우 역시 한낱 물결에 지나지 않을 것이다.

묵조영의 팔이 천천히 움직였다.

팔과 함께 몸 뒤쪽으로 살짝 이동하는 천마조.

왼손으로 천마조를 스치듯 어루만지며 준비를 마친 묵조영이 노도보다 더한 기세로 다가오는 소용돌이를 향해 천마조를 찔러 넣었다.

피리리릿.

천마조도 회전을 하며 조그만 원을 만들었다.
너무 작아 보이지 않을 정도의 작은 원.
그가 만든 작은 원이 강기의 한가운데로 뛰어들었다.
용권풍처럼 거대한 소용돌이를 만든 추혼귀창에 비할 바가 아니었으나 그것에 실린 힘은 그 누구도 예측하지 못했다.
휘리리리!
후우우웅!
큰 원과 작은 원의 충돌.
싸움을 지켜보는 모든 이들의 생각은 한결 같았다.
큰 원에 작은 원은 흔적도 없이 사멸하고 말리라!
그만큼 범우의 기세는 대단했다.
마침내 두 기운이 허공에서 충돌했다.
소리가 없었다.
마치 첫날밤을 치르는 부부의 손길처럼 두 원은 부드럽게 서로를 애무했다.
하지만 그것이야말로 폭풍의 서막!
파스스스.
어느 순간부터 미약하게 흘러나온 충돌음이 이내 천지를 개벽하는 굉음으로 변해갔다.
꽈과과꽝!
하늘이 무너지고 땅이 뒤집히는 종말이 시작됨을 알리는 듯한 폭음과 함께 가공할 충격파가 주변을 휩쓸었다.

"크아악!"

"크허억!"

넋을 잃고 싸움을 구경하던 이들, 그렇잖아도 귀곡성 때문에 힘겹게 지켜보던 이들이 충격파를 감당하지 못하고 피를 뿌리며 쓰러졌다.

쿠쿠쿠쿵!

큰 원과 작은 원은 서로의 힘을 무력화시키기 위해 끊임없이 부딪쳤다.

기세에 밀리지 않기 위해 온몸의 내공을 쏟아내는 범우와 묵조영은 가히 필사적이었다.

폐부를 찌르르 울려오는 충격파에 온몸을 휘청거리면서도 그들은 마지막 한 줌의 진기까지도 추혼귀창과 천마조에 실어 보냈다.

조금이라도 밀리면 끝장이라는 절박감에 사로잡힌 그들은 입은 물론이고 눈과 코, 귀에서까지 피가 흘러내림에도 전혀 의식하지 못했다.

'으으으!'

전신의 살이 찢기고 뼈가 으깨지는 듯한 고통. 절로 터져 나오는 비명을 참기 위해 범우는 입술을 깨물었다.

'움직이는가?'

묵조영 또한 전신의 세맥을 미친 듯이 질주하기 시작한 세 기운을 느끼면서도 속수무책, 어쩔 도리가 없었다.

그런 대치가 무려 반 각.

지켜보는 이들마저 지쳐 갈 무렵, 팽팽하기만 했던 승부의 추가 마침내 한쪽으로 기울기 시작했다.

거대한 강기의 소용돌이에 금방이라도 잠길 듯한 작은 원이 조금씩 그 영역을 넓히며 소용돌이의 중심, 범우에게 접근하는 것이었다.

'이제 조금만 더!'

승기가 자신에게 왔음을 의식한 묵조영이 폭발하기 일보 직전의 기운을 간신히 제어하며 최후의 힘을 퍼부었다.

"크헉!"

외마디 비명과 함께 범우의 신형이 휘청거렸다.

동시에 자신이 일으킨 기운이 급격하게 소멸하는 것을 의식한 범우는 참을 수 없는 패배감에 사로잡혔으나 결국 추혼귀창을 거두고 공세에서 수세로 전환을 할 수밖에 없었다.

황급히 물러나 자세를 잡는 범우.

추혼귀창이 그의 몸 앞에서 풍차처럼 회전을 하기 시작했다.

성막밀밀(星幕密密)이라는 수비 초식이었.

단순한 검기와는 차원을 달리하는 강기가 펼쳐지며 물샐 틈없는 그물을 만들었다.

주인의 위험을 감지라도 한 듯 사방으로 울려 퍼지는 귀곡성엔 절박감마저 깃들어 있었다.

사부는 어디에 있느냐?

꽝!

천마조가 강기막에 부딪쳤다.

그러나 범우가 치욕을 참아가며 만들어낸 강기막을 뚫지는 못했다.

그렇다고 포기할 수는 없었다. 이미 몸은 만신창이가 된 상태. 더 이상의 여력은 없었다.

묵조영은 최후의 힘을 천마조에 담았다.

우우우웅!

웅휘한 떨림과 함께 천마조에서 금빛 기운이 모습을 드러내더니 천천히 하나의 형상을 만들기 시작했다.

금룡(金龍).

천마조에 새겨진 용 무늬가 강기로 형상화되어 나타난 것이었다.

'이, 이건!'

범우의 눈이 찢어질 듯 부릅떠졌다.

그리곤 금빛 물결을 사방으로 뿌려대며 모습을 드러낸 금룡이 귀곡성을 단숨에 잠재우고 추혼귀창이 만들어낸 강기막마저 완벽하게 무력화시키며 짓쳐드는 것을 볼 수 있었다.

막으려 하였으나 몸이 움직이지 않았다.

퍽!

금룡의 노한 숨결이 그의 아랫배를 관통했다.

"컥!"

외마디 비명과 함께 범우의 신형이 실 끊어진 연처럼 힘없이 날아갔다.

바로 그때, 그의 몸을 안아 드는 손길이 있었다.

장혼이었다.

"단주!"

하지만 대답은 없었다. 범우의 의식은 이미 이승과 저승의 경계를 오가는 중이었다.

"단주! 정신을 차리시오!"

장혼이 황급히 진기를 흘려 넣으며 소리쳤다.

"장… 호법……."

"그렇소. 나요. 기운을 내시오."

그러나 꺼져 가는 기운은 좀처럼 회복될 줄 몰랐다.

"나를… 교… 주님께… 회… 혼… 대법을……."

범우는 그 말을 끝으로 정신을 잃었다.

장혼의 표정이 딱딱하게 굳었다.

회혼대법이 무엇이던가?

말 그대로 혼을 불러온다는 말.

물론 죽은 사람의 혼을 불러올 수는 없었으나, 어떤 상황에라도 잠시 잠깐 정신을 차리게 만들 수 있는 마교의 비전절기가 바로 회혼대법이었다.

머뭇거릴 시간이 없었다.

교주에게 데리고 가달라는 말은 곧 반드시 전해야 할 말이 있다는 것을 의미하는 것.

장혼은 그 즉시 범우의 요혈을 건드리기 시작했다.

백회(百會)에서부터 회음(會陰)까지.

그는 조금의 충격만으로도 즉사할 수 있는 사혈도 아무런 거리낌 없이 건드렸다.

마지막 요혈을 짚은 후 한숨을 내쉬는 장혼의 이마엔 땀방울이 맺혀 있었다.

그사이 범우를 날려 버리고 결과를 확인할 여유도 없이 그 자리에서 주저앉은 묵조영 또한 생과 사의 갈림길에서 필사적으로 싸우고 있었다.

칠공에선 끊임없이 피가 흘러나오고 전신이 부들부들 떨렸다. 안색은 시꺼멓게 변한 것이 마치 독에 중독된 사람의 증상과 같았다.

장혼은 그 즉시 묵조영의 상태를 알 수 있었다.

'주화입마로군.'

그랬다.

범우와의 싸움에서 승리를 거두긴 했지만 그 승리를 위해 절대로 넘지 말아야 할 선을 넘어버린 그는 전신 혈맥을 미친 듯이 질주하며 요동치는 세 기운을 제어하지 못해 결국 주화입마에 빠져 버린 것이었다.

묵묵히 그를 응시하던 장혼이 주변으로 고개를 돌렸다.

마치 폭탄이라도 터진 듯 남아 있는 것이 없었다. 전각은 기둥만 남은 채 무너졌고 정원을 이뤘던 나무들은 뿌리째 뽑혀져 보이지 않았다. 또한 피아를 가릴 것 없이 살아남은 사람은 사십도 되지 않았다. 그중 최소한 절반이 범우와 묵조영의 경천동지할 싸움에 영향을 받은 사람들임을 직감할 수 있었다.

"도대체 어떤 싸움이었기에."

어떠한 충돌이 있었는지 도저히 가늠이 되지 않았다.

어쨌든 궁금증은 접어두고서라도 주변 상황을 정리할 필요는 있었다.

장혼이 묵조영을 향해 움직였다. 그러자 곡운과 추월령이 그의 앞을 가로막고 나섰다.

장혼의 눈이 그들을 훑었다.

한눈에 보아도 중한 부상을 당한 상태. 그래도 만만치 않은 기운을 내뿜고 있었다.

장혼은 말없이 손을 들었다.

단숨에 끝장을 내버리겠다는 듯 기를 모으는 양손이 차갑게 빛났다. 하지만 무슨 생각인지 기세를 풀어버렸다.

"반드시, 반드시 살려내라!"

곡운과 추월령에게 차갑게 내뱉은 장혼이 빙글 몸을 돌렸다. 그리곤 차디찬 바닥에 쓰러져 있는 범우의 몸을 안아 들었다.

"가자."

조용히 한마디를 내뱉은 장혼이 정문을 향해 천천히 걷기 시작하자 몇몇이 그의 뒤를 따라 움직였다.

인원은 정확하게 스물한 명.

그 안에는 철사림을 안고 있는 예도보도 있었고 묵조영의 무서움을 재확인한 화소호도 있었다.

'진정, 다시는 보고 싶지 않은 괴물이야.'

슬그머니 고개를 돌려 묵조영을 바라보는 그의 눈은 겁에 질려 있었다.

그들이 떠나기가 무섭게 일단의 무리들이 전장으로 날아들었다.

범률의 요청에 의해서, 그리고 자의로 움직여 의천맹 소주지부로 달려온 여러 문파의 고수들이었다.

장혼이 서둘러 자리를 뜬 것은 바로 그들 때문이었다.

그들의 도착으로 치열했던 한낮의 싸움은 그렇게 끝이 났다.

제28장

무신이라는 건가?

"어디까지 올라갔다고?"

오랜만에 과음을 했는지 철포혼이 붉게 상기된 얼굴로 물었다.

석류는 무림의 각 문파들이 상세하게 묘사된 지도의 한 부분을 가리키며 대답했다.

"여기까지입니다."

"장사(長沙)?"

"예."

석류는 자랑스런 표정이었으나 철포혼은 그렇지 못했다.

"너무 늦는 것 아닌가? 지금쯤이면 장강 어귀까지 도착했어야 하거늘."

철포혼이 장강 어귀 운운하며 지적한 곳은 악양(岳陽) 바로 아래에 위치한 동정호(洞庭湖)였다.

"수삼 일 내면 도착할 수 있습니다. 몇 가지 일을 처리하느라 조금 늦어졌습니다."

"일이라니?"

철포혼이 막 들던 술잔을 내려놓고 물었다.

"형산파를 기억하십니까?"

성녀를 살해하면서 제이차 마정대전의 직접적인 원인이 되었던 문파, 기억하지 못할 리 없었다.

"형산파? 물론이지. 한데 다 쓰러진 문파는 왜?"

"근래 들어 힘을 키우고 있다 들었습니다. 그래 봤자 별 볼 일 없는 수준이지만 옛날 일도 있고 해서 이참에 아예 끝장을 내버렸습니다."

"끝장이라……."

"앞으로 세인들의 입에서 다시는 형산파란 이름이 오르내리지 않을 것입니다."

석류는 형산파를 공격했던 탁불승으로부터 받은 보고서에 '멸살(滅殺)'이란 단어가 적혀 있던 것을 상기하며 입꼬리를 말아 올렸다.

"잘했네. 탁 사제가 애썼군 그래."

"예. 하지만 앞으로가 문제입니다. 지금까지는 비교적 쉽게 일이 풀렸으나 악양에는 제법 큰 장애물이 있습니다."

"신도세가(申屠世家) 말인가?"

"그렇습니다. 신도세가는 결코 만만한 상대가 아닙니다."

석류가 다소간 굳은 표정으로 말했다.

천하를 좌지우지한다는 마교에서도 사실상 이인자의 대접을 받고 있는 그가 긴장할 정도니 신도세가의 위세가 어떤지 말을 하지 않아도 알 수 있었다.

신도세가.

당금 가주는 신도초(申屠初).

남경의 혁씨세가, 구강(九江)의 문인세가(聞人世家), 합비(合肥)의 야율세가(耶律世家) 등과 함께 천하사대세가라 불리며 근래 들어 최전성기를 구가하고 있는 신도세가는 악양을 중심으로 인근 수백 리에 걸쳐 그 영향력이 미치지 않는 곳이 없었고, 장강을 통해 들어오는 막대한 자금력을 바탕으로 계속해서 세력을 키워가는 거대 세가였다.

세가 내에 상주하는 무인의 수만 해도 상당했는데 그들의 그늘 안에 있는 인근 문파의 무인들까지 합치면 그 수는 기하급수적으로 늘어난다.

마교로서도 결코 무시할 수 없는 곳이 바로 신도세가였다.

"훗, 만만한 상대가 아니라는 것은 나도 잘 알아. 하나, 그 정도를 처리하지 못하고 끙끙대서야 말이 안 되지. 장차 우리가 싸워야 하는 놈들을 생각해 보게. 소림, 무당, 화산… 사제는 솔직히 신도세가가 그 세 문파에 비해 강하다고 생각하는가?"

"그건… 아닙니다."

잠시 생각에 잠겼던 석류가 고개를 흔들었다. 제아무리 신도세가가 위세를 떨쳐도 수백 년간 무림을 쥐고 흔든 세 문파에 비할 바는 아니었다.

"게다가 이제는 시간을 헤아리는 것이 무의미할 정도로 오랜 시간 동안 천하에 군림하고 있는 공야세가에 비하면 명월(明月) 앞의 반딧불에 불과하네. 그런 공야세가를 중심으로 세력을 구축하고 있는 의천맹에 비하면 또 어떤가?"

"……."

"사제는 앞으로 우리가 상대해야 할 놈들이 누군지를 잊지 말아야 할 것이야. 우리가 승리를 걱정해야 할 정도로 강한 곳은 오직 의천맹뿐. 다른 곳은 그냥 과정에 불과하네. 결코 머뭇거리거나 지체해서는 안 되는, 그냥 밟고 지나가면 되는 하나의 과정."

"알겠습니다."

"하하하, 그렇다고 무대포로 돌진하라는 말로 오해하면 안 될 것일세. 내 말은 철저하게 계획을 세워서 쓸어버리되 조금은 조심하란 말이야."

"명심하겠습니다."

"탁 사제에게 곧 공격 명령을 내리고 흑월단(黑月團)에게 지원을 하라 이르게. 아참, 엽 사제는 지금 어디에 있다던가?"

순간, 석류의 안색이 떨떠름하게 변했다.

"솔직히… 모르겠습니다."

"허허, 사제가 교내의 일에 대해 모르는 것도 있던가? 련아, 너는 알고 있느냐?"

철포혼이 묵묵히 지도를 보고 있던 설련에게 물었다.

설련도 고개를 흔들었다.

"허, 이거야. 감찰단주(監察團主)마저 모르면 누가 안단 말인가? 환몽!"

너털웃음을 지으며 고개를 흔들던 철포혼이 밀은단의 단주 환몽을 불렀다. 그러자 예의 요상한 음성이 들려왔다.

"예, 교주님!"

"흑월단주는 지금 어디에 있느냐?"

"무창에 잠입한 것까지는 파악이 되었으나 그 이후로는 잘 모르겠습니다."

순간, 좌중에 앉아 있던 이들이 하나같이 깜짝 놀란 듯 흠칫거렸다. 오직 철포혼만이 냉정을 유지하고 묘한 웃음을 흘릴 뿐이었다.

"무창이라면… 의천맹에 갔단 말이겠군."

석류는 환몽에게 하는 것인지 아니면 스스로에게 자문하는 것인지 모를 말을 중얼거렸다.

무신이라는 건가? 253

곧바로 환몽의 말이 뒤따랐다.

"거기까지는 파악하지 못했습니다."

"음."

석류가 이해를 했다는 듯 고개를 끄덕였다.

천하의 모든 정보를 수집하는 것이 밀은단의 역할이고 능력이라면 흑월단은 그야말로 어둠 속의 실력자들. 은밀하기로 말하자면 밀은단보다 몇 배는 더 은밀하게 움직이는 이들이기 때문이었다.

"아참, 막내 사제에게선 연락이 왔나?"

철포혼의 물음에 석류는 고개를 흔들었다.

"아직입니다."

"쯧쯧, 너무 늦는군 그래."

"그래도 너무 걱정하지 마십시오. 검지의 비밀이 향하는 곳을 알았다니 곧 좋은 소식이 있을 것입니다."

"비밀이 향하는 곳이… 소주라고 했던가?"

"예."

"이번엔 실수하지 말라고 전해. 고작 신객 하나를 처리하지 못해서 이 무슨 망신이란 말인가? 이건 호교단이나 막내 사제의 체면이 문제가 아니라 우리 모두의 자존심이 걸린 일이야. 놈을 처리하고 반드시 검지의 비밀을 얻어야 할 것이네."

"그렇잖아도 단단히 일러두었습니다."

대답을 하는 석류의 안색이 가히 안 좋은 것을 보면 그의 심정 또한 철포혼과 다르지 않은 듯했다.

바로 그때였다.

"교주님!"

환몽이 철포혼을 불렀다.

"말해라."

이미 환몽 주변에서 또 다른 기척을 느끼고 있었던 철포혼이 말했다.

"호교단에서 급보가 도착했습니다."

"하하, 드디어 도착했구나. 그래, 어떤 소식이더냐?"

호교단에서 도착할 급보란 오직 하나뿐. 철포혼이 반색을 하며 물었다. 그는 호교단이 전해온 급보가 검지의 비밀을 손에 넣었음을 보고하는 것이라 확신하는 것 같았다.

"좋지 않은 소식입니다."

환몽의 말투에서 심상치 않은 기운을 느꼈는지 철포혼의 안색이 굳어졌다.

"좋시… 않은 소식이라니?"

술이 확 깨는 느낌이었다.

"호교단이 의천맹과의 싸움에서 패퇴했다고 합니다."

"뭐… 라고? 호교단이 패해?"

"어제 오후, 의천맹 소주지부를 공격하다 패했다고 합니다."

"말도 안 되는!"

석류가 벌떡 일어나 소리쳤다.

"호교단이 어찌 한낱 지부 따위를 공격하다 패퇴할 수 있단 말인가!"

이마에 핏줄이 드러나는 것을 보니 어지간히 흥분한 모습이었다.

"자세히, 자세히 말해봐라."

철포혼이 착 가라앉은 음성으로 말했다. 그러자 환몽은 최대한 빠른 어조로 설명하기 시작했다.

"어제 오후 무렵, 호교단은 제갈세가에서부터 뒤쫓아오던 의천맹의 무인들을 대파한 후, 그 기세를 몰아 검지의 비밀이 전해진 곳으로 여겨지는 의천맹 소주지부를 공격했다고 합니다. 하지만 놈들의 거센 저항에 막혀……."

"그만!"

철포혼이 환몽의 말을 끊었다.

"거센 저항 따위야 어디든지 있다. 각설하고 중요한 것만 말해라. 어느 정도의 피해를 당했느냐?"

"전력의 칠 할 이상이 당했습니다."

"허!"

철포혼은 어이가 없는지 너털웃음을 짓고 말았다.

석류가 참지 못하고 물었다.

"막내와 호법들은 뭘 하고! 설마 하니 그곳에 그들보다 강한 고수가 있었단 말인가?"

"……."

"어찌 되었느냐니까!"

"범 단주께선… 심각한 부상을 당한 채 귀환 중입니다. 또한 호교단을 지원하기 위해 나선 세 분의 호법 중 장혼 호법님을 제외한 두 분 역시 생사를 가늠할 수 없는 중상을 당했다고 합니다."

"말도 안 되는!"

쾅!

석류의 주먹에 자단목으로 만든 탁자가 산산이 조각나 흩어졌다.

"당금 천하에 막내를 그리 만들 사람이 몇이나 된다고 보는가? 게다가 세 호법의 무공 역시 웬만해선 적수를 찾을 수 없을 정도다. 한데 그들 모두가 당했다고? 믿을 수 없다. 도대체 말이 되어야지."

"보고가 올라온 대로 말씀드린 것입니다."

"누가 그따위 말도 안 되는 보고를 올린 것인가?"

"화소호입니다."

"화… 소호?"

천천히 되묻는 석류의 안색이 일그러질 대로 일그러졌다.

명색이 밀은단의 부단주. 게다가 검지의 비밀을 쫓아 호교단과 함께 이동을 한 그의 전언이라면 믿지 않을 도리가 없는 것이다.

"상세는?"

지그시 눈을 감고 있던 철포혼이 물었다.

"심각합니다."

"어느 정도냐?"

"회혼대법을 펼쳤다고 합니다."

순간, 철포혼의 눈썹이 꿈틀거렸다.

"회… 혼대법이라… 하면 목숨은 이미 끊어진 것이나 다름없군."

"예. 의식을 잃기 전, 범 단주가 장혼 호법에게 회혼대법을 펼쳐 달라고 부탁했다 합니다."

"스스로 원했단 말이냐?"

"그렇습니다."

그러자 석류가 재빨리 끼어들었다.

"패자무언(敗者無言). 막내가 그걸 모르지 않을 텐데 회혼대법을 펼쳐 가면서까지 목숨을 연명했다면 우리에게 뭔가 남길 말이 있는 것이 분명합니다."

철포혼이 고개를 끄덕였다.

"막내는?"

"화소호가 이곳으로 모시는 중입니다."

"며칠이나 걸릴 것 같으냐?"

"이동하는 것이 워낙 불편하여 아무리 빨라도 최소 열흘은 걸릴 것이라 생각합니다."

"알았다. 한데 장혼 호법께선?"

"나머지 인원들을 데리고 주변에 은신하고 계시다 합니다. 의천맹 소주지부엔 이미 많은 지원병이 도착하여 함부로 움직일 상황이 아니라 그저 놈들의 동태만 살핀다고……."

"이거야 원. 정말 꼴이 말이 아니게 되었군."

자조의 웃음을 짓는 철포혼.

번뜩이는 그의 눈에서 끔찍한 살기가 나타났다 사라졌다.

잠깐의 침묵이 있은 후, 철포혼이 석류를 불렀다.

"사제."

"예."

"지금 즉시 소주로 출발하게. 반드시 검지의 비밀을 회수하여 오도록 하고."

"알겠습니다."

기다리고 있었다는 듯 석류가 벌떡 몸을 일으켰다.

"아, 그리고 말이야. 이후, 그쪽에서 의천맹의 '의' 자도 나오지 않았으면 좋겠네. 내 마음 이해하겠나?"

"명심하겠습니다."

석류는 피가 나도록 입술을 깨물며 몸을 돌렸다.

그의 등을 잠시 바라보던 설련이 조용히 입을 열었다.

"좌상 할아버지께도 알려야 하잖아요."

"그래야겠지. 후~ 걱정이로구나. 그 어른 성정에 가만있지 않으실 텐데."

철포혼은 핏줄이라면 끔찍이 생각하는 범장(梵壯)의 괄괄한 모습을 떠올리며 한숨을 내쉬었다.

"제가 말씀드릴까요?"

"그건 예의가 아닌데… 아니다. 어쩌면 그게 좋겠구나."

"할아버지는 분명 움직이실 거예요."

"어쩌겠느냐? 자식 잃은 슬픔을 누가 말려. 일단은 최대한 말려보거라. 아직 그분이 나설 때가 아니야."

"듣지 않으시면요?"

"그래도 움직이신다면 반드시 사제와 함께 행동하시라 해라. 단, 명령권자는 사제다. 이건 교주로서 내리는 명이자 부탁이라 말씀드리고."

"그러지요."

설련은 무적뇌도를 가슴에 품더니 천천히 걸음을 옮겼다.

석류에 이어 설련까지 방을 나선 이후, 철포혼은 홀로 석 잔의 술을 들이켰다.

"그런데 누구냐? 막내를 그리 만든 자는?"

철포혼이 마지막 잔을 내려놓으며 물었다.

"묵조영이라는 잡니다."

"묵… 조영?"

들어본 적이 없는 이름이었다. 그렇지만 아주 낯선 이름도 아니었다.

"설마 하니 막내가 이름도 없는 무명소졸에게 당했단 말이냐?"

"지난번 보고에서 말씀드렸던 그 신객의 이름이 묵조영입니다. 검지의 비밀을 전하기 위해 제갈세가를 빠져나와 도주를 하고 있다는."

"그래, 기억이 나는구나. 그러고 보니 놈이 사용한다는 무기가 낚싯대라고 하여 한참을 웃었었지. 허, 나참. 그렇다면 사제의 추혼귀창이 고작 신객이 휘두르는 낚싯대 따위에게 꺾인 셈이 되는 건가?"

"단순 조사를 하라 일러두었으니 조만간 어떤 자인지 파악이 될 것입니다만 범 단주를 꺾은 것으로 보아 단순한 신객은 아닐 것입니다."

"그렇겠지. 혹시… 십비가 아닐까?"

"저 역시 그쪽에 가능성을 두고 있습니다. 또한 범 단주가 죽기 직전 회혼대법을 펼친 이유가 바로 그자 때문이 아닐까 하는 생각도 하고 있습니다."

"흠, 그럴 수도 있겠군. 아무튼 최대한 빨리 놈의 정체를 밝혀라. 신객이든 십비든 막내를 그리 만든 대가가 어떠할 것인지 뼈저리게 느끼게 해주어야 하니까."

"존명!"

철포혼은 환몽의 기척이 사라지는 것을 느끼며 마지막 잔을 들었다. 조금 전까지 그토록 그윽하던 향이 악취처럼 느껴지고 달콤했던 맛 또한 소태를 씹은 듯 떫었다.

'낚싯대를 사용하는 신객이라……'

순간, 그의 시선이 자신도 모르게 뒤로 향했다.

아무것도 걸려 있지 않은 벽.

지금은 없지만 과거엔 그 무엇인가가 항상 놓여 있었다.

"훗, 무슨 생각을 하는 건지."

그는 피식 웃음을 터뜨리며 고개를 돌렸다.

그러나 어째서 목에 걸린 가시처럼 낚싯대라는 말이 자꾸만 뇌리를 맴도는지, 그리고 자신도 모르게 또다시 고개를 돌려 텅 빈 벽을 쳐다보는지 이해하지 못했다. 아니, 어쩌면 이해하기가 싫은 것인지도 몰랐다.

* * *

무신 공야치가 은거하고 있는 청죽거.

소주에서 벌어진 대혈전이 의천맹의 승리로 끝났다는 소식이 전해진 이후, 의천맹이 기쁨의 열기로 들끓고 있는 것과는 달리 청죽거는 여느 때와 마찬가지로 참으로 여유롭고 고즈넉한 분위기를 간직하고 있었다.

오늘도 따가운 햇살 아래서 밭일을 마친 공야치는 나무 그늘에 앉아 느긋하게 차를 들고 있었다.

그러다 문득 찻잔을 내려놓고 입을 열었다.

"왔느냐?"

"예, 주군."

"찾았느냐?"

"시간이 좀 더 필요할 듯싶습니다. 죄송합니다."

"죄송할 것 없다. 한 달이란 시간은 아직 멀었으니까. 대신 그 기간 안에는 반드시 성과가 있어야 할 것이다."

"염려 마십시오. 한데 들으셨습니까?"

"뭐를 말이냐?"

"추혼귀창이 꺾인 일 말입니다."

순간, 공야치의 안색이 살짝 찌푸려졌다.

"부맹주에게 얘기를 들었다. 쓸데없는 소식 따위는 전하지도 말라고 그리 말을 했건만 별일도 아닌 것을 가지고 왜 그리도 수선을 떠는지 모르겠다."

"주군께서야 별일 아니라 여기시지만 그들에겐 더없이 큰 기쁨이라 그랬을 겁니다."

목소리에 살짝 웃음이 묻어났다.

보지는 않았지만 부맹주가 어떤 꼴로 청죽거에서 쫓겨났을지가 눈에 선했기 때문이다.

"한심한 놈들. 이제 고작 한 번 이긴 것을 가지고 저리 들떠 있으니."

무신이라는 건가?

"추혼귀창을 꺾은 일입니다. 그저 그런 싸움에서 이긴 것과는 무게가 조금 다를 것입니다."

"그리 생각하느냐?"

"예."

"쯧쯧, 너도 똑같구나. 누구를 꺾었든 어차피 수없이 벌어질 싸움 중 하나에 불과할 뿐이야. 게다가 순수 의천맹의 힘만으로 얻은 승리도 아니지 않느냐?"

"그건 그렇습니다."

"난 추혼귀창이 꺾인 것보다는 그를 꺾었다는 아이가 오히려 더 흥미롭더구나. 이름이……."

"묵조영이라고 합니다."

"그래, 묵조영. 신객이라지?"

"예. 하지만 조사한 바에 의하면 꽤나 의문점이 많은 친굽니다."

"어떤 것이 말이냐?"

"첫째로 그의 출신이 꽤나 흥미롭습니다."

"출신이?"

"예. 그가 바로 십여 년 전에 사라진 황산묵가의 장손이었습니다."

"호~"

무심했던 공야치의 얼굴에 처음으로 변화가 보였다.

"사라진 것이 아니라 거의 반강제로 쫓겨난 것 아니었나?

아무튼 그리고?"

"둘째는 그가 사용한 무공입니다."

"무공이 어때서?"

"어린 나이에 가문을 떠났기에 그가 알고 있는 황산묵가의 무공은 매우 한정될 수밖에 없습니다. 또한 기억을 더듬어 익힌다 해도 호교단의 단주를 꺾을 수는 없습니다."

"그렇겠지. 하면 그 녀석이 사용한 무공이 무엇이더냐?"

"모르겠습니다."

순간, 공야치의 얼굴에 미소가 피어올랐다.

"천하에 섭렵하지 않은 무공이 없다는 네가 모른다는 말을 할 때도 있구나."

"송구합니다. 둘의 대결을 직접 보았으면 모를까 정보가 너무 단편적이라 알 수가 없었습니다."

눈에 보이지는 않았으나 일비의 목덜미는 이미 붉게 물들어 있었다.

"누가 뭐라 했느냐? 계속해 보거라."

"대신 둘의 싸움을 지켜본 이들의 말을 토대로 몇 가지 단편적인 정보를 얻을 수는 있었습니다."

공야치는 그럴 줄 알았다는 듯 고개를 끄덕였다.

"우선 그는 어린 나이임에도 불구하고 호교단주를 압도할 만한 내공을 갖추고 있었고……."

"황산묵가에서 승천지겐가 뭔가 하며 후손들에게 온갖 귀

하다는 약을 구해 먹인 것은 천하가 다 아는 사실이 아니더냐. 약의 기운을 빌린 모양이지."

공야치가 대수롭지 않게 말했다.

극도의 보안 속에 진행된 황산묵가의 승천지계.

그 원대한 계획은 황산팔룡이 활약을 하는 최근에야 비로소 세상에 알려졌다. 한데 공야치는 이미 처음부터 파악을 하고 있었다는 듯 말을 하는 것이었으니 만약 묵가에서 그의 말을 들었다면 그야말로 거품을 물고 기절할 일이었다.

천하에 우뚝 선 공야세가.

그들의 그늘은 참으로 넓고도 깊었다.

"게다가 추측하기 힘들 정도로 신묘한 보법 또한 익히고 있었습니다. 무엇보다 낚싯대를 주로 사용하는 그의 무공은 세간에 알려진 그 어떤 문파의 무공과도 궤를 달리했습니다. 처음엔 장강에서 활약하는 이들과 연이 닿아 있는 줄 알았습니다……."

"그들에겐 추혼귀창을 꺾을 만한 실력이 없다."

"그렇습니다. 그의 무공의 비밀을 알려줄 중요한 단서는 정작 따로 있었습니다."

"중요한 단서?"

"예. 그가 무공을 발휘할 때 쏟아져 나오는 눈빛이 묘하게 변했다고 합니다."

"내공심법에 따라 눈빛이 변하는 것은 그다지 특별한 것도 아니지 않느냐? 자하신공을 연성하는 화산파만 해도 눈빛에서 흘러나오는 자광으로 그 성취를 가늠한다."

"하지만 느낌이 좋지 않습니다."

"느낌이 좋지 않다라… 그래, 뭔가 마음에 걸리더냐?"

"아무래도 마… 아닙니다. 아직 짐작에 불과한 것이라서 말씀드리기엔 적당하지 않은 것 같습니다. 정보가 취합되는 대로 다시 말씀드리겠습니다."

살짝 궁금증이 일었지만 공야치는 다시 묻지 않았다.

"알았다. 아무튼 추혼귀창의 주인이 이름도 없는 신객에게 당했다니 망신도 그런 망신이 없을 터. 사부를 몰아내고 자신만만하게 천하를 도모하던 마교 교주와 그의 사형제들이 어찌 반응할지 지켜보는 것도 꽤 재밌겠구나."

"마지막으로 한 가지 더 말씀드리자면……."

일비의 말은 이어지지 않았다. 공야치가 슬며시 손을 들어 제지했기 때문이다.

"손님이 온 모양이다."

그제야 일비도 누군가의 기운을 느낄 수 있었다.

'침입자? 감히 누가!'

의천맹에서도 청죽거는 그야말로 신성불가침의 성역.

차갑되 차갑지 않고, 진하디진한 혈향을 풍기되 살기는 느껴지지 않는 묘한 기운.

의천맹에서 그런 기운을 가진 사람은 없었다.

"제가 처리하겠습니다."

일비의 음성이 한없이 심각해졌다.

그에 반해 찻물을 준비하는 공야치는 여유롭기 그지없었다.

"놔두어라. 이곳까지 온 손님을 박대할 수야 없지."

비록 그의 명으로 주변엔 호위하는 무사 한 명이 없었지만 청죽거에 오려면 철통같은 의천맹의 경계를 통과하지 않고는 애당초 불가능한 일이었다.

한데도 아무런 소란도 일어나지 않았다는 것은 결국 지금 방문하는 손님의 존재를 아무도 눈치 채지 못했다는 것과 다름없는 것.

공야치는 당금에 누가 있어 의천맹의 경계를 농락하며 자신을 찾아오는지 무척이나 궁금했다.

잠시 후, 햇살을 뒤로하며 한 사내가 모습을 드러냈다.

나이는 서른 전후, 절세가인이라 불리어도 될 만큼 아름다운 용모와 피부, 하늘하늘한 몸매를 지녔다.

겉으로 보기엔 벌레 한 마리 잡지 못할 것 같은 서생의 모습. 하나, 전신에서 풍겨지는 고요한 기운은 가히 절대고수의 반열에 이른 자만이 드러낼 수 있는 것이었다. 물론 그 기운을 알아챌 수 있는 사람도 극소수에 불과할 테지만.

"여기가 청죽거가 맞습니까?"

사내가 물었다.

"제대로 찾아왔다. 이곳이 청죽거다."

공야치는 다짜고짜 하대를 했다.

너무나 자연스러운 어투, 태도였다.

어찌 들으면 불쾌할 수도 있었을 것이나 사내는 당연하게 여기는 표정이었다.

"맹주십니까?"

사내의 물음에 공야치가 고개를 끄덕였다. 그러자 사내가 정중하게 허리를 꺾으며 예를 차렸다.

"후배 엽사군(葉邪君), 무신께 인사드립니다."

정중하면서도 당당한, 비굴함이나 조금의 두려움, 망설임도 없는 태도에 공야치의 눈빛이 살짝 반짝이다 사라졌다.

"앉아라."

공야치가 의자 옆에 있는 통나무를 가리켰다.

"감사합니다."

사내가 통나무에 걸터앉자 공야치는 모락모락 김이 피어오르는 찻잔을 사내에게 던졌다.

느릿느릿 허공을 유영한 찻잔은 한 방울의 찻물도 흘리지 않고 사내의 손에 안착했다.

"잘 마시겠습니다."

사내는 조금도 사양하는 기색 없이 차를 들이켰다.

"엽사군이라 했느냐?"

"그렇습니다."

"엽사군이라······."

순간, 일비의 전음이 공야치의 귓가로 파고들었다.

[마교 교주 철포혼의 사제로 어둠의 암살자라 불리는 흑월단(黑月團)의 단주입니다. 어려 보이는 외모와는 달리 사십을 훌쩍 넘긴 자입니다. 온갖 무기를 다루는 것으로 알려져 있으며 마도십병 중 서열 칠위인 무영은편의 주인입니다.]

"흑월단주라면 꽤나 바쁠 터. 이곳까지는 웬일이냐?"

공야치가 단번에 자신의 정체를 알아보자 사내의 안색이 조금 굳어졌다.

그것도 잠시, 그는 곧 웃음을 보이며 대답을 했다.

"바쁘지요. 사형께서 쓸데없는 일을 벌이느라 눈코 뜰 사이도 없이 바쁩니다. 그래도 이곳까지 왔는데 무신 어르신을 뵙고 가지 않을 수가 없어서 떠나는 길에 인사차 들렀습니다."

"허허, 인사차 들렀다? 나를 죽이러 온 것이 아니고?"

공야치가 너털웃음을 흘리며 물었다.

마주 웃는 엽사군.

범의 아가리에 머리를 들이밀고도 그는 여유만만했다.

"지금은 아닙니다. 언젠가는 그리되겠지만 말이지요."

그 말이 끝나기가 무섭게 폭발할 것 같은 살기가 엽사군에게 쏟아졌다.

일비의 존재를 눈치 채고 있던 엽사군은 전신을 압박하는 살기에도 태연자약했다.

"일비!"

공야치의 노한 음성이 터지고 엽사군을 압박하던 살기는 언제 그랬냐는 듯 깨끗하게 사라졌다.

"죄, 죄송합니다. 하지만 놈의 무례가……."

"손님이라 말했다."

더 이상 나서지 말라는 말.

"존명!"

일비의 기척이 완전히 사라지는 것을 느끼며 엽사군은 감탄의 탄성을 터뜨렸다. 근처에 있을 것이 분명하건만 어디에 있는지 도저히 알 수가 없을 정도로 일비의 은신은 완벽했다.

"무신 공야치의 진정한 힘은 의천맹이나 공야세가가 아니라 십비에게 있다더니 허언이 아니었습니다. 과연 대단하군요."

"녀석들의 힘이 궁금하더냐?"

"물론입니다."

"조만간 상대해 볼 기회가 있을 것이다."

"기대하고 있습니다."

공야치는 단 한 마디도 지지 않는 엽사군을 물끄러미 바라보았다.

자신을 앞에 두고 그와 같은 태도를 보였던 사람이 누가 있던가?

아무리 떠올려 봐도 단 한 사람뿐이었다.

흥미로운 것은 엽사군도 그와 꽤나 깊은 인연이 있다는 것. 그래서 그런지 엽사군이 왠지 밉지 않았다.

"자신감은 좋지만 마교의 힘을 너무 과신하지 않는 것이 좋을 게다."

"본 교의 힘을 과신하는 것이 아니라 제 능력을 믿을 뿐입니다."

"그 능력이라는 것이 바로 이것을 말하는 것이냐?"

공야치는 어느덧 자신의 몸을 감고 있는 투명한 채찍을 움켜잡았다.

은밀함은 밤안개와 같고 빠르기는 섬전과 같으며 벽력과도 같은 힘을 지녔다는, 자세히 들여다보지 않으면 도저히 구별하기 힘든 투명한 채찍. 그것이 바로 마도십병의 서열 칠위 무영은편이었다.

일반적으로 채찍이라 하면 노끈이나 가죽을 엮어 만드는 것이 보통이었지만 무영은편은 조그만 수정 수백 개를 연결해 만든 것으로 어찌 보면 사슬과 비슷했는데 빛을 반사시키지 않고 투영하여 낮에는 코앞에서 꿈틀대며 움직여도 좀처럼 알아보기 힘든 기병 중의 기병이었다.

"하하하, 노여워하지 마십시오. 그저 제 무기를 한번 보여드리고 싶었을 뿐입니다."

나름대로 시험을 해보고자 하였던 엽사군이 멋쩍은 웃음

을 흘리며 황급히 무영은편을 거둬들였다.

"인사는 그쯤 했으면 됐다."

축객령.

엽사군이 벌떡 일어났다.

"예, 조만간 열 개의 목을 들고 다시 찾아뵙겠습니다. 그때까지 편안히 계십시오."

엽사군은 처음과 마찬가지로 정중하게 예를 차린 후, 몸을 돌렸다. 그리곤 집 안 정원을 산보하듯 휘적휘적 팔을 저으며 청죽거에서 멀어져 갔다.

그가 완전히 사라졌을 즈음 공야치가 입을 열었다.

"어찌 보았느냐?"

"웃음 속에 칼이 보입니다. 그것도 막 굴러다니는 칼이 아니라 잘 벼려진 보검의 기운입니다."

"잘 봤다. 놈이 작정하고 덤벼든다면 꽤나 위협적일 것이야."

고개를 끄덕이는 공야치. 한데 무엇을 생각하는지 그의 입가에 아련한 미소가 떠올랐다.

"과연 그의 말이 맞구나. 제자들 중에 가장 위험한 녀석은 다른 누구도 아닌 계집애처럼 생긴 아이라며 훗날 잠자리를 조심해야 할 것이라더니… 틀림없어."

"그러면… 혹 전대 마교 교주가 아닌지요?"

"맞다."

무신이라는 건가? 273

"하, 하면 주군께서 을파소를 만나신 적이 있단 말씀입니까?"

"만나기만 했겠느냐? 하루 종일 수담(手談)도 나누었다."

무인들이 말하는 수담이 무엇이겠는가!

"겨, 결과를 여쭤봐도 되겠습니까?"

일비의 음성이 듣기 거북할 정도로 떨렸다.

평생을 바쳐 공야치를 보필한 그가 지금처럼 긴장한 적은 꽤나 보기 드문 일이었다.

대답은 간단했다.

"나는 공야치다."

그 한마디로 끝이었다.

무신 공야치!

더 이상 무슨 말이 필요하겠는가!

승패를 묻는 질문 자체가 불경이라는 것을 깨달은 일비가 황급히 잘못을 빌었다.

"소, 송구합니다. 부디 용서를……."

"용서를 구할 것도 없다. 네가 궁금해할 만큼 그는 충분히 강했으니까."

그 순간, 일비의 머리가 빠르게 회전했다.

'놈이 주군께서 인정하실 정도의 실력자가 자신할 정도의 고수라면…….'

"차라리 지금 처리하는 것이……."

"……."

"죄송합니다. 속하는 다만……."

"되었다. 네가 무슨 생각으로 그리 말을 하는 것인지 알고 있으니. 한데 처리하라면 자신은 있는 것이냐?"

"물론입니다."

당장에라도 명을 내려달라는 듯한 음성에 공야치의 입꼬리가 살짝 올라갔다.

"만만치 않은 녀석이다. 특히 그 무영은편은 참으로 매섭구나."

공야치는 무영은편과 접촉했던 손으로 시선을 주었다. 많지는 않으나 혈흔이 보인 것을 보면 손에 상처를 입은 것이 틀림없었다.

"괜찮으십니까?"

깜짝 놀란 일비가 소리쳤다.

"괜찮다. 살짝 긁힌 것뿐이다. 뭐, 나도 놈에게 적당한 벌을 주었으니 피장파장인 셈인가?"

"예?"

말뜻을 이해하지 못한 일비가 얼떨결에 되묻자 공야치는 더 이상 말을 섞기가 싫었던지 의자에 등을 기대고 앉아 지그시 눈을 감았다.

그리고 바로 그 순간, 청죽거를 얼마간 벗어난 곳에서 허리를 꺾은 엽사군이 무섭게 피를 토하고 있었다. 무영은편을 통해 들어온 무시무시한 힘이 내장을 뒤집어놓은 것이었다.

"과연 무신이라는 건가? 잠시 장난을 친 대가치고는 이건 너무 심하군."

검붉은 피를 한 사발이나 토해낸 그의 얼굴은 조금 전, 공야치에게 보여줬던 웃음기 있는 얼굴이 아니었다. 섬뜩한 살기로 뒤덮인, 눈빛만으로도 살인을 할 수 있을 정도로 차가운 냉기가 풀풀 풍겼다. 그것은 바로 조금 전, 그가 무영은편으로 자신의 수하를 죽인 의천맹 호법의 목줄기를 옭아맨 직후에 보여주던 표정과 다르지 않았다.

제29장

취몽산(醉夢散)

비바람이 거세고 한 치 앞도 보이지 않는 칠흑 같은 어둠을 뚫고 한 사내가 달리고 있었다. 그 뒤를 쫓아 수십, 아니, 족히 백은 넘어 보이는 인원이 저마다 고함을 질러대며 달려왔다.

가끔씩 뒤를 돌아보며 추격자들과의 거리를 가늠하는 사내.

딱히 부상을 당한 몸은 아니었음에도 얼굴은 고통으로 일그러져 있었다.

절벽.

깎아지른 절벽이 그의 발길을 막았다.

길이 막힌 것을 알고 있는지 추격자들의 걸음이 느려졌다. 대신 한 치의 허점도 보이지 않으려는 듯 촘촘히 포위망을 구축하며 조금씩, 조금씩 사내를 압박했다.

절벽 아래 펼쳐진 거대한 호수와 추격자들을 번갈아 살피는 사내의 얼굴이 절망감으로 물들었다. 절망감은 곧 체념으로 바뀌고 그의 어깨가 축 늘어졌다.

번쩍!

번개가 치며 추격자들의 모습이 잠시 드러났.

포위망을 구축하며 다가오는 이들의 맨 앞에는 선녀만큼이나 아름다운 용모의 여인이 있었다. 하지만 그녀는 고운 용모에 어울리지 않는 살기를 뿜어내며 사내를 공격하기 시작했다.

"마교의 주구! 죽어랏!"

사내는 아무런 반항도 하지 않았다.

그저 슬픈 눈으로 그녀를 바라볼 뿐이었다.

그녀의 칼이 사내의 단전을 정확하게 파고드는 순간에도 그는 그녀의 눈만을 응시하고 있었다.

"으으으으!"

귓속으로 파고드는 신음성에 잠시 졸고 있던 곡운의 눈이 번쩍 떠졌.

"깨, 깨어났구나!"

곡운이 양팔을 들고 괴로움에 뒤척이는 묵조영의 어깨를 움켜잡으며 소리쳤다.
"으으으!"
묵조영은 괴로운 표정과 함께 계속해서 신음성을 흘렸다.
"조영아, 정신 차려!"
곡운이 묵조영의 뺨을 치며 소리쳤다.
"으으으음!"
미약한 신음성과 함께 굳게 닫혀 있던 눈꺼풀이 조금씩 움직였다.
짙은 어둠을 뚫고 조금씩 새어 들어오는 빛.
뿌옇게만 보이던 것들이 조금씩 형상을 찾는 과정을 거치며 범우와의 충돌로 인해 주화입마에 빠진 지 정확히 팔 일째 되던 아침, 묵조영은 마침내 의식을 되찾았다.
힘겹게 눈을 뜬 그가 가장 먼저 본 사람은 초조한 낯빛으로 연신 혓바닥을 날름거리는 곡운이었다.
"이제 좀 정신이 드냐? 나다, 곡운이야."
묵조영은 말없이 고개를 끄덕였다.
곡운의 얼굴에 환한 웃음이 떠올랐다.
"후~ 망할 놈 같으니! 이렇게 정신을 차릴 것, 진즉에 눈을 뜨면 얼마나 좋아. 뭣 때문에 사람의 애간장을 그리 태우냐!"
방방 날뛰는 곡운에게 묵조영이 희미한 웃음을 지어 보였다.

"처웃기는! 남은 피가 바싹바싹 말라가는데 뭐가 좋다고 웃어!"

핀잔 섞인 어투로 투덜대는 곡운, 그러나 그의 표정은 전에 없이 생기가 넘쳤다.

"하… 추 소저는… 어때?"

묵조영의 질문에 곡운의 얼굴에 어이없는 빛이 떠올랐다.

"야! 그게 팔 일 만에 깨어나서, 부상도 제대로 치료하지 못하고 니놈 병간호하느라 뼈다귀밖에 남지 않은 친구에게 할 소리냐? 최소한 '걱정했지?', '고생했다' 이런 말을 먼저 하는 게 도리 아냐?"

"어떠… 냐니까?"

"어떻긴 뭘 어때! 팔 조금 다친 것 빼고는 멀쩡하지. 지금쯤이면 그 부상도 거의 치료가 되었을 거다."

"다행이다."

묵조영이 그제야 안도의 한숨을 내쉬었다.

정신을 잃고 있던 동안에도 그의 뇌리 속은 오직 추월령의 걱정뿐인 듯싶었다.

"너는… 괜찮으냐?"

묵조영은 도끼눈을 하고 있는 곡운을 의식하곤 조용히 물었다.

"홍, 빨리도 묻는다. 괜찮냐고? 추 소저가 문제가 아니라 나야말로 중상이다. 네놈 병간호하느라 내상도 제대로 다스리지 못했다고."

곡운이 죽을상을 쓰며 앓는 소리를 하자 묵조영이 피식 웃음을 터뜨렸다.

"고작 팔 일 가지고 너무 그러지 마라."

"뭐야!"

곡운이 발끈해서 소리쳤다.

"왜 이러실까? 벌써 잊어버린 것은 아니겠지? 난 무려 보름이었어. 걱정은 걱정대로 하고 게다가 온갖 눈총까지 다 받으며 버틴 시간이."

생기가 돌아오는지 농담을 주고받는 묵조영의 흐릿했던 눈빛이 점점 밝아졌다.

"흠흠. 갑자기 옛날 얘기는."

유세를 떨려다 본전도 찾지 못한 곡운이 헛기침을 하며 슬그머니 고개를 돌렸다.

"한데 벌써 팔 일이나 지난 거냐?"

"그래, 팔 일 만이다. 네가 그 괴물 같은 인간을 쓰러뜨리고 의식을 잃었던 시간이."

곡운의 음성이 살짝 떨렸다.

지금껏 툴툴대며 호들갑을 떨었지만 지난 팔 일간, 묵조영이 영영 깨어나지 않거나 혹여 폐인이 될까 봐 그가 겪은 마음고생은 이루 말을 할 수가 없을 정도였다.

그런 곡운의 마음을 너무도 잘 알고 있던 묵조영이 천천히 손을 뻗었다. 그리곤 곡운의 어깨를 툭 쳤다.
 묵조영과 곡운의 눈이 마주쳤다.
 이심전심(以心傳心).
 뭐라 말을 하지 않아도 둘은 서로의 마음을 알 수 있었다.
 "네 덕분이다. 내가 깨어난 건."
 "아무렴. 두말하면 잔소리지."
 곡운이 씨익 웃으며 대꾸했다.
 "그나저나 싸움은 정확히 어떻게 된 거야? 내가 이기긴 이긴 거냐?"
 "기억 안 나?"
 "어렴풋이. 하지만 정확하지는 않아. 마지막에 공격이 제대로 먹힌 것까지는 그런대로 기억나기는 하는데······."
 "그 공격 이후 너도 정신을 잃었어."
 "그랬구나."
 묵조영이 고개를 끄덕였다.
 "그리곤?"
 "그리곤 뭘 그리곤. 우두머리가 작살이 났으니 사실상 싸움은 그것으로 끝난 거지. 게다가 네가 정신을 잃자마자 사방에서 지원군이 도착을 했다."
 "지원군?"
 "그래. 천하사대세가 어쩌구 하는 혁씨세가를 비롯하여 꽤 많은 인원이 도착하더라. 참, 황산에서도 왔다. 그러고 보니 어젠 검각에서도 왔군."

"검… 각에서?"

"그래. 올 만도 했지. 이번 싸움을 통해 살아남은 인원이 고작 여섯에 불과했으니까. 그런데 대단하더라."

"응? 뭐가?"

"검각의 각주 말이야. 인상 좋은 아저씨처럼 생겼는데 살짝살짝 풍겨 나오는 기세가 장난이 아니더라고."

"그랬구나."

고개를 끄덕인 묵조영이 천천히 몸을 일으키려 하였다.

바로 그때였다.

"무리하지 말거라. 아직 정상적인 몸이 아니다."

문가에서 묵직하면서도 차분한, 그러면서도 정감이 있는 음성이 들려왔다.

'이 목소리는……'

낯설지 않은 음성이었다.

묵조영의 시선이 문 쪽으로 향하고 그는 막 방문을 들어서는 한 중년인을 볼 수 있었다.

그 옛날 자신의 목숨을 살려줬던 성수의가의 심건이었다.

"어, 어르신!"

단박에 그를 알아본 묵조영이 반가운 음성으로 외쳤다.

"그래, 오랜만이구나."

심건도 웃는 낯빛으로 고개를 끄덕였다.

"어르신께서 어떻게 여기를……."

그를 보게 될 줄은 꿈에도 몰랐던 묵조영이 몸을 일으키며 물었다.

"의천맹의 요청으로 오게 됐다. 원래는 내가 아니라 조카 녀석이 오기로 되어 있었는데 출발을 하루 앞두고 하필 그 녀석이 앓아눕지 뭐냐. 다 너의 운인 게지."

너털웃음을 흘린 심건이 묵조영의 손목을 잡더니 지그시 눈을 감았다.

진맥을 방해하지 않기 위해 잠깐의 침묵이 흘렀다.

잠시 후, 눈을 뜬 심건이 고개를 끄덕였다.

"다행이다. 아직 완전하다고는 할 수 없으나 뒤틀렸던 기혈들이 모두 제자리를 찾았구나."

"그럼 괜찮은 겁니까?"

곡운이 참지 못하고 물었다.

"그래. 하지만 조심하는 게 좋아. 언제 다시 발작을 일으킬지 모르니까 말이다."

"감사합니다, 어르신."

묵조영도 고개 숙여 인사를 했다.

"문제를 완전히 해결한 것도 아니고 그저 미봉책에 불과할 뿐이다. 쯧쯧, 그러게 네 몸에 있는 문제를 완전히 해결하지 않고는 함부로 내공을 일으키지 말라고 하지 않았느냐? 그 힘이 어떤 기운이라고 함부로 움직여?"

심건이 혀를 차며 책망을 했다.

"죄송합니다. 어찌하다 보니 그리되었습니다."

"어찌 된 사정인지는 들어 알고 있다. 하나, 앞으로라도 조심에 조심을 해야 할 것이야."

"명심하겠습니다."

묵조영이 다시 한 번 머리를 조아렸다. 그러자 곡운이 슬며시 끼어들었다.

"어르신이 아니었으면 넌 이미 죽은 목숨이야. 다른 사람들은 어찌할 엄두도 내지 못했는데 저 어르신께서 며칠 밤을 지새우시면서 너를 치료하셨다. 침술이 어찌나 기가 막히시던지……"

곡운은 그가 단 한 번의 손동작으로 묵조영의 몸에 수십 개의 침을 놓던 장면을 떠올렸다.

며칠이 지났건만 잠시 떠올리는 것만으로도 팔에 소름을 돋게 만들 정도로 심건의 침술은 대단했다. 게다가 그의 내상도 침술의 도움으로 완전히 회복하게 된 지금, 심건에 대한 곡운의 공경심은 극에 달해 있었다.

"거듭 말하지만 운이 좋았다. 내가 너의 몸 상태를 누구보다 잘 알고 있었으니까. 한데 한 가지 궁금한 것이 있구나."

"말씀하십시오."

"치료를 하다 보니 몸속에 잠재해 있던 세 기운이 꽤나 많이 흡수된 것으로 보였다. 그랬기에 망정이지, 옛날 같은 상태였으면 나 역시 치료할 엄두를 내지 못했을 터. 거기에 더해 네 몸에서도 은연중 알 수 없는 기운이 움직이더니 내상을 치유하려 하였다. 어찌 된 것이냐?'

'천마호심공.'

묵조영은 심건이 말하는 몸의 기운이 천마호심공의 공능이라는 것을 금방 알 수 있었다.

그에게 목숨을 구원받은 지 벌써 두 번째. 하지만 아무리 생명의 은인이라도 천마호심공에 대해선 사실대로 말할 수 없었다.

"인… 연이 있어 익힌 내공심법의 도움을 받은 것 같습니다."

"그래? 그렇다면 정말 다행이구나. 아무튼 그 기운 덕에 보다 수월하게 치료할 수 있었다."

묵조영의 안색이 살짝 변하는 것을 본 심건은 그에게 말 못할 사정이 있음을 짐작하고는 더 이상 캐묻지 않았다.

"참, 그 얘기 들었냐?"

곡운이 다소 진지한 표정으로 입을 열었다.

"뭐를?"

"네가 가지고 온 비밀이 풀렸다는 것 말이야."

순간, 묵조영이 고개를 살포시 갸웃거렸다.

"검지?"

"그래. 그 비밀이 풀린 것 같더라."

"언제?"

"지난밤에."

"흠, 그랬구나."

그걸로 끝이었다.

묵조영은 더 이상 관심이 없다는 듯 별다른 반응을 보이지 않았다. 생각만큼 반응이 시원찮았는지 곡운이 샐쭉한 표정을 지으며 말을 이었다.

"무관심하기는! 최소한 누가, 어떻게 풀었는지, 또 검지의 비밀이라는 게 뭔지 궁금해하는 모습이라도 보여야 하는 거 아냐?"

"어차피 나하곤 상관이 없으니까."

"왜 상관이 없어. 목숨 걸고 지켜온 사람이 누군데."

"그건 내 의무였고."

"의무도 의무 나름이지! 게다가 지난 싸움에서 네 활약이 아니었으면 지키지도 못할 비밀이었다!"

곡운이 버럭 화를 내며 소리쳤다.

"알았다, 알았어. 그래, 누가, 어떻게 알아냈냐? 그리고 그 비밀이라는 게 뭔데?"

묵조영이 쓴웃음을 지으며 물었다.

"홍, 엎드려 절 받는 꼴이로군. 그래도 중요한 일이니까 내 설명을 해주마."

곡운이 가소롭다는 듯 콧방귀를 뀌었다. 그러면서도 금방 표정을 바꿔 설명을 시작하려는 것을 보면 어지간히 입이 근지러운 모양이었다.
"네가 검지의 비밀을 전한 후, 인근 지역에서 난다 긴다 하는 학자들이 몰려와 다들 머리를 맞댄 것은 알고 있지?"
"응."
"좋아. 우선 네가 전한 비밀 기억해?"

시황제(始皇帝), 평호추월(平湖秋月).

잠시, 그가 전한 글귀를 떠올린 묵조영이 고개를 끄덕였다.
"알지."
"첫 번째 단어인 시황제가 의미하는 말이 뭔지 알아?"
알 리가 없었다.
묵조영이 짜증나는 표정으로 곡운을 노려보자 곡운이 멋쩍은 웃음을 흘리며 재빨리 말을 이었다.
"검지에 대한 전설은 알지?"
"그래."
"그런데 전설이 약간 각색이 되었다면?"
"무슨 소리야?"
"전설에 의하면 시황제는 검지를 발굴하려는 것을 포기했다고 하잖아."
"그랬지."

"만약 그것이 오히려 시황제가 퍼뜨린 소문이라면?"
"그럼 시황제가 검지를 발굴했다는 거야?"
묵조영이 깜짝 놀라 되물었다.
"바로 그거야. 지 무덤처럼 아무도 몰래 검지를 이동시켜 놓고 다른 사람들이 알까 봐 그따위 소문을 퍼뜨린 것이지. 모르긴 몰라도 발굴 작업에 관계된 사람은 모조리 이렇게 되었을 거다."
곡운이 자신의 목을 그으며 인상을 구겼다.
"그래서? 계속해 봐."
묵조영이 다음 설명을 재촉했다.
"오호, 이제야 제대로 관심을 보이는군 그래."
눈을 반짝인 곡운이 헛기침을 두어 번 하더니 입을 열었다.
"그렇다면 '평호추월'의 의미는 무엇일까? 학자들의 머리를 싸매게 만든 것이 바로 그 단어였지. 시황제와 평호추월이라는 단어를 연결시킬 고리가 전혀 없었기 때문이야. 학자들이 그 말뜻을 알기 위해 제자백가, 사서삼경은 물론이고 분서갱유 이후 만들어진 모든 책을 이 잡듯이 뒤졌다더라. 그 글귀를 찾기 위해 아주 난리를 친 모양이야."
곡운은 미친 듯이 책을 뒤졌을 학자들의 모습을 그리며 고개를 절레절레 내저었다.
"그 많은 책을 모조리? 그 짧은 시간에?"
묵조영이 어처구니없는 표정을 지었다.

"설마 모조리 뒤지기야 했겠냐? 그냥 그만큼 노력했다는 말이겠지. 어쨌든 그 말이 있기는 있었던 모양이다. 그냥 말 그대로 '잔잔한 호수에 비친 가을 달'이라는 뜻이. 하지만 그러면 뭐 해? 그 안에 담긴 진짜 내용을 모르면 말짱 꽝이지."

"음."

"그런데 말이야. 사실 그 안에 담긴 뜻을 찾아낸다는 것 자체가 멍청한 짓이었어."

"그건 또 무슨 말이야?"

"평호추월은 평호추월일 뿐 그 이상도 이하도 아니라는 말이지."

무슨 말을 하는 것인지 이해가 가지 않던 묵조영의 이맛살이 절로 찌푸려졌다.

"다른 깊은 뜻을 담은 글귀가 아니라 말 그대로 '잔잔한 호수에 비친 가을 달'이라는 뜻이라니까."

묵조영은 여전히 이해가 가지 않는다는 표정이었다.

"하긴, 나도 처음엔 무슨 소리를 하는지 전혀 몰랐으니까."

곡운은 아침나절 운학이 검지의 비밀에 대해 설명을 해주었을 때 자신과 무당오수들이 취했던 행동들이 묵조영과 다르지 않음을 상기하며 웃음 지었다.

"평호추월의 의미에서 막힌 학자들은 결국 원점으로 돌아가서 처음부터 다시 분석을 하기 시작했지. 그리고 한 가지 재밌는 사실을 알아낼 수 있었어. 아니지. 워낙 잘 알려져서 솔직히 알아냈다고 하기엔 조금 그렇다. 그냥 그런가 보다 해서 아무도 생각하지 않았던 것을 눈치 챈 거야."

"그게 뭔데?"

"항주."

"항주?"

"그래, 항주. 항주가 어째서 지금의 항주가 되었는지 알아?"

묵조영이 고개를 가로저었다.

"조그만 어촌 마을에 현(전당현(錢塘縣):항주의 옛 이름)을 세우고 지금처럼 발달시킨 사람이 바로 시황제란다."

"아!"

"이 근방에 사는 사람이라면 다 아는 사실이라더라."

"그렇구나."

"소주에서 고작 사흘 거리밖에 되지 않는 곳에 시황제와 관련된 곳이 있다. 뭔가 의미심장하지 않아?"

"음, 진짜 검지에서 보물을 얻은 후, 항주 어딘가에 은밀하게 숨겨놓았단 말이야?"

"아마도."

"그건 오히려 위험하지 않을까? 사람들 기억에서 가급적 항주라는 지명이 오르내리지 않는 것이 좋을 텐데."

"그럴 수도 있겠지. 하지만 등잔 밑이 더 어두운 법이야."

"음."

쉽게 동의할 수는 없었지만 돌려 생각하면 그럴 수도 있다 싶었다.

"좋아. 일단 비밀이 가리키는 곳이 항주라고 치고. 그 다음은? 평호추월에 대한 비밀은 뭐야?"

"항주에 서호라는 호수가 있는데 그곳의 경치가 가히 예술이라더라. 특히 잔잔한 물결에 둥실 떠 있는 달을 보면 그 아름다운 경치에 취하지 않는 자가 없다던데… 특히 가을에 그렇다지, 아마?"

"잔잔한 호수… 달, 가을! 평호추월!"

"쯧쯧, 이제야 감이 좀 오냐? 아까 나는 항주 운운하는 순간에 이미 다 알아들었다."

곡운이 둔감하기 그지없는 묵조영의 눈치를 타박하며 혀를 찼다. 하지만 운학이 들으면 뒷목을 부여잡고 거품을 물 일. 곡운은 이후에도 한참을 더 설명한 후에야 알아들었으니까.

"딴은 그렇지만 너무 억지스러운 것 아니야?"

"그럴까? 서호에 가면 '서리 내린 듯 달빛은 밝고, 한잔 술에 취해…' 라나 뭐라나? 아무튼 한 전각의 모퉁이에 '평호추월'이라는 시가 적혀 있다던데."

"허! 벌써 거기까지 조사가 끝난 거냐?"

"직접 가보진 않았고……."

"그럼 그걸 어찌 믿어? 그냥 우연일 수도 있잖아."

묵조영이 회의적인 표정을 짓자 곡운이 기다렸다는 듯 되받아쳤다.

"그 시를 지은 사람이 검지의 비밀을 풀어낸 제갈선 본인이라면?"

"뭐?"

묵조영이 두 눈을 동그랗게 떴다.

"그리고 그 얘기를 해준 사람이 제갈선과 함께 여행을 하다 시를 직접 전각에 쓴 사람이라면?"

"그, 그 사람이 누군데?"

"제갈솔."

"제갈… 솔? 아! 제갈솔!"

잠시 고개를 갸웃거리던 묵조영이 무릎을 탁 치며 탄성을 질렀다.

과거 제갈세가를 떠나기 직전, 범률을 제외하고 그가 검지의 비밀을 전해도 되는 사람은 의천맹의 맹주와 문상 제갈솔뿐이라 강조했던 제갈선의 말을 기억한 것이다.

"그럼 뭐야? 세갈 선배는 이미 검지에 다녀온 것 아냐?"

"아니, 그건 아닌 것 같더라. 제갈솔 본인이 그렇게 말했으니까."

"한데 그 사람은 언제 온 거야? 내가 알기로 제갈솔이라면 의천맹의 문상, 함부로 움직일 처지가 아닐 텐데 말이야."

"그만큼 검지를 중히 여기고 있다는 거야. 게다가 본가인 제갈세가가 그 꼴을 당했는데 가만히 있을 수 없었겠지. 아까 언뜻 봤는데 깐깐하게 생긴 것이 여간 만만치 않겠더라."

"그렇구나. 후~"

검지의 비밀이 풀렸다는 말을 들은 묵조영은 왠지 허탈한 마음에 긴 한숨을 내쉬었다.

"사실 이것도 아는 사람은 거의 없어. 내가 운학 사형을 졸라서 겨우겨우 알아낸 거야. 대대적인 입단속이 있었는지 수뇌들만 알고 있더라고."

"그렇구나."

"그리고 하나 더."

묵조영의 시선이 곡운에게 향하고 곡운이 다소 긴장된 표정으로 말을 했다.

"사흘 후에 항주로 간다더라."

"사흘 후?"

"그래."

곡운이 고개를 끄덕이자마자 묵조영이 물었다.

"검각은?"

"후~ 너라는 놈은……."

곡운이 질린 표정으로 그를 바라봤다.

"검각은!"

"간다, 가! 당연히 간다! 검지 때문에 그 많은 희생을 치렀는데 그럼 너 같음 안 가겠냐?"

"그럼… 나도 간다."

"어이구, 그러세요? 어련하겠어요! 에라이!"

그럴 줄 알았으면서도 막상 입으로 듣자 이유없는 짜증이 치솟았다.

"이제 얘기가 다 끝난 것인가?"

한쪽에서 묵묵히 대화를 듣던 심건이 곡운에게 물었다.

"예? 예."

"그럼 자리 좀 비켜주게나. 둘이 할 얘기가 있다네."

"아, 알겠습니다."

궁금증이 일었지만 곡운은 잠자코 자리에서 일어나 방문을 나섰다.

"제게 하실 말씀이라도……?"

"그래."

살짝 고개를 끄덕이는 심건, 그러나 무슨 이유인지 그는 곡운이 자리를 뜨고도 일각이 흘렀음에도 쉽게 입을 열지 못했다.

'대체 무슨 말씀이기에.'

묵조영은 좀처럼 입을 열지 않고 고민에 고민을 거듭하는 심건의 모습에서 알 수 없는 불안감을 느꼈다.

"후~"

마침내 결심을 했는지 마지막으로 크게 심호흡을 한 심건이 묵조영을 불렀다.

"조영아."

"예, 어르신."

"그렇잖아도 내 너를 만나려고 하였다."

"일전에 세가에서 성수의가에 한 번 들르라고 하셨다는 말씀을 전해 들었습니다."

"그래, 그런 부탁을 했었지."

"부모님에 관해 긴히 하실 말씀이 있다고 들었습니다."

"그래. 바로 네 부모님 문제로 네게 꼭 전해야 할 말이 있다."

"말씀하십시오."

묵조영은 차분히 그의 말을 기다렸다.

잠시 머뭇거리던 심건이 차 한 잔을 들이켜더니 착 가라앉은 음성으로 입을 열기 시작했다.

"너는 네 부모님이 어찌 돌아가셨는지 기억을 하느냐?"

"예?"

난데없는 질문에 묵조영이 두 눈을 크게 뜨고 되물었다.

"부모님이 어찌 돌아가셨는지 기억이 나느냐 물었다."

"그, 그게 그러니까……."

벌써 십수 년이 흐른 일. 기억이 아주 없는 것은 아니나 그렇다고 딱히 기억난다고 할 것도 별로 없었다.

"그냥… 병으로 돌아가셨습니다."

"꽤 오래 앓으셨지?"

"예. 한… 일 년은 고생하셨던 것 같습니다."

묵조영이 기억을 더듬으며 대답했다.

"두 분 모두?"

"예."

"역시 그랬군."

그 말을 끝으로 심건이 또다시 침묵을 지켰다. 그러자 더 이상 참지 못한 묵조영이 물었다.

"이유를 듣고 싶습니다."

물끄러미 묵조영을 살피는 심건.

그의 눈에서 슬픔과 분노, 그리고 안타까움이 한데 어우러진 묘한 눈빛이 흘러나왔다.

"네… 부모님은… 병으로 돌아가신 게 아니다."

"예? 그게 무슨 말씀이신지……?"

일순 이해를 하지 못한 묵조영이 말꼬리를 흐렸다.

"네 부모님은 병으로 돌아가신 것이 아니라……."

작심을 했는지 심건의 음성이 단호해졌다.

"살해당하셨다."

"그, 그게 무슨 말씀이십니까?"

묵조영의 얼굴이 딱딱하게 굳어버렸다.

"누군가에 의해 살해당했단 말이다."

"헉!"

꽝!

묵조영은 거대한 망치가 뒷머리를 후려치는 듯한 충격에 정신이 혼미해졌다.

"마, 말도 안 됩니다. 살해라니요!"

"믿기 힘들겠지. 나도 처음엔 그랬으니까. 하지만 어김없는 사실이다."

"어, 어르신께서 잘… 못 아신 것은 아닙니까?"

"내가 그런 엄청난 일을 아무런 증거도 없이 함부로 말할 성싶으냐? 네게는 참으로 안 된 일이다만 틀림없는 사실이다."

"진정, 진정 사실이란 말입니까?"

믿을 수도, 믿고 싶지도 않은, 그리고 절대 있을 수 없는 일이었기에, 있어서는 안 되는 일이었기에 질문을 하는 묵조영의 표정은 간절했다.

그의 바람에 부응할 수 없었던 심건의 표정도 착잡하게 변해갔다.

"증거가 있다."

"지금… 증… 거가 있다고 하셨습니까?"

"그래."

묵조영은 너무나도 확고부동한 심건의 태도에 그 증거가 무엇인지도 묻지 못했다.

한참 만에 간신히 정신을 수습한 묵조영이 여전히 빠개질 듯 아픈 머리를 부여잡고 조용히 물었다.

"어찌 된 일인지 말씀해 주십시오."

한층 차분해진 그의 음성을 들으며 심건이 한숨을 내쉬었다.

"그래, 알아야겠지. 천하의 모든 이가 몰라도 너만은 알아야 할 것이다. 지금부터 그간 내가 조사한 일들에 대해 설명을 해주마. 꽤나 충격이 있을 터, 마음 단단히 먹어야 한다."

"예."

"네가 떠난 후에도 난 여전히 세가에 남아 있었다. 삼 년 전에야 비로소 황산묵가를 떠나 본 가로 돌아올 수 있었는데 네 생각도 나고 하여 집으로 돌아오기 전, 네 부모님이 모셔져 있는 사당에 갔었다."

꿀꺽.

묵조영이 타는 듯한 갈증을 느끼며 침을 삼켰는데 그 침 삼키는 소리가 천둥소리만큼이나 크게 들렸다.

"천운이었을 게다. 내가 인사를 드리는 도중 네 부모님의 유골함에 이상이 있다는 것을 알아챈 것은."

묵조영은 숨도 쉬지 못했다.

"일반적으로 유골이 모셔져 있는 곳에는 벌레들이 꼬이기 마련이다. 해서 매일같이 관리를 해주어야 하는 법이지. 그런데 그날만큼은 미처 청소를 하지 못했는지 몇몇 벌레들이 부지런히 움직이고 있더구나. 그런데 말이다. 이상하게도 유독 네 부모님의 유골을 모신 함에는 벌레들이 접근을 하지 못했다. 아니, 하지 않았다는 것이 정확하겠지. 난 그 즉시 벌레들의 움직임을 자세히 관찰하기 시작했다. 몇 마리를 잡아서 유골함 위에 올려놔 보기도 하면서. 하지만 그때마다 벌레들은 필사적으로 유골함에서 벗어나려 했다. 다른 유골함에선 평소와 다름없던 벌레들이 네 부모님 유골함에선 아등바등하며 도망치더란 말이다."

"어, 어째서……."

"독이다. 오직 그 이유로만 설명할 수 있다."

"독!"

묵조영이 놀라 부르짖었다.

"독이 골수에 침투하면 화장을 해도 그 흔적이 남는 법. 벌레들은 본능적으로 독을 감지하고 피한 것이다."

"도, 독이라니!"

묵조영은 입술을 덜덜 떨고 있었다.

그의 반응과는 상관없이 심건의 설명은 계속 이어졌다.

"확신은 했지만 그래도 만에 하나라도 내 판단이 잘못될 수 있는 것. 너와 네 부모님에겐 진정 미안한 일이지만 난 어쩔 수 없이 유골함에 손을 대야 했다. 그리고 성수의가로 돌아와 재로 변한 유골의 성분을 분석하기 시작했다."

"독… 이었습니까?"

"그래, 독이었다. 그것도 세간엔 이름도 제대로 알려지지 않은 극독!"

묵조영은 주먹을 움켜쥐고 두 눈을 질끈 감고 말았다.

파르르 떨리는 눈썹이 지금 그의 심정이 어떠한지 보여주고 있었다.

"그 독의 이름을 알아내는 데 무려 이 년이란 시간이 흘렀다."

번쩍 눈을 뜬 묵조영이 물었다.

"무엇입니까?"

"취몽산(醉夢散)."

"취.몽.산!"

"이름과는 달린 취몽산의 위력은 그야말로 살벌한 것으로 취몽산 한 줌이면 마을 하나 정도는 흔적도 없이 날려 버릴 수 있을 정도다. 단, 극히 소량의 취몽산을 물로 수십 배 희석해서 썼을 때는 그 반응이 조금 다르다. 처음 그 독을 접하면 오히려 기운이 나고 전신에 활력이 넘친다. 아무도 독이라 느끼지 못해. 그리곤 하루, 이틀이 지나면서 조금씩 그 마각을 드러내지. 점점 피곤에 찌들고 점점 환각을 보기 시작한다. 그때쯤이면 심한 구토와 두통을 수반하는데 각혈을 하는 사람들도 있다."

묵조영의 뇌리에 매일같이 찾아오는 두통에 힘들어하던 어머니와 피를 토하느라 허리가 휠 정도로 기침을 하던 아버지의 모습이 떠올랐다.

"그런 증상들이 이어지면……."

"그만, 그만 하십시오."

부모님이 어떤 고통을 겪었는지 바로 곁에서 지켜본 그가 아니던가! 더 이상 들을 수가 없었는지 묵조영이 심건의 말을 잘랐다.

"알았다. 그만 하마. 하지만 한 가지만 더 말해두마. 네 부모님의 경우는 취몽산을 희석해서 오랜 시간을 두고 중독시킨 것이다. 그렇지 않다면 그렇게 오랫동안 고통을 받으며 생존할 수 없다. 하긴, 그렇게 해야만 독을 썼다는 흔적이 남지 않을 테니까. 결국 이 모든 것을 종합해 볼 때 범인은… 틀림없이 세가 내에 있다!"

"……."

고개를 떨군 묵조영은 말이 없었다.

애당초 그가 말을 하지 않아도 묵조영은 알고 있었다.

제아무리 황산묵가가 과거의 위세를 잃었다고는 하나 천하에 그 누가 있어 세가 내에 몰래 잠입하여 묵가의 장자를 중독시켜 죽일 생각을 할 것인가? 그것도 오랜 시간 동안 정성을 들여가며! 그렇게 할 수 있는 사람은 오직 세가의 식솔들뿐이었다.

"여기까지가 내가 조사해서 밝혀낸 일이다."

"……."

"괜찮으냐?"

심건이 묵조영의 어깨를 짚으며 물었다.

"……."

"후~ 네게 말을 해야 하는 것인지 나도 꽤나 고민을 했다. 하나, 말을 해줘야 한다고 여겼다."

"……."

터져 나오는 오열을 참기에도 힘들었던 묵조영은 여전히 아무런 말도 할 수가 없었다.

"힘들 것이다. 쉽게 받아들이기도 어려울 것이야. 그래도 어찌하겠느냐? 네 부모님의 일인 것을. 힘을 내거라."

"고맙… 습니다."

"아, 그리고 하나 더. 취몽산은 오직 한곳에서만 취급된다."

순간, 묵조영의 고개가 천천히 들려졌다.

"그곳이… 어딥니까?"

"당가. 현 무림에 취몽산을 만들어낼 수 있는 곳은 오직 당가뿐이다. 누가 부모님을 중독시킨 것인지 알려면 반드시 당가를… 아니다. 그만두자. 쉬거라."

그 말을 남기고 심건은 방문을 나갔다.

"당… 가."

조용히 읊조리는 묵조영.

문득 그의 뇌리로 한 사내의 얼굴이 떠올랐다.

독으로 온갖 고문을 시도하다가 결국은 실패를 하고 어쩔 줄을 몰라 하던 사내.

'무면객, 아니, 천독수 당록이라고 했던가? 언젠가 한 번은 당가로 찾아와 달라고 했지.'

마지막 고문을 실패하고 돌아설 때 은밀히 전해 들은 그의 이름과 당부가 생생하게 기억이 났다.

"갈 것이오. 가서 취몽산에 대해 물을 것이외다. 누가 어떤 용도로 취몽산을 가져갔는지, 반드시 따져 물을 것이오."

묵조영의 눈에서 서슬 퍼런 한광이 흘러나왔다.

"그래서 우리 부모님을 해친 자가 누구인지 반드시 알아낼 것이오. 취몽산을 써서 그토록 고생을 하게 만든 자가 누구인지 밝힐 것이오. 이후……."

묵조영은 일순 서러움이 복받쳐 할 말을 잃고 말았다.

세가 내에 범인이 있다는 말이 그렇게 가슴 아플 수 없었다. 그것을 부정할 수 없었기에 더 그랬다.

"으으으으."

묵조영의 입에서 고통의 신음성이 흘러나왔다.

피를 나눈 가족에게 당한 배신의 아픔이 뼛속까지 파고들었다.

"그까짓, 그까짓 권력이 뭐라고!"

부친이 독살을 당한 이유란 오직 하나뿐. 하지만 가주 자리엔 조금도 욕심을 내지 않던 부친이 아니던가.

무공을 싫어해 익힌 무공이라야 간단한 운기법 정도가 전부였던 부친. 평생을 그렇게 욕심없이 사신 분이 친족에게 살해를 당했다고 생각하니 피가 거꾸로 솟았다.

그리고 마지막까지 걱정스런 눈길을 보내던 어머니.

"어머니는 분명히 아셨던 것이다. 그랬기에 그런 슬픈 눈으로 나를 보셨던 것이야. 나 역시 당신들과 같은 처지가 될 것을 걱정하시며."

쾅!

치미는 분노를 참지 못하고 휘두른 묵조영의 주먹에 기둥 하나가 박살이 나버렸다.

"용서치 않을 것이다. 결코! 결코 용서치 않으리라!"

묵조영의 전신에서 지금껏 볼 수 없었던 살기가 이글이글 타올랐다.

"아아아아아아아!!"

묵조영은 격정을 참지 못하고 미친 듯이 함성을 질렀다.

지붕이 들썩이고 전각의 기둥이 휘청거렸다.

닥치는 대로 휘두르는 그의 주먹에 전각 안의 모든 물건들이 박살나 버렸다.

노호성은 곧 울부짖음으로 변했고, 점점 흐느낌으로 변해갔다.

"하아~"

난데없는 소란에 놀란 이들이 전각 주변으로 몰려드는 것을 막고 있던 심건의 입에서 안타까운 한숨이 흘러나왔다.

"부모님의 원수가 세가 내에 있다는 것은 곧 피를 나눈 형제가 관련이 있다는 것. 원수를 갚을 수도 없고, 그렇다고 갚지 않을 수도 없으니… 차라리 세가 내 다른 세력의 인물이 저질렀다면 그나마 편할 것을……."

물론 그럴 가능성이 전혀 없다는 것을 알기에 심건 역시 괴로운 심사를 감추지 못했다.

오장육부를 쥐어짜며 내뱉는 듯한 묵조영의 울부짖음은 이후로도 한참을 계속되다가 황급히 달려온 곡운에 의해서 비로소 멈춰졌다.

제30장

더 이상은 참지 않는다

천지가 모두 잠든 깊은 밤에도 범률의 집무실의 불은 여전히 밝혀져 있었다.

상석에 앉아 회의를 주관하는 사람은 이틀 전 아침, 백여 명의 병력을 이끌고 도착한 의천맹의 장로 사일승(史一承)이었다.

"준비는 잘되고 있나?"

사일승이 마주 앉아 있는 범률에게 물었다.

"예, 몇 가지 미비한 것은 있으나 모두 마무리가 될 것입니다."

범률이 공손히 대답했다.

부상의 후유증이 남아 있는지 그의 안색은 여전히 좋지 않았다.

"그래, 수고하였네. 참, 이번에 참여하는 인원이 정확히 얼마라 하였는가?"

대답은 범률이 아니라 다른 사람의 입에서 흘러나왔다.

"정확히 백오십 남짓입니다."

삼십대 중반의 나이에 문사건을 쓰고 단아하게 앉아 있는 사내. 어디서나 볼 수 있는 서생의 모습이었지만 그가 지닌 신분은 결코 만만한 것이 아니었으니, 의천맹의 문상 제갈술이 바로 그였다.

"백오십? 너무 적은 것 아닌가?"

현재 소주지부에 몰려 있는 무인들의 수는 물경 칠백에 달했다. 백오십이라면 사분지 일도 되지 않는 인원이었다.

"인원이 많다고 좋은 것은 아닙니다. 오히려 혼란만 가중될 수 있지요. 각 문파에서 정예로만 차출하였으니 적다고만은 할 수 없는 숫자입니다."

"각 문파라면 어떤 문파를 말함인가?"

범우에게 입은 부상으로 아직 거동이 여의치 않은 장로 마국충이 물었다.

"의천맹에서 오십 명, 혁씨세가에서 이십오 명, 황산묵가에서 이십 명, 검각에서 이십 명. 그리고 나머지는 무당파를 비롯한 기타 문파의 사람들로 채워질 것입니다."

"흠, 의천맹, 혁씨세가, 묵가와 검각을 제외하고는 각 문파에서 많아야 두세 명 정도 참여시킬 수 있는 인원이로군. 반발은 없겠는가?"

"어쩔 수 없습니다. 실력도 없는 사람들을 데리고 움직여 봐야 방해만 될 뿐입니다."

제갈솔은 냉정하게 잘라 말했다.

무엇보다 그리 말을 할 수 있는 것이 현재 회의실에 모인 인원 중 위에서 언급한 네 문파를 제외하고는 오직 무당의 명진 도장과 운학뿐이었기 때문이다.

"그 친구는 어찌할 생각인가?"

범률이 운학을 슬쩍 바라보며 물었다.

"그 친구라면… 아, 묵조영이라는 신객 말씀이십니까?"

"그렇네."

"아직 결정하지 못했습니다. 그렇잖아도 여러분의 의견을 들어보려던 참입니다."

자리에서 일어난 제갈솔이 좌중을 둘러보며 입을 열었다.

"여러분은 어찌 생각하십니까?"

"묵조영이라면 이번에 호교단주를 격퇴시켰던 그 친구를 말함입니까?"

혁씨세가를 이끌고 있는 혁운로(赫雲路)가 물었다.

"그렇습니다."

"지난번 활약을 생각할 때 반대할 이유는 없다고 봅니다."

그는 별다른 의견 없이 고개를 끄덕였다.
"노부 역시 같은 생각이네. 그만한 실력이면 큰 도움이 될 게야."
사일승도 찬성을 표시했다. 그리곤 묵묵히 앉아 있는 중년인에게 물었다.
"각주께선 어찌 생각하시는가?"
아무런 행동도, 의견도 피력하지 않음에도 자리하고 있다는 그 자체만으로도 존재감을 느끼게 해주는 중년인. 이름보다는 검성이란 별호로 더욱 유명한 검각의 각주 추자청이었다.
연배가 훨씬 위임에도 불구하고 사일승은 그에게 무척이나 정중했다.
"찬성입니다."
추자청이 간단히 대답했다. 하지만 그가 차지하는 비중으로 볼 때 그의 한마디는 어쩌면 사일승보다 더 큰 무게감이 있었다. 그의 찬성으로 묵조영의 항주행은 사실상 결정된 것이나 다름이 없었다.
바로 그때였다.
"그건 안 됩니다!"
벌떡 일어나 외치는 사람은 묵하상을 대신하여 황산묵가를 대표하는 묵성이었다.
반대도 반대지만 그의 음성이 워낙 컸던 탓에 좌중의 시선이 일시에 그에게 쏠렸다.

"이유를 여쭤도 되겠습니까?"

제갈솔이 감정이라곤 거의 느껴지지 않는 무미건조한 음성으로 물었다.

"한낱 신객 따위를 이처럼 중차대한 일에 참여시킨다는 것 자체가 어불성설 아니오? 또한 신분도 명확하지 않은 데다가……."

"신분이 명확하지 않다니 이상하군요. 그가 묵가 출신 아니었습니까?"

제갈솔이 날카롭게 캐물었다.

사실, 그는 이미 묵조영의 참여를 기정사실로 한 상태였다. 그가 가장 존경하는 제갈선의 마지막 유지를 목숨을 걸고 지켜준 데다가 그것도 모자라 마교와의 싸움에서도 혁혁한 공을 세워 검지의 비밀을 끝까지 지켜주었으니 원하는 것이라면 뭐든지 해주고 싶은 심정. 그런데 정작 묵가에서 반대를 하고 나서니 심기가 무척이나 불편했다.

제갈솔의 질문에 노누들 비웃음을 띠며 묵성을 바라봤다.

묵가가 소주지부에 도착하면서 그들 역시 묵조영이 황산 묵가 출신이라는 것을 모두 알고 있기 때문이었다.

"그, 그건 그렇지만… 이미 가문에서 축출되었으니 본 가의 출신이라 할 수 없소이다."

묵성의 대답은 궁색하기만 했다.

"그 정도 가지고는 반대할 명분이 되지 않습니다."

제갈솔이 잘라 말했지만 묵성은 물러서지 않았다.

"무공도 심히 의심스럽소."

"어떤 점이 그렇습니까?"

"항간에 떠도는 소문을 들어보니 싸울 때마다 눈빛이 묘하게 변하는 것이 호교단주와 비슷하다고 하더이다."

"하면 지금 그가 마교의 무공을 익혔다고 주장하시는 겁니까?"

제갈솔이 날카로운 눈매를 뽐내며 물었다. 그러자 묵성이 슬그머니 한발을 뺐다.

"험험, 내가 주장하는 것이 아니라 소문에 그렇다는 겁니다."

"말이 되지 않소이다. 마교의 무공을 익힌 자가 어째서 마교도와 싸워 치명상을 입힌단 말이오? 그것도 말단이 아니라 핵심 수뇌에게."

추자청이 제갈솔을 거들고 나서자 묵성이 퉁명스럽게 대꾸했다.

"검각의 검수들도 그에게 목숨을 잃은 것으로 압니다만."

순간, 추자청의 안색이 차갑게 변했다.

그 역시 묵조영에 의해 검각의 제자들이 네댓 명 목숨을 잃은 것을 알고 있던 터. 하지만 그로 인해 위험에 빠졌던 추월령이 목숨을 구했기에 애써 문제 삼지 않고 넘어간 것을 묵성이 일부러 거론한 것이라 여긴 것이다.

"혼전에! 흔히 있을 수 있는 일이었소. 그리고 우리는 그 일은 문제 삼지 않기로 했소."

"아, 알겠소이다."

추자청의 표정이 워낙 좋지 않은 터라 묵성은 더 이상 그와 언쟁을 벌여선 좋을 것이 없을 것이라 생각하고 말꼬리를 돌렸다.

"어쨌든 우리는 놈이 이번 일에 참여하는 것을 원하지 않습니다. 절대 반대입니다."

그때 지금껏 아무런 말도 꺼내지 않던 명진 도장이 입을 열었다.

"제가, 그의 신분에 대해 보증을 서겠습니다."

"옛?"

명진 도장이 그런 식으로 나올 줄은 꿈에도 몰랐던 묵성의 안색이 일그러졌다.

"도장과 그 녀석은 아무런 관계가 없지 않습니까?"

"그의 친구가 무당의 제자입니다."

"친구는 그저 친구에 불과할 뿐입니다."

"지금, 무당을… 신용하지 못하겠다는 말씀이십니까?"

명진 도장이 약간은 굳은 표정으로 물었다.

순간, 장내에 팽팽한 긴장감이 맴돌았다.

무당이란 이름이 주는 무게감이 절로 느껴지는 순간이었다.

"무당을 믿지 못하는 것이 아니라 놈을 믿지 못하는 것입니다. 도장께선 오해하지 마십시오."

묵성이 약간은 당황한 낯빛으로 변명을 했다. 하지만 그는 누가 뭐래도 자신의 뜻을 굽힐 생각이 없는 듯했다.

"어떠한 이유라도 저는, 아니, 우리 묵가는 놈의 동행을 인정하지 못하겠습니다. 그럼에도 불구하고 놈을 데려가려 하신다면 우리가 빠지도록 하지요."

형형한 안광을 빛내며 좌중을 둘러보는 묵성.

그의 표정에선 '할 테면 해봐라'라는 식의 거만함이 담겨 있었다. 그것은 무림에서 황산묵가의 위치나 힘을 생각할 때 절대적으로 자신의 의견을 따를 수밖에 없다는 자신감의 표출이었다.

'흥! 놈을 포기하지 않고는 못 배길 것이다.'

묵성이 가소롭다는 듯 입꼬리를 말아 올리며 웃음 지었다.

그의 예상대로 모두들 동요한 눈빛으로 웅성거렸다. 설마하니 그런 폭탄선언을 할 줄 몰랐다는 표정이었다. 그리고 동시에 제갈솔의 안색을 살폈다. 그가 은근히 묵조영을 지지하고 있다는 것을 눈치 챈 것이다.

제갈솔은 곤혹스런 표정을 짓고 있었다.

"후~ 알겠습니다. 그렇게 반대를 하신다면 어쩔 수 없는 일이겠지요."

"하하, 잘 생각했소이다. 하찮은 신객 때문에 분위기가 흐트러져서야 되겠습니까?"

묵성이 약간은 거드름이 섞인 웃음을 흘리며 고개를 끄덕였다. 그런데 제갈솔의 표정이 묘했다.

"제 말에 오해를 하신 모양이군요."

"오… 해라니, 무슨?"

"묵가가 가지 않겠다고 해서 아쉽다는 뜻이었습니다."

"뭣이! 하면 우리를 포기하고 놈을 택하겠다는 말씀이오?"

"그렇게 말씀하시지 않았습니까?"

쾅!

분노를 참지 못한 묵성이 탁자를 후려치며 벌떡 일어났다.

"우리를, 묵가를 어찌 이리 푸대접할 수 있단 말이오!"

"그럴 리가 있겠습니까?"

제갈솔이 억울하다는 듯 손을 내저었다.

"이게 푸대접이 아니라 무엇이오? 묵가를 대신해서 신객 나부랭이를 데려가겠다니! 지금껏 이만한 모욕은 없었소!"

"어쩔 수 없는 선택입니다."

"변명은 듣고 싶지 않소!"

"변명이 아니라 당연하다는 뜻입니다."

"……!"

묵성은 이글이글 타오르는 눈길로 제갈솔을 노려보았다.

만약 그가 의천맹의 문상이라는 지위가 아니라면, 여러 사람이 보고 있는 자리가 아니라면 당장에라도 쳐 죽일 기세였다.

묵성의 살기 띤 시선을 받으면서도 제갈솔은 한 치의 동요도 없었다.

'허! 대단하군.'

혁운로가 너무나도 태연스런 제갈솔의 태도에 절로 감탄을 했다. 과연 무림 최고의 세력인 의천맹의 문상을 할 만한 배짱이라 여긴 것이다.

묵성의 눈빛을 마주 바라보던 제갈솔이 짧게 숨을 내뱉고는 입을 열었다.

"묵가를 무시하는 것은 아닙니다. 생각해 보십시오. 그 신객이 어떤 사람입니까? 마교의 추격을 뚫고 제갈세가에서 이곳까지 검지의 비밀을 전해온 사람입니다. 그뿐입니까? 풍전등화의 지경에 처한 이곳 소주지부를 지켜냈습니다. 무당의 제자는 물론이고 검각의 수석검사와 추월령 소저의 목숨까지 살렸습니다. 무엇보다 호교단주를 생사불명으로 만들었습니다. 이 자리에 그만한 공을 세운 사람이 누가 있습니까? 그가 검지 자체를 원한다고 해도 거절할 명분이 없을 정도입니다."

"사람들이 그를 위해 금룡신객(金龍信客)이란 별호도 만들었다더군요."

운학이 슬그머니 끼어들며 덧붙였다.

"누가 그따위 얘기를 듣고 싶다고 했던가!"

묵성이 버럭 소리를 질렀다.

혼내는 시어머니보다 거드는 시누가 더 얄밉다고 했던가?

고작 몇 마디에 불과했지만 지금 이 순간, 그의 눈에 비친 운학은 가히 원수의 얼굴이나 다름없었다.

하지만 운학도 만만치 않은 인물이었다.

"아니, 뭐, 그렇다는 겁니다."

싱글싱글 웃으며 대꾸한 운학은 묵성이 뭐라 소리치려는 찰나 고개를 홱 돌리더니 딴청을 피웠다.

"이!"

치미는 화를 억지로 억누르는 묵성의 이마에 굵은 핏줄이 툭툭 튀어나왔다.

그러자 더 이상 분위기가 험악해선 안 된다고 생각한 사일승이 주변을 환기시키고자 했다.

"자자, 다들 그만들 하게나. 대적을 앞두고 우리끼리 내분이 일어나서야 되겠나."

그제야 씩씩거리며 콧김을 내뿜던 묵성이 거칠게 자리에 앉았다.

"밤이 늦었으니 그 문제는 내일 논의하기로 하지. 아직 이틀이나 시간이 있지 않은가. 그리고… 이보게, 묵성."

"예, 장로님."

"너무 그렇게 감정적으로 대응하지 말게나. 아무리 싫더라도 해야 할 일이 있는 법이네. 다들 찬성하는데 자네만 반대하고 나서니 모양새도 이상하고."

"그러나 장로님……."

"그만. 오늘은 그만 하지."

사일승은 손을 들어 묵성의 말문을 막더니 몸을 일으켜 회의실을 나가 버렸다.

제갈솔이 그 뒤를 따랐다. 물론 회의실을 빠져나가기 전, 묵성에 한 소리 하는 것을 잊지는 않았다.

"묵가는 동행하지 않겠다는 조금 전의 말은 못 들은 것으로 하겠습니다. 대신 잘 생각하셔야 할 겁니다."

"이!"

도끼눈을 뜨며 제갈솔을 노려보는 묵성.

그를 바라보는 좌중의 눈길에는 하나같이 비웃음이 담겨 있었다.

    *   *   *

"후우우."

크게 심호흡을 하는 것으로 오후 연공을 끝낸 곡운의 표정은 무척이나 밝았다.

철사림과의 치열한 대결 이후, 그는 하급 무인들끼리 치고받는 단순한 싸움이 아니라 고수와의 실전이라는 것이 무엇인지, 또 어떤 식으로 공방을 할 것이며, 그때마다 어떤 식으로 내력을 운용할 것인지 등등, 무척이나 많은 것을 얻을 수 있었다. 또한 심건의 도움으로 꽤나 심각했던 내상을 치료하는 과정에서 큰 기연을 얻게 되었으니 몸 안에서 아직 녹아들지 않았던 사부의 내력까지 상당 부분 흡수하게 되어 가히 장족의 발전을 했다.

"끝났나?"

조금 떨어진 곳에서 한참 동안이나 그의 연공이 끝나기를 기다렸던 운학이 옷을 건네며 물었다.

"예."

"가만히 지켜보니 정말 대단하던데. 뭔가 휘황찬란한 것이 마구 꿈틀대는 게 장난 아니었어."

운학이 양손으로 머리 위를 마구 휘저으며 과장스런 행동을 하자 곡운이 어이없다는 표정을 지었다.

"꿈틀대긴 뭐가 꿈틀댑니까? 이런 데 와서 쓸데없는 소리 할 시간 있으면 내상이나 치료하세요."

"그게 말처럼 쉬워야지. 그래도 사나흘 정양하면 멀쩡해질 것이라 했네."

운학이 씨익 웃으며 대답했다.

"누가 그럽니까?"

"누구긴, 심건 어르신이지. 정말 대단한 어르신 아닌가?"

"음, 그렇지요."

곡운은 알면 알수록 대단한 심건의 의술에 탄성을 넘어 경의를 보내고 있었다.

그도 그지만 지난 싸움에서 마교 호법 한비록과 양패구상 한 운학의 부상은 상상을 초월할 정도였다.

다들 죽음을 걱정할 정도였고, 살아도 지금처럼 멀쩡히 생활할 수 없으리라 여겼다. 그러나 심건이 그를 치료하기 시작한 지 정확히 열흘이 지난 지금, 그는 언제 부상을 입었냐는 듯 멀쩡히 활보를 하고 있었다.

물론 거기엔 차기 무당파의 장문인이 될 운학을 걱정한 명진 도장이 무당파에서도 극히 귀중하게 다루어지는 태청단(太靑丹)을 아낌없이 사용하고, 운학 스스로의 치유력 또한 엄청났기 때문이었다. 그래도 심건의 의술이 절대적이었다는 것은 누구도 부인하지 못했다.

"그나저나 조영이는 어디 있나? 정신이 든 이후로 제대로 만나지를 못했네."

순간, 곡운의 안색이 흐려졌다.

이틀 전, 괴로워하던 묵조영을 달래는 과정에서 그의 가정사를 들었기 때문이다.

"어디 있냐니까?"

"왜 그러시는데요?"

"왜긴, 보고 싶기도 하고, 전할 말도 있고."

"전할 말이라니요?"

"그런 게 있어. 어디 있나, 안에 있나?"

운학이 뒤에 보이는 전각으로 걸어가려 하자 곡운이 그의 팔을 잡았다.

"거기 없어요. 따라와요."

수풀이 우거진 조그만 연못.

방갓을 눌러쓴 묵조영은 멍한 눈으로 낚싯대만을 바라보고 있었다.

'어찌해야 하는가?'

지난 이틀 동안 그의 뇌리를 떠나지 않는 화두였다.

처음에야 이성을 잃을 정도로 분노했고, 하늘에 복수를 맹세했다. 하지만 상대가 다름 아닌 그의 가문이었다.

숙부가 원수가 될 수 있고, 당숙이 부모를 죽인 원수일 수도 있었다. 아닌 말로 늘 연약한 장남을 탐탁찮게 여기던 조부가 원수일 수도 있었다.

그들이 누구던가?

핏줄을 나눈 형제요, 묵씨 성을 쓰는 한 가족, 그의 **뿌**리라 할 수 있는 이들이었다. 그래서 더 화가 치밀었지만 오히려 조심해야 할 이유가 되기도 했다.

"후~"

이런저런 오만 가지 생각을 해도 답이 없었다.

다만 변하지 않는 것은 부모의 죽음을 반드시 규명해서 흉수를 밝히고 그에 합당한 대가를 받게 만들어야 한다는 것뿐.

바로 그때였다.

"많이 잡았냐?"

생각하지 않아도 누구인지 알 수 있는 반가운 음성이었다.

'고마운 녀석.'

곡운이란 존재가 얼마나 크게 자리 잡고 있는지 새삼 느낄 수 있는 요즘, 그에 대한 믿음이 한층 더 깊어졌다.

"그다지."

"정신이 엉뚱한 곳에 있으니까 그렇지. 이리 나와봐라. 대사형이 얼굴 좀 보자고 한다."

"운학 형님이?"

"그래."

"알았다."

대답과 함께 낚싯대를 거두고 천천히 자리에서 일어난 묵조영은 곡운을 따라 연못에서 이십여 장 떨어진 정자로 걸어갔다. 한데 정자에는 곡운만이 아니라 꽤나 많은 이들이 모여 있었다.

얼굴을 알 수 없는 사람이 태반이었으나 개중에는 끔찍이 보기 싫은 사람도 섞여 있었다.

"미안. 나도 어쩔 수 없었다. 따라오겠다는 걸 막을 수가 있어야지."

묵조영의 눈빛이 차갑게 빛나는 것을 본 곡운이 멋쩍은 표정으로 설명을 했다.

"됐어. 어차피 이곳에 온 이상 보기 싫어도 계속 봐야 하니까."

표정은 애써 담담한 모습으로 돌아왔으나 눈빛만은 그대로였다.

"하하하, 어서 오게나."

운학이 묵조영을 보며 활짝 웃었다.

"예."

"뭐가 그리 바쁘다고 얼굴 한번 안 보여주나."

"죄송합니다."

"이런, 사과를 받자고 한 얘기가 아니네. 그냥 그렇다는 거지. 자, 이럴 게 아니라 인사들 나누게."

빙글 몸을 돌린 운학이 주변에 서 있는 사람들을 한 사람씩 지목해 인사를 시켰다.

"이 친구는 혁씨세가의 소공자로……."

소개가 끝나기도 전에 한 청년이 포권을 했다.

"혁거세(赫巨勢)라 합니다."

묵조영도 마주 포권을 하며 예를 차렸다.

"묵조영입니다."

'거세? 어째 어감이…….'

묵조영이 자신도 모르게 그의 이름을 되뇌고 있을 때, 그의 말이 이어졌다.

"그리고 이쪽은 제 사촌들입니다. 왼쪽부터 혁련창(赫戀

蒼), 혁룡(赫龍), 혁설악(赫雪岳)······."

이름이 불리어진 사내들이 저마다 묵조영에게 인사를 했고 묵조영 또한 정중하게 인사를 했다.

"마지막으로······."

"혁령(赫玲)이라고 해요."

맨 후미에서 아리따운 아가씨가 앞으로 다가오며 고개를 까닥였다.

이제 겨우 열여덟이나 되었을까?

아직 젖살이 덜 빠진 그녀의 볼은 달덩이 같았고, 양 갈래로 땋은 머리카락이 허리 아래까지 내려와 있는 소녀. 사뭇 예의가 없다 여겨질 수 있는 행동이었지만 방긋방긋 웃는 그녀의 얼굴은 그런 생각을 할 수 없게 만들었다.

"당신이 그 유명한 금룡신객인가요?"

"령아!"

혁거세가 깜짝 놀라며 소리쳤다.

하지만 정작 묵조영은 그녀가 말하는 금룡신객이 누구인지 모르고 있었다.

묵조영의 곁으로 다가온 곡운이 짓궂은 웃음을 흘렸다.

"금룡신객 묵조영. 사람들이 네게 지어준 별호다."

"······."

순간, 묵조영의 얼굴이 붉게 물들었다. 그것을 놓치지 않은 혁령이 교소를 터뜨렸다.

"호호호, 금룡신객이 아니라 적룡신객(赤龍信客)인가요?"
"무례하게!"
혁령은 혁거세의 호통에 그제야 웃음을 지우고 한 발 뒤로 물러났다.
"죄송합니다. 워낙 철이 없어서."
"괘, 괜찮습니다."
묵조영이 어색한 웃음을 흘리며 고개를 내저었다. 하지만 그 웃음은 천천히 앞으로 나오는 한 사내에 의해 삽시간에 사라지고 말았다.
"우리는 소개가 필요없는 사이겠지?"
어딘지 모르게 기분 나쁜 웃음을 싱글거리며 나서는 사내는 다름 아닌 묵조영의 앙숙이라 할 수 있는 묵언도였다.
"오랜… 만이다."
"오랜만은 무슨, 얼굴 본 지 얼마 되지도 않았는데."
"그런가?"
"그나저나 며칠 안 본 사이에 꽤나 유명인이 되었던데? 금룡신객이라… 대단한 별호 아닙니까, 형님?"
묵언도가 묵화성을 돌아보며 비웃음을 흘렸다.
"그만 해라."
굳은 표정으로 묵언도를 나무란 묵화성이 묵조영을 향해 아는 체를 했다.
"몸은 괜찮으냐?"

"예."

"다행이구나."

"감사……."

묵조영이 대답을 하기도 전 묵언도의 호통이 터져 나왔다.

"다행은 무슨 다행입니까! 저놈 때문에 우리 묵가가 어떤 망신을 당했는데!"

묵화성의 낯빛이 순간적으로 굳어지고, 그에 아랑곳없이 빙글 몸을 돌린 묵언도가 묵조영에게 조롱 섞인 야유를 보냈다.

"어쩌다 운이 좋아 쓰러뜨린 적 때문에 금룡신객? 웃기지도 않는다. 어쨌건 네 그 알량한 실력 덕에 우리 묵가가 개망신을 당하게 되었으니 속이 시원하겠다."

"그만 해."

묵화성이 말렸으나 묵언도는 신경도 쓰지 않았다.

"가만있어 봐요."

"……."

"왜 찔리냐? 대답을 해보시지. 고작 신객 나부랭이를 위한 답시고 우리가 어떤 꼴을 당했는지 알기나 해?"

묵조영은 아무런 대답도 없이 묵언도의 얼굴만 바라보고 있었다.

"보면? 그렇게 보면 어쩔 건데?"

"말이 너무 심하군."

보다 못한 운학이 불쾌한 표정으로 말했다. 하지만 그에 앞서 행동으로 그를 질책하고 나선 사람이 있었다.

"어이, 뱁새눈."

묵언도의 시선이 목소리가 들려온 쪽으로 향하고 그는 한쪽 입술을 치켜 올리며 콧방귀를 뀌는 곡운을 볼 수 있었다.

"방금 전에 뭐라고 했지?"

질문을 던지는 묵언도의 음성은 스산하기 그지없었다.

"못 들었나? 뱁새눈이라고 했잖아. 이건 눈만 작은 게 아니라 귓구멍까지 작은 모양이군."

"가, 감히!"

"감히 좋아한다. 네놈이 뭔데 내 친구에게 지랄을 하냐, 지랄을 하길!"

"이 새끼가!"

더 이상 참지 못한 묵언도가 주먹을 뻗고, 이미 준비를 하고 있던 곡운은 그 주먹을 향해 냅다 발길질을 했다.

빡!

요란한 소리와 함께 서너 걸음 물러서는 묵언도. 손을 타고 올라오는 고통이 장난이 아닌지 입술을 꽉 깨물고 있었다.

"그만 하게."

곡운이 그토록 전격적으로 움직일 줄 몰랐던 운학이 곡운의 어깨를 잡으며 만류를 했다. 하나, 묵언도는 가만있지를 못했다.

"으아아앗!"

한데 정작 괴성을 지르며 공격한 사람은 곡운이 아닌 묵조영이었다. 단 한 번의 충돌로 곡운의 강함을 느꼈기 때문이다. 물론 그의 선택이 얼마나 잘못된 것인지는 말로 설명할 필요가 없었다.

"또 기습이냐?"

묵조영이 묵언도의 손목을 낚아채며 말했다.

묵언도가 어떻게 해서 자신의 손목이 묵조영의 손에 잡혔는지 알지 못하여 당황하는 사이에 절로 한기가 스며드는 말이 이어졌다.

"지난번에 나를 쳤던 손이 이 손이었던가?"

"네놈이! 이 손 놓지… 악!"

묵언도는 미처 말을 잇지도 못하고 비명을 내질렀다. 묵조영이 그의 손목을 그대로 분질러 버렸기 때문이다.

부지불식간에 벌어진 일.

난데없는 상황에 주변의 모든 이들이 멍한 표정을 짓고 있을 때 묵언도를 휙 뿌리친 묵조영이 차갑게 소리쳤다.

"함부로 까불지 마라. 나도 더 이상은 참지 않는다."

그러나 당하고 가만히 있을 묵언도가 아니었다. 더구나 그 상대가 눈 아래로 보고 있던 묵조영이기에 더욱 그랬다.

"죽엇!"

"멈춰랏!"

뒤늦게 정신을 차린 묵화성이 소리를 질렀으나 묵언도의 신형은 어느새 묵조영의 가슴팍을 파고든 상태였다.

'성공이다.'

묵조영이 반응을 하지 못한다고 생각한 묵언도의 입가에 회심의 미소가 지어지는 순간, 그의 귓가로 비웃음이 흘러들어 왔다.

"까불지 말라고 했지."

말이 끝나는 것과 동시에 자신의 몸이 갑자기 멈춰진다는 느낌을 받은 묵언도. 동시에 다리 쪽에서 엄청난 통증이 밀려오고 그는 자신도 모르게 전신을 휘청거렸다.

"컥!"

묵언도의 입에서 비명성이 터지다 말았다.

그 찰나적인 순간에 묵언도의 다리를 부러뜨린 묵조영이 휘청거리는 그의 목줄기를 움켜쥔 것이다.

"분명 참지 않는다고 했을 텐데."

싸늘히 외치는 그의 음성에서 무시무시한 살기를 느낀 묵언도의 안색이 파랗게 질렸다. 뿐만 아니라 그의 살기는 좌중을 압도하고 남음이 있었다. 그 누구도 함부로 움직이질 못했다.

"커커커!"

묵조영의 손아귀가 좁혀질수록 묵언도의 얼굴은 고통으로 일그러졌다. 붉어졌던 낯빛은 어느샌가 백지장보다 더욱 창백해지고 눈동자도 점점 풀려갔다.

"이제 그만 해라."

더 이상 보고 있다간 큰 사고가 날 것이라 생각한 곡운이 묵조영의 팔을 잡았다.

묵조영의 눈이 곡운과 마주쳤다.

"이 녀석 어쩌면……."

"알아. 하지만 이건 아니잖아."

"……."

"이런 식은 아니라고. 빨리 놔."

말과 함께 묵조영의 손을 잡아 빼는 곡운.

단단히 조여졌던 묵조영의 손아귀에서 힘이 빠지고 거의 의식을 잃은 채 허공에 대롱대롱 매달렸던 묵언도의 몸이 땅바닥에 축 늘어졌다.

대 자로 누워 힘겹게 숨을 몰아쉬는 묵언도에게 잠시 동안 시선을 주던 묵조영이 운학에게 조용히 말했다.

"죄송합니다. 먼저 돌아가겠습니다."

대답도 기다리지 않고 몸을 돌린 묵조영이 천천히 걸음을 내딛고 그의 기세에 숨도 제대로 못 쉬던 이들의 눈동자가 그의 발걸음을 쫓았다.

묵조영을 따라 걸음을 옮기던 곡운이 총총 걸음으로 묵언도에게 다가왔다. 그리곤 조용히 속삭였다.

"병신, 녀석이 단순히 운이 좋아 적을 쓰러뜨린 줄 알았냐?

하긴, 그 뱁새눈을 가지고 제대로 볼 줄 아는 게 뭐가 있을까? 으이구, 저 눈을 아래위로 쫙 찢어 더 넓은 세상을 보여줄 수도 없고. 쯧쯧쯧!"

아직 정신을 제대로 차리지 못했음에도 치욕감에 몸을 부르르 떠는 묵언도. 하지만 그가 할 수 있는 일이란 아무것도 없었다.

*　　　*　　　*

"좌상 어른은 만나뵈었느냐?"
"예."
"뭐라 하시더냐?"
"잘 부탁드린다고 하셨습니다."
"그 말뿐이셨느냐?"
"예."

화소호는 범우의 모습을 보며 한줄기 눈물을 흘리던 범장을 떠올렸다.

"알았다. 이제 관을."

나직한 명령과 함께 묵직한 목재 관이 운반되어 왔다.

"……."

관을 바라보는 철포혼의 눈매가 파르르 떨렸다.

"열어라."

더 이상은 참지 않는다　335

명이 떨어지고 관이 열렸다.

순간, 악취가 진동을 했다. 오는 내내 신경을 썼음에도 불구하고 상처 부위에서 시작한 부패가 꽤나 진행된 것 같았다.

"아!"

가장 먼저 관을 들여다본 설련이 안타까운 신음성을 내뱉으며 눈을 감았다. 뒤를 이어 범우의 모습을 본 모든 이들이 그녀의 반응과 다르지 않았다. 다만 태상 곽홍만이 애써 의연한 표정을 지을 뿐이었다.

목관을 움켜쥔 철포혼의 입에서 격한 외침이 흘러나왔다.

"이, 이것이 정녕, 정녕 막내 사제가 맞더란 말이냐!"

빠직!

힘을 견디지 못한 목관 언저리가 박살났다.

"진정하게. 교주마저 이러면 어쩌란 말인가?"

철포혼의 곁으로 다가온 곽홍이 그의 어깨를 지그시 잡으며 말했다.

"중요한 일이 남지 않았는가? 자칫 잘못하면 시기를 놓칠 수도 있음이니."

그제야 범우의 몸에 회혼대법이 펼쳐져 있음을 상기한 철포혼이 고개를 들었고 곽홍의 지시로 범우의 몸이 관에서 꺼내졌다.

한데 다른 누구보다 침착했던 곽홍의 입에서조차 신음성이 터져 나오고 말았다.

"헉!"

관에서 나온 범우의 몸에서 흘러나오는 악취 때문이 아니었다. 심하게 부패되어 도저히 인간의 몰골이라 할 수 없는 그의 몸 때문도 아니었다.

그가 그토록 놀란 이유는 오직 하나, 형체도 없이 뭉개진 등허리의 상처 때문에 놀란 것이었다.

"어, 어찌 이런 상처가!"

"왜 그러십니까?"

"보게나."

철포혼의 눈이 범우의 등 쪽으로 향했다. 그리곤 화소호에게 물었다.

"어떻게 당한 것이냐?"

"단전을 관통당한 것으로 알고 있습니다."

"단전을?"

곽홍은 물론이고 철포혼의 시선마저 범우의 단전으로 향했다. 순간, 둘의 눈이 화등잔만 해졌다. 단전에는 손톱보다도 작은 상처 하나가 있었기 때문이다.

"단전을 파고든 공격이 온 내장을 휘저으며 등허리를 뚫은 것인가?"

"그런 것 같습니다."

"하지만 이렇게 작은 틈을 파고들어 그만한 파괴력을 내다니 정말이지……"

곽홍은 잘 믿겨지지 않는 모양이었다.
"사제에게 물어보면 알겠지요."
침착히 대답한 철포혼이 범우의 요혈을 건드리기 시작했다.
백회에서 회음까지.
장혼이 했던 그대로를 따라 하는 철포혼. 하지만 순서는 역순이었다.
철포혼의 동작이 멈추자 이번엔 곽홍이 범우의 몸에 진기를 불어넣었다.
그렇게 얼마의 시간이 흘렀을까?
미동도 없던 범우의 눈꺼풀이 살짝 떨렸다. 그리곤 이승과 저승에서 방황하던 범우의 의식이 서서히 돌아왔다.
"정신이 드나?"
철포혼이 그의 어깨를 잡으며 물었다.
범우는 아무런 대답도 없이 눈동자를 좌우로 굴렸다. 아직 정확한 의식을 찾지 못한 것이었다.
그가 입을 연 것은 그로부터 반 각이 지난 후였다.
"교… 주님."
쇠가 갈라지는 듯한 음성에 철포혼은 가슴이 미어져 왔다.
"사… 제."
"사부… 님."
"오냐."

곽홍도 감정이 들끓는 모양이었다.

"누구냐? 누가 너를 이 지경으로 만든 것이냐?"

이미 그 답을 알고 있음에도 철포혼은 범우의 얼굴을 부여잡고 물었다.

범우는 조용히 고개를 가로저었다.

"그게… 중요한 것이 아닙니다."

점점 명확해지는 음성. 비로소 회혼대법의 위력이 발휘되고 있었다.

"무엇이냐? 네가 천리를 거역하면서까지 전하려고 하는 것은?"

"사부가 살아 있습니다."

쾅!

순간, 엄청난 충격파가 대전에 휘몰아쳤다.

"그, 그게 무슨 소리냐? 교주가 살아 있단 말이더냐!"

철포혼보다 더욱 놀란 곽홍이 경악에 찬 표정으로 물었다.

"그렇습니다."

"마, 말도 안 되는!"

곽홍은 도저히 믿을 수 없다는 듯 고개를 절레절레 흔들었다.

"사부를 본 것이냐?"

철포혼이 침착히 물었다.

범우로 인해 격동했던 그의 가슴은 어느새 차갑게 식어 있

더 이상은 참지 않는다

었다.

"그건 아닙니다."

"아니면?"

"사부가 키워낸 자를 보았습니다."

"사부가 키워낸 자? 설마 너와 싸웠다는 그 신객이?"

"그렇습니다. 놈은 부인을 했지만 놈이 사용하는 무공은 분명 천마호심공. 사부의 제자가 틀림없습니다."

"음."

뭔가 아득한 기운이 몰려오는가?

철포혼은 자신도 모르게 두 눈을 감았다.

"게다가 놈이 사용한 무기는 천마조. 군림전포와 성소지환까지 지니고 있었습니다."

"사부가 살아 있다면 당연하겠지."

철포혼은 더 이상 놀라지 않았다. 하나, 가장 중요한 한마디가 남아 있었으니.

"놈은 천마조의 비밀을 푼 것 같았습니다."

또 다른 충격이 좌중을 강타했다.

"지, 지금 뭐라 했나?"

"놈이 천마조의 비밀을 푼 것 같다고 했느냐?"

"그렇… 습니다."

"마, 말도 안 되는!"

"놈이 마지막에 발출한 기운은 십성을 넘어서 십일성에 이르는 천마호심공이었습니다."

"그 정도는 이 사부도……."

하지만 곽홍은 말을 이을 수가 없었다.

범우의 눈에서 생기가 급격하게 사라지고 있었기 때문이다.

"금룡이… 금룡이 나타… 났습니다."

범우의 음성이 조금씩 흩어지기 시작했다.

"제가… 만든 강기… 막을 간단히 찢어… 발기고… 몸은 물론… 이고 영… 혼까지 부수는 느낌. 그, 그건… 분명히 천… 마조의 비… 밀을 풀었을… 때 나타난… 다는 금룡이… 었어……."

이제는 누군가에게 하는 말이 아니라 혼잣말이나 다름없었다.

"정신 차리게, 사제!"

급격히 꺼져 가는 범우의 의식을 되살리기 위해 다급히 진기를 흘려보내는 철포혼. 그러나 이미 회혼대법의 공능은 그 바닥을 드러내고 있었다.

"사부… 가, 사부가… 우리를 죽… 이려고 보낸……."

"사제!"

"교… 사형… 워, 원수를……."

그 말을 끝으로 범우는 십 일 동안 끈질기게 이어온 힘겨운 삶을 마치고 말았다.

더 이상은 참지 않는다 341

"사… 제."

철포혼은 힘없이 늘어지는 범우의 신형을 안고 고개를 떨구었다. 사부를 배반하여 교주 직을 찬탈하고 무자비한 피의 숙청으로 마교를 완전 장악한 절대자의 모습이라고는 도저히 보여지지 않을 정도로 약한 모습이었다.

하나, 천천히 고개를 드는 그의 얼굴은 어느새 평정심을 회복한 절대자의 그것으로 돌아와 있었다.

"환몽!"

"예, 교주님."

"석 사제에게 지금 즉시 연락을 하여라. 검지 따위가 중요한 것이 아니라 놈에게서 천마조와 군림전포, 성소지환을 회수하는 것이 우선이라고."

"알겠습니다."

"아울러 놈의 목숨도 반드시 취하라고 해라. 마도십병을 회수하지 못하는 일이 있더라도 놈의 목숨만은 반드시 끊어야 한다."

"예."

"그리고 하나 더."

"하명하십시오."

"사부의 행방을 쫓아라. 놈의 행적을 뒤지다 보면 분명 사부의 존재도 드러날 것이다. 밀은단의 모든 힘을 쏟아 부어도 좋다."

"봉명!"
대답과 함께 환몽의 기척은 사라졌다.
"전면전을 앞두고 있는데 밀은단을 그쪽으로 움직여도 괜찮겠는가?"
곽홍이 걱정스런 표정으로 물었다.
"그만한 가치가 있습니다. 을파소란 이름은."
전대 교주이자 사부였던 을파소의 이름을 거론하는 철포혼의 눈에선 광기가 흐르고 있었다.

『마도십병』 제3권 끝

청어람 판타지의 재도약!!

혁신과 참신함으로 무장한
새로운 판타지 전문 브랜드의 탄생!

「알바트로스」
Albatros

판타지계의 커다란 근간을 이뤄온 청어람 판타지 소설!
새로운 브랜드 「알바트로스」라는 커다란 날개를 달고
거대한 웅비를 시작합니다.

알바트로스는 판타지의, 판타지를 위한 개척자이자 도전자로 존재하겠습니다.
알바트로스는 형식적이고 나태해진 판타지계의 구습을 벗어나겠습니다.
알바트로스는 판타지계의 도약을 위한 든든한 날개 역할을 묵묵히 수행합니다.
알바트로스는 변화와 혁신을 통해 새롭게 태어날 환상 공간입니다.
알바트로스는 판타지를 아끼고 사랑하는 이들을 향한 청어람의 굳은 약속입니다.

유행이 아닌 자유추구 -
WWW.chungeoram.com

다세포 소녀 원작 만화 출간!!

2006 부천 국제만화상 일반부문 수상!!

전국 서점가 최고의 화제작!
OCN 슈퍼액션 드라마 시리즈 방영!

왜? 사람들은 다세포 소녀에 주목하는가!
상식을 뒤엎는 기발하고 엉뚱한 상상력!

『다세포 소녀』의 숨겨진 힘!!

다세포 소녀 원작만화 (전 5권 예정)
B급 달궁 글·그림 | 값 9,000원 / 부록 예이츠 시집

몇 페이지만 읽어도 좌중을 휘어잡을 이야깃거리가 넘쳐난다!
둔감해진 머리에 영감을 주는 아이디어가 마구마구 솟구친다!
원작을 더욱더 빛내주는 기발한 댓글 퍼레이드!
300만 다세포 페인을 열광시킨 상식을 뒤엎는 엉뚱한 상상력!

또 하나의 이야기! 또 하나의 재미!
소설 『다세포 소녀』

초우 장편소설 | 값 9,000원 / 원작자 B급 달궁

"그건 모르겠고, 나는 외눈의 사랑이야. 사랑을 줄 수는 있어도 마주 할 수 없는 사랑이지. 두 눈을 가진 사람은 주고받을 수 있지만, 나는 주는 것만 할 수 있어. 나는 주는 사랑으로 족해. 외사랑이지."
−외눈박이

초등학생이 반드시 읽어야 할 좋은 책 49권

각 학년별로 초등학생이 반드시 읽어야할 좋은 책을 선정하여 통합논술의 기본이 되는 '올바른 독서법'을 일깨워 줍니다.

교과서와 함께하는
초등학교 통합논술

초등1학년 | 값 12,000원 | 초등2학년 | 값 9,500원 | 초등3학년 | 값 11,000원 | 초등4학년 | 값 9,500원 | 초등5학년 | 값 9,500원 | 초등6학년 | 값 11,000원

♣ **혼자 할 수 있어요.**
엄마가 책 읽는 방법을 가르쳐 주어도 좋아요.
독서지도하는 선생님이 가르쳐 주어도 좋답니다.
"초등 교과서와 함께하는 **통합논술 시리즈**"는
아이 스스로 독서할 수 있도록 꾸며진 책이에요.
엄마와 선생님은 요령만 가르쳐 주시면 된답니다.

♣ **교과서의 중요한 내용이 총정리되어 있어요.**
각 학년별로 중요한 교과 내용이 함께 수록되어 있어요.
초등학생은 교과서 내용을 충실하게 공부해야합니다.
아울러 그와 병행한 독서가 대단히 중요하지요.
"초등 교과서와 함께하는 **통합논술 시리즈**"는
두가지 방법 모두 알려준답니다.

♣ **이 책은 훌륭하신 선생님들이 함께 쓰신 책이랍니다.**
동화작가 선생님들이 쓰셨어요. 소설가 선생님도 쓰셨답니다.
국어 논술독서지도 선생님들도 함께 쓰셨지요.
"초등 교과서와 함께하는 **통합논술 시리즈**"는
엄마의 마음으로 모든 선생님들이 함께 꾸민 책이랍니다.

입소문을 통해 아는 분은 다 알고 계십니다!
올 한해 공인중개사 최고의 화제작!

1~2권 합본 | 이용훈 지음
3~4권 합본 | 이용훈 지음
5~6권 합본 | 이용훈 지음
용 어 해 설 | 이용훈 지음
1~2차 문제풀이집 | 이용훈 지음

수험생 기본 필독서
만화 공인중개사

제목 : 만화공인중개사 쓰신 분에게 감사드립니다.

학원을 두달 다녔어요. 근데 과연 그 숫자 외우기 그렇게 몇 문제나 나올까 생각을 했어요. 아니라는 생각이 드네요. 학원강의를 뒤로 하고 서점을 갔어요. 내 머리에 가장 이해될 수 있는 책이 없나 하구요. 거기서 만화를 발견했어요. 무조건 세번 봤어요. 3개월 걸렸어요. 문제집을 보라고 했는데 그건 시행을 못했어요. 근데 합격을 했네요.

어떻게 감사의 말을 해야 될지…

도서관에서 만화책 들고 다니니까 사람들이 비웃더라구요. 만화책으로 공인중개사를 공부한 다고 미친사람처럼 보더라구요. 근데 그거 다 감수하고 했던 내가 자랑스럽습니다.

어떻게 감사의 말을 해야 할지 정말 감사합니다.

부디 행복하세요. 제 나이 41살에 좋은 스승을 만난 거 같습니다.

엎드려 감사드립니다.

-본사 홈페이지에 독자분이 올린 메일 中 에서 발췌-

잘나가고 싶은 사람은 읽어라!

그에게 한눈에 반했다! 그것은 분위기 탓?
애인과 나란히 걸어갈 때 당신은 좌, 우 어느 쪽에 서는가?
이성은 왜 서로 끌리는 걸까? 그 심층 심리를 해명한다!

30초의 심리학

■ **30초의 심리학**
아사노 하치로우 지음 / 계일 옮김 | 값 8,500원

처음 본 사람인데 와 닿는 느낌이
너무나도 강렬한 사람이 있다.
흔히 하는 말로 '필이 꽂힌 사람',
그래서 잊혀지지 않는 사람,
한눈에 반했다고 하는 것이 바로 그것이다.
이런 인간의 감정을 논하는 데
남녀의 구분이 있을 수 없다.
사랑하는 그, 혹은 그녀를
생각하는 것만으로도 가슴이 두근거린다.
이상할 것 없다. 당연히 그럴 수 있는 것이다.
그렇기에 인간을 감정의 동물이라 하지 않는가.
그러나 그렇게 좋아하는 그 사람이
어느 날 갑자기 싫어지는 경우는 왜일까?